문 소리

그리운 마음 영원한 불꽃으로

문소리

그리운 마음 영원한 불꽃으로

문명자 지음

Magic House
Open Your Thinking

프롤로그

달밤 창호지 드리운 여닫이문 열리며 들리는 파장의 여운, 삐그덕 소리.

나의 삶을 후회하는 아쉬움을 남기는, 부끄러운 듯한 조용하고 감동적인 문소리.

뭐라고요? 되묻고 싶은 소리 겹쳐지며 들려오는 사랑하는 가족들의 웃음소리.

누구세요? 향기로운 봄바람이 마음 깊은 곳에서 나를 어루만지며 되새겨 묻는다.

문소리! 소야곡 같은 그 소리가 너무 좋아 책을. 문소리moon sorry, 그렇게 하려고 한다.

'moon'은 달을 뜻하지만. 'sorry'는 '미안未安하다'는 뜻만이 아니지 않은가? '아쉽다', '섭섭하다', '안된', '안쓰러운', '애석한', '유감스러운', '남부끄러운' 등등. '미안한', '미안해요', '뭐라고요?', '후회한다' 외에도 여러 가지 의미가 들어있다.

그렇게도 하고 싶었던 승마를 포기하고

꿩 대신 닭인 멘붕으로 골프 마니아에 이목 집중하려.

전날 밤 자정이 넘어 귀가한 새벽 5시에도

11번 타석엔 어김없이 스윙에 빠진 문소리.

아침잠이 없다고 매일 새벽 자청해 스윙 코치해 주던 지금은 지워져 이지러진 임팩트 왕 선배.

명자明子. 혜성惠聖보다는 소리召里가 더 어울린다고 문소리文召里로 불러주시던 하늘나라에서 보고 계실 선배님!

다시 나의 분신인 자전 에세이『문소리文召里』를 펴낸다. 내 생애의 탑이자. 자존이요, 자아다.

이 책이 나오기까지 수정 첨삭, 편집에서 작품해설, 출판 에 길라잡이가 되어주신 문학평론가 한상렬 교수님께 깊은 감사를 드린다.

'문소리'는 다름 아닌 바로 나의 얼굴이다.

차례

문소리

명자꽃과 떡볶이

벌써 코비드covid19와 함께 살아온 날들이 3년 하고도 반년이 넘어간다. 그동안 우리들의 삶에 많은 변화를 가져왔다. 나는 요즘 그 모두를 가만히 돌이켜보면서 억울하다는 마음이 들고 분해서 울적해진다.

나이 많은 우리 또래는 얼마나 남아 있을지 모르는 짧은 여생의 아까운 시간과 인생의 마지막 마무리 활동을 꽁꽁 묶어 놓은 게 아니지 않은가.

내게는 매일 아침 만나서 운동을 하고 차를 마시며 담소를 나누었던 헬스 친구들이 있다. 그리고 그나마 우리에게 남아 있는 교양을 더듬어가며 서로 추천하는 책을 읽기도 하고, 추억거리의 아름다움이나 기쁨과 슬픔을 기억해 내며 함께 즐기는 독서 모임에서의 의논과 토론은 얼마나 심오했었는지. 또 사흘이 멀다고 만나서 수다로 시끄럽게 떠들던 선·후배 친구들과의 행복한 모임의 날들도 있다. 그들과의 만남이 소원해진 것이 참으로 아쉽기만 하다. 배우고 싶은 것들은 또 얼마나 많이 밀려있는가.

이제 백신주사를 맞기 시작하였다. 3차, 아니 4차의 신청까지도 권장

하고 있다. 미국에서도 시범으로 나이 많은 바이든 대통령이 주사를 맞는 뉴스 현장까지 내보내고 있을 정도로 적극 권유하고 있다. 하지만 코비드covid-19 엔데믹Endemic은 변이 바이러스 오미크론과 함께 펜데믹pandemic의 종식과 위드 코비드with Covid-19를 세계적으로 공감하며 여기저기서 툭툭 튀어나오고 있다. 그러니 언제 끝날지 모르는 이 전쟁 같은 살벌한 풍토병 속에서 우울한 생활은 삶의 소리마저 앗아가, 아껴 써야 할 많지 않은 날들을 몽땅 가져가 버리려 하고 있다.

"여태까지 고생하다가 이제 와서 걸리면 정말 억울하지 않겠어요? 그러니 조금만 더 참으세요."라며 내게 외출을 삼가라고 아들아이가 엄포를 놓는다. 급한 마음에 해이해져서 마트라도 드나들까 봐서 하는 소리인 줄 왜 모를까. 오랫동안 많은 필수품에 여러 가지의 주전부리까지 사 보내줬던 고마운 아이들 아닌가.

그러니 바꿀 수 없는 병원 예약이 있어 외출하려면 너댓 가지 볼일을 머릿속에 넣고 나가 한꺼번에 다 보고 온다. 그것도 모자라 여기저기 지나다 눈에 보이는 자잘한 이것저것을 사다 보니 주차장에서 들고 올라오기 힘들 정도로 바리바리 양손도 모자란다. 그러니 한번 외출했다 돌아오면 무리한 탓으로 피곤하여 그날은 파죽음이 된다.

오늘도 남양주에 다녀와야 하는 급한 볼일이 생겼다. 맵map에는 한 시간 걸린다고 표시되는 거리이다. 왕복하고 세무서에 제출할 서류를 작성하려면 또 한 시간. 그래서 서너 시간 예상하고 집을 나섰다.

그런데, 어림도 없었다. 그곳에서 세 시에 출발하면서 다섯 시면 도착하려니 했는데 웬걸? 강북강변로는 완전 차들로 줄서기를 하고 있었다. 차가 가는 건지 내 다리가 걷고 있는 건지 알 수가 없었다. 그렇게 저녁 6시가 되어도 아직 그 자리인 듯하더니 7시가 지나서야 겨우 한강대교 위에 서 있었다.

집에 도착하자 안 대사는 배가 고픈지 저녁으로 파리크라샹 두 개와 우유 한 컵을 마신다. 그때 둘째의 전화가 왔다. 우린 될 수 있는 대로 나갔다 온 이야길 다 하지 않는다. 저녁을 먹었다고 말해도 그냥 더 드시라고 하며 그만두라는 우리의 사양 같은 건 들은 체도 않고 떡볶이가 맛있으니 보내겠다고 한다.

떡볶이를 좋아하는 엄마를 위해서 특별히 주문한 것이라 한다. 20분 이내에 보내진 보따리 속엔 오징어튀김, 날치알 비빔밥, 긴 가래떡 튀김 등 포식하기에 알맞다. 우리가 늘 만들어 먹었던 간장 떡볶이를 뛰어넘어 고추장을 추가해 맵고 달콤하게 만든 빨간 떡볶이는 음식문화 변천 수준을 한 단계 올려 어디에 내어놓아도 빠지지 않을 일류 요리 수준이다.

어쩜 배달도 그렇게 빠른가. 튀김도 식지 않아 뜨거울 정도이다. 따끈따끈한 국물 속엔 기다란 떡, 어묵, 라면, 채소도 듬뿍, 넓적 당면까지 정말 이제 이런 시대가 되었구나 싶다. 코로나의 영향으로 배달 사업이 번창해 쿠팡같이 단기간에 재벌도 탄생했다고는 하지만 나는 다시 한번 놀라지 않을 수 없었다.

지난주 어버이날에 아이들이 와서 요리해 먹고 손녀딸이 후식으로 팥빙수를 시켜줄 때도 진짜 실감 나는 배달의 민족이라고 감탄하며 세대 차이를 실감했다. 이제 내가 뒤떨어져 있는 건 초등학생 손자에게도

물어가며 배워야 했던 스마트폰 사용법이나 컴퓨터 활용법만이 아닌 것 같다.

이제부터는 현실을 똑바로 보면서 바로바로 적응 대처하며 살아야 지나치게 뒤처지지 않을 것만 같다. 서서히 햇빛 쨍할 날을 기다리면서 배워나가야겠다. 젊은이들은 그들대로 시간이 아쉽고 아까우리라. 그런 그네들도 위로해 주고 싶다.

나의 삶이 가슴속 사랑만은 비우지 말고 주어진 행복을 차곡차곡 쌓아가는 나날이길 바란다. 나의 책 『명자꽃』처럼 겸손하게. 예쁜 꽃도 바람이 불어와 살짝 흔들리면 조용히 있는 꽃보다 얼마나 더 예쁘고 생기 있을 것인가. 바람 한 점 일지 않는 어느 인적 없는 길가에 혼자 피었다 지고 마는 꽃은 생각만 해도 가련하지 않은가.

하물며 내가 지어 써낸 글을 읽으며 공감해 주는 이가 있다는 것은 얼마나 축복받은 일이며 행복하고 기뻐해야 할 일인가?

더욱이 활자로 인쇄되어 나와 나를 모르는 어떤 독자들이 나를 상상하며 읽어주고 칭찬도 해 주며 악평도 보내준다면 그 또한 즐거운 일이겠다.

얼마 전 한 끼를 건너뛰어 배가 몹시 고팠던 날이다. 뼈도 먹을 기세로 갈비를 뜯고 있는 앞에 와서 "문혜성 씨 아니세요?" 하면서 내 책을 읽은 듯 반가워하던 중년 부인 앞에서 체면을 세우지 못해 미안한 적도 있었다.

바이러스로 세계가 긴장한 이 불안한 시기에 어느 날 잠깐 생각나 그려본 몇 문장이 훌륭한 선생님들로부터 인정받아 책으로 나오고 보니 더욱더 보람 있는 일인 것 같아 마음이 자못 흐뭇하다.

앞으로도 기억 속에서 많은 것을 찾아내어 훌륭한 작품으로 더 다양한 독자를 갖고 싶고 그 모든 이들을 가슴 설레게 해 주고 싶다.

옛말에 추억이 많은 사람은 가난하지 않다고 하지 않았던가. 끊임없이 추억을 만들어 부자가 되고 싶은 마음이다.

2021년 가을호 『에세이포레』 신인 등단작

상賞과 상장賞狀

상과 상장은 참 희한하다. 어느 곳에서 받는 어떤 상일지라도 그걸 받으면 기분이 들뜬다.

어렸을 때는 받아올 때마다 부모님의 칭찬을 며칠 동안 들으며 으쓱했다. 형제들도 축하해 주었다. 친구들은 또 얼마나 부러워했던가. 들뜬 마음은 얼마 동안이나 이어갔다. 게다가 따라오는 부상은 사람을 더 기쁘게 만들었다. 아마 공짜로 생긴 물건이어서였을까? 또 어떤 상은 나의 일생의 이력 속에 언제나 따라다닌다.

몇 년 전 나는 아주 긴 책 한 권을 발간했다. 지금껏 살아온 날들이 너무 억울해서일까, 쓰지 않으면 견딜 수가 없었던 충동으로 난 그런 걸 써냈다. 그냥 평범한 여자로 살아온 자서전이었지만 여기저기 사진도 좀 넣고 온 기억을 더듬어 가족이나 친지에게만 보여주려고 써 내려간 것이 10pt 600장이 더 되었다. 중간에 몸이 아파 입원도 했고, 교정보는 중엔 심장 담당의의 컴퓨터 앞 20cm 금지라는 지시로 중지하

---

1) 산수: 산(傘)자의 팔(八)과 십(十)을 팔십(八十)으로 간주(看做)하여 80세를 일컬음.

기도 했다. 어느 날은 밤을 꼬박 밝히며 6개월이 걸려 완성했다.

다 써 놓고 보니 600페이지가 넘었다. 출판사에선 두 권으로 하자고 했다. 하지만 평범한 여자의 라이프 에세이Life Essay를 두 권의 길이로 내기엔 어울리지 않을 것 같았다. 결국, 장 단위로 떼어내기도 하고 문장을 대폭 줄여서 424페이지 한 권으로 출판했다.

그런데 이번엔 또 출판사에서 판매해 보자고 계속 권했다. 당치않다고 우기다가 젊기는 해도 출판 경험이 많은 사장의 말과 「조선일보」 사장이었던 시아주머니의 말씀을 듣고 모험을 해보기로 했다.

그러구러 교보문고, 영풍문고 등 전국에서 절찬리에 판매되는 쾌거를 올려 베스트셀러가 되었다는 소식과 함께 사진이 여기저기 인터넷에서 뜨기 시작했다. 출판사 사장은 사진을 한 장도 넣지 말았어야 옳았다고 하며 개정판을 추진하고 있었다.

이 모든 과정을 나는 나 자신에게 주어진 '상'이라고 단정하고 싶다. 일본어에서 들여왔다는 억지 표현의 하나라고 일컫는 산수傘壽[1]의 나이에 써낸 책이 많은 사람에게 칭찬의 서평을 받았다는 것이 기쁘기도 하고, 내 아이들조차 극구 반대했던 일이었지만 후회 같은 건 없다.

책을 내고 너무 솔직하게 쓴 몇 가족을 만나 사실대로 기록했음에 미안하단 사과 겸 이해를 구했다. 이런 상황도 모두 흐뭇한 과정이었다고 여기고 있으며, 나에게 주어진 상의 하나라고 말하고 싶다.

요즘에도 에세이로 상을 받는다 하면 기쁘고 흥분하는 걸 보면 역시 상은 즐거운 것인가 보다. 그런 내가 받은 상 중에서 오래도록 잊히지 않는 어릴 적 기억 속의 상이 하나 있다.

초등학교 6학년 때의 일이다. 6·25 직후니 아직 전시였다. 우리가 살던 서울 집은 모두 불타버리고 없어져서 그때는 면 소재지였고 아주 시골이었던 지금의 동탄인 할아버지 고향에서 다닐 때였다.

선생님 심부름으로 교무실에 갔다가 미국에서 보내왔다고 생각되는 구호물자가 선생님 책상 위에 몇 가지 놓여 있는 걸 우연히 보게 되었다. 그중에 케이스도 기막히게 멋있고 번쩍번쩍 빛나서 꽤 비싸 보이는 하모니카가 눈에 들어왔다. 갑자기 욕심이 생겼다. 그런데 종례 시간에 선생님 말씀이 이번 방학 숙제 중 일기를 매일 성의 있게 잘 써 온 사람에게 제일 좋은 것을 상으로 주겠다고 하셨다. 머릿속에 하모니카를 떠올리며 "난 안 될 거야. 난 일기를 사나흘씩 건너 몰아서 쓴 사람이니 일기 예보만 보아도 선생님은 금방 알아채실 거야" 하고 포기하고 있었다.

그런데 이게 웬일인가? 다음날 그 하모니카는 내게로 돌아왔다. 기쁘면서도 기분이 언짢았고 영 개운치 않았다. 내가 일기를 제일 잘 쓰진 않았을 것 같아서이다. 가장 노력한 사람에게 갔어야 했는데 이 상을 내가 받은 것은 불공정하다는 생각이 들었다. 그 후에도 선생님은 늘 공평하지 않다고 느껴질 정도로 내게 잘해 주셨던 걸 생각하면 더욱 그러하다. 나이가 많은 같은 반 아이들도 '서울내기, 다마내기, 맞존(좋은), 고래고기' 하고 놀리면서도 서로들 잘해 주려고 하는 걸 알 수가 있었다. 친구들 집에 열리는 과일들도 모두 서로 경쟁하듯 책보자기 속에 잔뜩 넣어 가져다주었으니까.

그때는 미국에서 쓰다 버린 물건들을 위시해 잉여물자가 후진국이며 또 전쟁 중인 우리나라로 보내졌다. 딱딱하게 굳어 지금 생각하면 먹을 수도 없을 정도의 그런 김빠진 전지분유도 있었다.

지금 우리 아파트 앞 재활용함이나 옷 수거함을 보면서 난 가끔 그때를 생각한다.

멀쩡한 옷, 거의 새 책상, 여전히 쓸만한 소파 외 가구들, 아이들 장난감, 한 번도 읽지 않았을 것 같은 책이나 깨끗한 운동기구들. 그 시절을 돌이켜 보며 요즘 사람들은 정말 아낌없이 너무 버린다고 생각하면서 그날들을 돌아보게 된다. 우리나라는 아직 절약하며 살아야 하는 개발도상국 수준인데. 하기야 나도 며칠 전 작아서 못 입는 아까운 옷 등을 재판매한다는 '아름다운 가게'에 몇 상자 접수하여 보낸 일도 있다. 오늘따라 상과 상장 등 지나간 일이 새삼스레 떠오르며 마음이 착잡해진다.

『에세이포레』 통권 100호, 2021년 겨울호

대인對人 기피증

누구에게든 비밀이라기보다는 말하고 싶지 않은 사연이 있겠지만 그런 일이 내게도 있다. 시댁의 일일뿐더러 남편의 단 한 분밖에 없는 형의 반려자인 형수가 앓고 있는 병이기 때문이다. 하지만 나는 그 문제의 해결책이 안타까워서 지금 불만을 말하고 있다. 오늘 아침엔 그 일로 처음 남편과 언성을 조금 높이며 대화했다.

며칠 전 일이다.

형님과 제일 가까이 지내던 서울중학교 동기이며 자유당 시절에 서울시장을 지낸 카이저수염으로 유명했던 김상돈 시장의 막내아들이며, 형님과는 중학교 동기이고 남편의 중학교 선배이기도 한 그분을 남편이 시카고 영사로 있을 때 자주 만난 일이 있었다고 들었다.

레이Ray라고 하는 선배에게서 연락이 왔다.

김 시장은 1950년대 비행기도 없던 시절, 중학교만 졸업한 열다섯 살짜리 막내에게 100불을 손에 쥐여 주고 샌프란시스코행 배에 태워 보냈다고 한다. 서부에 도착한 그는 고생고생하며 동부까지 이주하여 그곳에서 학교를 마치고 성공했다. 지금은 미시간호 근교 저택에서 아주 풍요롭고 평화스러운 노후를 보내고 계신다.

우리가 시카고에서 얼마 동안 지낼 때 유명한 음식점을 여기저기 데리고 다니셨다. 몇 년 전엔 80이 넘으신 분이 빨간 승용차를 타고 나오신 모습에 적잖이 놀란 적도 있다.

그곳에는 동요 작가 윤석중 선생님의 막내아들이자, 서울고교 후배 윤*씨가 살고 계셔서 우리와는 늘 안부를 주고받으며 지냈다. 그런데 며칠 전 그를 통하여 내 카톡으로 사진 몇 장을 보내왔다.

골프를 치는 반듯한 자세의 레이 사진은 88세의 노인답지 않게 건강하고 젊어 보였다. 9홀짜리를 주 2회씩 친다는 소식과 함께 고교 동기인 형님의 근황도 물으며 사진을 좀 보내 달라고 했다. 아마 형님도 워싱턴 특파원으로 근무할 때 자주 만나셨을 터이고 오래 소식이 없었으니 보고 싶은 모양이었다.

나는 카톡으로 형님에게 사진을 보내드리고 전화를 드렸다. 자기는 마누라의 대인 기피증으로 사람들의 집안 출입은 물론 외출은 전혀 엄두를 못 내고 있다고 하면서, 약국에 가거나 쓰레기를 버리러 나가는 일밖에는 할 수 있는 것이 없다고 전해 달라는 것이었다. 하기야 두 번째 나온 내 책도 쓰레기 버린다는 명분으로 나오셔서 주차장에서 받아 가지고 들어가셨으니까.

형님은 신문사의 사장으로 계실 때부터 모임이 많았던 분이었다. 그런데 그 모두를 갑자기 중단하고 두문불출하길 거의 5년은 되어 보인다. 나는 중간에서 그냥 적당히 전해주기로 했는데, 형님에게서 문자가 왔다. "내가 레이의 전화번호를 알고 있으니 적당할 때 통화를 하시겠다"는 것이었다.

　평소에는 애처가인 형님에게 오히려 격찬을 아끼지 않았으며 부러워하기도 하고, 남편더러 형님의 반만이라도 따라가라고 이야기해 온 터였다. 그런데 전화 대화를 하며 형수가 오래전에 이미 3급을 받으셨다고 하는 내용을 처음으로 전해 듣고, 대단히 실망하지 않을 수 없었다.

　3급이라고 하면 건강보험공단에서 나오는 요양보호사가 한주 5일씩 나와서 스트레칭과 걷기운동, 목욕 도움을 받을 수 있다. 또 그 외 운동치료 등 많은 혜택을 받을 좋은 기회가 있다. 그런데도 왜 전혀 하지 않고 있는지, 그런 하늘이 주신 기회를 받지 않고 있다는 것이 의문이었다. 강제로라도 치료받으면 환자에게도 많은 도움이 되고 아주버님도 쉴 수 있는 시간이 있어 좋으련만, 왜 그렇게 못하고 있는지 이해가 되지 않았다.

　알츠하이머 증세도 있다고 하니 억지로라도 치료를 받게 하면 좋으련만, 그러구러 5년째 하루하루 병은 진행되고 있다고 한다. 거기다 간병하는 분의 그 고생은 또 얼마이랴. 40kg까지 마르셨다고 한다. 그리고 환자보다 당신이 먼저 가게 될까 봐 걱정하신다고 한다.

　문제는 고생은 고생대로 하면서 나빠져만 가고 있다는 게 안타까운 일이었다. 형수의 의견을 존중한다며, 두 분이 함께 손 놓고 계시는 게 한심해 보이는 건 나만의 생각이겠는가.

　병명이 사회공포증이라고 하는 대인기피증은 다른 사람 앞에서 말하거나 어울려 대화가 어렵고 불안 공포로 다른 사람과 눈 맞추는 일조차 어려운 증상이라는 것을 모르는 바는 아니지만, 어떻게 해서라도 환자를 설득해서 요양보호사를 쓴다고 하면 큰 어려움을 극복할 수 있지 않을까.

형제라곤 시동생, 시누이 단 한 사람씩밖에 없다. 동기간도 보지 않고 산다는 건 어쩔 수 없는 일이라 치자. 하지만 장애 등급을 받았다는 사실을 몰랐을 때는 사람을 몇 차례나 만나야 받을 수 있다는 것을 알고 있었기 때문에, 그것조차 못한 줄 알고 있었는데 기왕 받았다니 강제적 수단을 동원해서라도 치료는 해야 할 일이지 싶다. 형님도 그다지 건강이 좋지 않다는 말을 들으며 사랑하는 것도 정도의 문제지 동반자살할 일 있느냐 말이다. 나는 그렇게라도 요양 혜택을 받게 해야 한다고 생각하는데, 내 생각이 틀린 것일까?

내 형제였다면 어떻게 해서라도 치료받게 했을 터인데 나이를 먹어도 시집 쪽 일은 강요할 수가 없다는 게 아직 우리나라에만 남아 있는 마지막 예절일 것이다.

600년 전 무학대사가 태조 이성계와의 대화에서 이야기했다는 '불시불 돈시돈佛視佛 豚視豚'이란 말이 문득 떠오른다. 부처 눈에는 부처가 보이고 뭐 눈에는 뭐만 보인다는 이 말이 적당한 비유가 될는지는 모르겠지만, 치료받을 수 있는 사람은 최선을 다해 치료받아야만 한다는 그런 환경에서 살아온 나는 더욱 안타까운 마음뿐이다.

'대인기피증'은 필연코 피해 가야 할 일만은 아니지 않을까. 어떻게든 극복 할 수 있는 병이라고 나는 믿고 있다.

미깡 아줌마

나는 1941년 7월 17일 종로구 원서동 1번지에서 태어났다.

유년 시절의 일이다. 그때 우리 동네에는 많은 일본인이 살았다. 그들은 거의 다 같은 시간대에 출근했고, 퇴근도 엇비슷하게 했다. 아마 조선 총독부 직원들이 아니었을까 싶다.

골목 입구 넓은 마당은 증조할아버지와 나의 무대였다. 거의 매일 일본인들을 만났다. 퇴근 시간대가 같은 몇몇 길쭉이, 주걱턱, 껑다리 등은 내가 별명 지어준 아저씨들이다. 항상 많은 대화를 나누고 사랑도 듬뿍 받으며 자랐다.

동네 귀여움을 독차지했던 나는 그중 몇 사람들과 가까이 사귀어 자주 그들의 집에도 드나들곤 했다. 당시 나는 일본어로 대화에 지장이 없을 정도였다고 한다. 사람을 잘 따르는 데다가 붙임성까지 있어 그들과 정이 깊이 들었다.

이러구러 해방된 이후 어느 날 그들은 갑자기 온다간다는 말 한마디 없이 사라졌다. 그 후로 나는 그 아저씨들을 많이 그리워했다.

제일 가깝게 지내면서 내가 가장 많은 사랑을 받았던 하이칼라 아저씨가 있었다. 훗날 아버지한테 들은 이야기로는 그 아저씬 똑똑하기도 하고, 신주쿠역 앞에 사는 부잣집 아들로 집안도 학벌도 좋고, 나이에 비해 출세가 빨랐던 것 같다고 한다. 항상 머리를 반들반들 빗어 넘겨 파리가 낙상할 듯하여 내가 붙여 준 별명이 하이칼라 아저씨였다.

지금 생각하면 아마도 그는 조선총독부 높은 분의 비서실장쯤이 아니었을까 싶다. 해방되던 8월 15일. 지적에 있는 부인을 데리고 가지 못할 만큼 급히 상관을 모시고 귀국길에 올랐다고 하니 말이다.

그의 집은 골목 입구, 우리 집 바로 건너편에 있었다. 한옥인 우리 집 대문이 낮아 그 집 2층에서 내려다보면 마주 보여 우리 집에 누가 오는지 다 알 수 있을 정도로 가장 가까운 집이었다. 왠지 모르지만, 그 집엔 아이가 없어 내가 더 귀여움을 받았다. 그런 연유로 거의 매일 그 집에 가서 놀았던 기억이 지금도 생생하다.

예의 바른 아저씨 부부는 우리 할아버지께 허락받고 늘 나를 당신 집으로 데려가 함께 놀아 주었다. 아주 예쁜 인형도 선물로 사다 주었고 눈깔사탕도 주셨다.

그런 탓이었던가, 사건 사고도 잦았다. 나를 잃어버렸을 때도 미아 신고를 해서 6시 뉴스에 아이를 찾는다는 내용과 함께 인상착의 확인 차 그 아저씨와 함께 찍은 사진도 방송국으로 보내졌다고 한다. 그 집에 가면 그 시절엔 아주 귀하던 미깡이 언제나 쟁반에 가득 놓여 있었는데, 갈 때마다 껍질을 까서 내게 한 조각씩 주었다. 그래서 나는 그 아줌마를 '미깡 아줌마'라고 불렀다.

해방 후, 아저씨가 일본으로 혼자 건너가고 아줌마는 우리 집에서 얼마 동안인지 함께 살았다. 할아버진 내게 미깡 아줌마가 우리 집에 함께 있다는 이야길 밖에 나가서 하지 말라고 당부하셨다.

그 후 할아버지는 불가능에 가까웠던 밀항선 배표를 사서 아줌마를 일본으로 갈 수 있게 도와주었다고 한다. 나중에 아버지께 들은 이야기로는 밀항선 가격이 천정부지였으며 보통 밀항선은 짐을 싣고 다니는 배가 많았지만, 할아버지께서 구입한 밀항선은 사람만 태우고 다니는 고급 배로 그 표의 값이 상당했다고 한다.

떠나던 날, 그 아줌마는 머리를 짧게 깎고 남자 한복으로 갈아입었다. 부산까지의 지리를 잘 아는 증조할아버지의 고향 동탄면에서 올라온 소 장수(소 장수는 전국 큰 도시에 며칠에 한 번씩 열리는 소 장날을 소와 함께 걸어 다녔으므로 전국 지리에 능했다고 함) 아저씨와 대문을 나가던 모습이 지금도 어렴풋이 남아 있다.

나는 아줌마와 헤어지기 싫어 손을 꼭 붙잡은 채 놓지 않고 울었지만, 아무 소용이 없었다. 손녀가 받은 무한한 사랑의 대가를 치러 준 우리 할아버지의 의리는 대단했고 정말 매사에 출중한 분이셨다. 할아버지는 그 시절 '노블레스 오블리주Noblesse oblige'를 충분히 실천하며 사신 분이었다. 지방에서 올라온 가난한 서울의대생들에게 항상 침식제공을 하여 종로에선 모르는 이가 없을 정도로 유명하셨고. 우리 집 사랑채는 늘 하숙집 같았다고 한다.

할아버지께선 1947년 추석 다음 날 동탄면 과수원집에 내려가 계시다가 54세의 젊은 나이에 갑자기 돌아가셨다. 그러니 할아버지의 기억 속에만 있었던 그분들의 성도 이름도 우리는 알 수가 없다. 그 후에도 이승만 대통령은 대마도 반환을 포함해서 일본에 배상을 요구하며 수교할 수 없다는 강경책을 펼쳤으므로 우리나라는 일본과의 왕래가 10년 이상 없었으니 그들과의 소식은 전혀 들을 수가 없었다.

할아버지께서는 일본을 싫어하셨다. 그들이 강제로 시행했던 우리 고유의 문화인 상투를 갑자기 자르게 한다든지, 대대로 내려오던 성씨 자체를 말살해 버리며 일본식 성씨와 이름으로 바꾸게 한다든지 등등의 강요된 정책은 반대하셨지만, 일본인의 인간성을 미워하지는 않으셨던 것 같다.

지금쯤 미깡 아줌마도 돌아가셨겠지만 70년대 초반 나는 처음 일본으로 출장을 갈 때부터 할아버지께 들었던 주소 '신주쿠역 앞'이라는 것밖엔 아는 게 없으면서, 볼일을 제쳐놓고 시간만 되면 전철역 입구에 가서 지나가는 할머니들 얼굴을 한 사람 한 사람 뚫어지게 쳐다보며 오롯한 마음 하나로 미깡 아줌마를 찾아보려고 갖은 애를 썼다.

하지만 그런 경천동지할 우연은 내게 찾아오지 않았다. 이름도 성도 모르는 그분을 혹시라도 만날까 해서 나는 몇 날 며칠을 일본 갈 때마다 시간만 나면 그곳에 갔었다. 어리석다고 해야 할까. 그냥 무턱대고 꼭 만나 보고 싶은 하나의 마음은 필연 같은 우연을 믿고만 싶었을 것이다.

"아끼꼬쨩!" 하면서 나를 와락 껴안아 줄 야릿야릿한 그 아줌마는 지금쯤 어디에서 어떻게 살고 있을까? 기도하면서 재회의 인연이라는 게 필연이기를 바라며 그날그날 축복의 날blessing day이 찾아와 주길 매일 기대했다. 우연이라도 필연이라도 좋으니 꼭 한번 만나고 싶다는 일념

은 애석하게도 꿈같은 허무로 깨져버리고 말았다.

『에세이포레』, 2022년-여름호, 통권 102호

멀고도 깊었던 경무대

3월 초순 어느 날 늦은 시간. 종례를 마치고 난 후 담임선생님께서 나를 쳐다보더니 눈짓으로 교무실 쪽을 가리키셨다. 귀갓길에 늘 함께 걸어가는 친구들을 먼저 보내고, 교무실 선생님 책상 앞에 서서 처분을 기다리고 있었다.

건너편 다른 반 선생님들 앞에도 낯익은 친구들이 한 명씩 각자 담임선생님의 책상 옆에 서 있는 모습이 보였다. 무슨 일인가 싶어 궁금해할 사이도 없이 다섯 명은 1반 선생님 앞으로 모여 지시를 받았다. 밑도 끝도 없이 오늘부터 수업이 끝나면 남아서 노래 연습을 해야 한다는 것이었다.

그날부터 우리는 매일 수업을 마치면 종례도 생략하고 소강당으로 가서 음악 선생님의 피아노에 맞춰 노래 연습을 했다. 아주 호되고 힘든 수업이었다.

"옛날의 금잔디 ~ 동산에 메기 같이 앉아서…."

'메기의 추억', 'When You and I Were Young, Maggie'이었다.

나는 원래 노래를 잘 부르는 축에 들지는 못했다. 지금까지도 성가

대나 합창단 같은 모임에 들지 못하는 소위 음치를 면했을 정도라고나 할까? 그러니 연습할 때도 공연히 친구들에게 미안한 일이라도 생길 것 같아 매우 불안했다. 그때 내가 왜 뽑혔는지, 어째서 공개적이 아닌 비밀로 방과 후에만 남아서 노래 연습을 해야 했는지, 이해하게 된 건 며칠이 지난 뒤였다.

"다음 주에 있을 대통령의 생신날, 경무대에 들어가 이 박사님을 기쁘게 해 드리는 행사에 참여해야 한다."

그게 목적이었다. 그러니 차질 없게끔 열심히 하모니를 맞춰야 한다는 것이었다.

그날부터 우리는 봄 방학도 반환한 채 기말시험을 앞둔 그 어느 때보다 더 열중해야만 했다. 그렇게 선생님의 마음에 들지 않는 불협화음에 여러 번 야단도 맞아가며 연습했다.

그렇게 두 주 만에 선생님은 조금 만족스러웠는지 기분이 좋아지신 듯했다. 이제 이 박사님의 생신이 며칠 남지 않았으니 더욱 분발해서 학교의 명예를 걸고 자랑스럽게 멋지고 차원 높은 노래를 부르기로 다짐하고 노래 연습에 진력했다. 선생님은 이 박사님의 마음에 꼭 드는 합창을 들려드려야 한다고 다짐하고 다짐하셨다.

드디어 3월 26일로 기억되는 그날이 왔다. 모두 복장 검사 등의 절차를 마치고 경무대로 들어갈 만반의 준비를 하고 기다리고 있었다. 경무대 뒷문 앞에서부터는 그 안에서 나온 차를 타고 들어가야 했다. 번호판이 파란색인 관용 자가용차는 모두 처음 타보는 차였다. 복잡한 검열이 있고 난 다음 드디어 우리는 박사님 부부 앞에 붙들려온 죄수들처럼 부동자세로 나란히 서서 대기하고 있었다.

초조하고 긴장된 시간이 몇 분이나 지나갔을까. 어떻게 노래를 불렀는지 생각나지 않을 만큼 조마조마하고 떨리는 긴 긴장의 시간이 흘렀다.

그 시절엔 영화관에 가서 대한뉴스에서나 볼 수 있었던 대통령 내외분의 모습이었다. 대통령과 얼굴을 마주한다는 일은 그야말로 학생으로선 아주 드문 일이었다. 나는 주의 사항에서 절대 금기로 되어있던 박사님의 얼굴을 살짝 훔쳐보고는 내심 깜짝 놀랐다. 우리들의 노래를 감상하시는 동안 대통령 내외분께선 줄곧 행복하신 듯 잔잔한 미소를 보이셨다.

그런데 그 순간, 대통령의 표정 위에 많이 일그러진 얼굴 모습은 보지 말았어야 할 일이었다. 나는 숨겨진 비밀을 몰래 훔쳐본 것 같은 죄의식으로 가슴이 두근거렸다. 내가 생각했던 것보다 훨씬 더 늙으신 그분의 그 모습은 그 후로도 내 머릿속을 떠나지 않고 오랫동안 머물렀다.

드디어 노래가 끝나고 나자 대통령께서 우리 앞으로 일어나 걸어오시더니

"모두들 정말 예쁘다." 하며 치하하셨다.

외국인의 어둔한 한국어 발음에 황해도 억양의 사투리까지 섞여 있었던가. "노래도 너무들 잘 불러 마음에 꼭 들었다."라고 하시며, 두 분이 함께 일어나 악수보다 더 진한 포옹을 해 주셨다. 더 하고 싶은 말씀이 있는 듯함을 나는 직감적으로 느꼈으나 비서 같은 사람들이 조금씩

움직이며 뭔가 떼어 말리는 듯했다.

두 분은 우리에게 대단한 친밀감과 함께 더 많은 무언가를 이야기해 주고 싶은 것같이 보였다. 하지만 대통령께서는 마치 미국인이 한국어를 발음하듯 떠듬떠듬 느리게 공식적인 몇 말씀만 겨우 해 주신 것 같았다. 우린 마치 사람들에 쫓기듯 그곳을 빠져나와야 했다.

그날 그 시각 내가 경험한 일은 그야말로 꿈만 같은 순간이었다. 나는 그날 우리 대한민국의 초대 대통령을 직접 뵐 수가 있었고, 말은 단한마디도 하지 않았으나 미소 띤 얼굴로 답하시던 프란체스카 여사^{한국}이름 이부란도 뵙는 기회를 가진 것이었다. 그때는 정신을 차릴 수 없었지만, 지나고 보니 추억에 남는 즐겁고 행복한 하루였다. 그런데 왜 나는 그때 그날의 일을 누구에게도 이런 일이 있었노라고 크게 이야기하고 싶은 충동만 있었을 뿐, 가슴속에 두고 간직하는 마음으로만 살고 있게 되었을까.

그로부터 1년 후, 이 박사는 4·19 혁명으로 "국민이 원한다면 하야하겠다." 하시고는 하와이로 망명길에 올랐다, 그리고 그곳에서 병원 생활을 외롭게 하신다는 뜨문뜨문 몇 단의 신문 기사를 볼 때마다 마음이 아팠다. 몇 년 후 여사만 귀국하셨다. 나는 그때 왜 경무대 출입 사실을 함구하라 했었는지 그 후로도 한동안 이해할 수 없었다.

아마도 철의 장막 같은 몇몇 정치인들에 의한 독재정치가 학생들과 국민의 민주혁명으로 이어진 원인이 되었는지도 모른다는 생각을 하면서, 그때의 분위기를 가끔 떠올린다. 4·19 혁명으로 우리는 당시에 경복고등학교 3학년이었던 남편의 친동생이 꽃 같은 나이에 한 폭의 조각 구름이 스러지듯 불꽃 같은 삶을 살고 간 일을 기억해야 한다. 지금도 수유리 4·19 국립묘지에 함께 말없이 누워있는 젊은이들의 한 많은 부르짖음이 생생히 들리는 듯하다.

2022년 3월 9일, 윤석열 후보가 대통령으로 당선되면서 대통령 집무실을 용산으로 옮기고 청와대를 다음날부터 전면 국민에게 개방한다는 충격적인 뉴스가 들려왔다. 대한민국 정부가 수립된 지 74년 만에 권력 공간에서 시민 마당으로 바뀐다고 한다.

경무대에서 청와대로 이름이 바뀐 대통령 집무실. 지금은 많이 변했겠지만, 65년 전 그때를 떠올리면 감개무량하기도 하다. 새삼스레 만감이 교차하며. 이제 다시금 청와대를 한번 둘러보고 싶다.

멀고도 깊었던 그날의 경무대를 반추하면서.

최 교수의 부음

내가 살아오는 동안 얼마나 많은 사람을 알았으며 이별했을까? 아마도 다른 어떤 여자보다 더 많은 사람을 만나고 헤어졌을 것이다.

그러나 이번 같은 일은 처음 있는 일일 게다. 『한국의 무당』, 『미군과 매춘부』, 『친일과 반일의 문화인류학』, 『제국 일본의 식민지를 걷는다』 등 많은 책을 펴낸 최길성일본 이름 미요시 성 박사님과 그의 부인인 사치코 여사와의 인연을 잊을 수 없다.

이분들과는 단 한 번의 만남도 없이 단박에 친해질 수 있었다. 거의 매일mail로만 그날의 상황을 주고받으며 많은 이야길 나누었다. 일본에서 한국으로 책을 보내면 이쪽에서도 책을 보내주었다. 그렇게 문자와 책으로 마음을 교환하며 서로의 소식을 전해왔던 분이다. 그분은 내 책을 보시고 냉정한 평가의 소감을 일본어로한국어로 나중 다시 번역 써 보내주시며 격려와 칭찬을 아끼지 않으셨다. 우리는 글로 알았고, 글씨로 마음이 오가고 통했으며, 서로 공감하게 되었다.

그분은 1940년 경기도 양주 시골에서 태어나셨다. 호적도 홍역을 앓고 난 3년 후에나 올렸다던 산간벽촌 당신의 어린 시절과 10여 세에 직접 몸으로 겪은 6·25 동란 등을 생각하면 나의 환경은 자신에 비하면 상상도 안 되는 귀족의 분위기라며 부러워하셨다.

내 책을 보신 후에는 일본어판을 적극적으로 권하셨다. 일본어 번역을 전문인에게 맡기면 너무 비용이 많이 드니, 먼저 한국어 책의 페이지 수를 줄인 다음 재일 한국인에게 번역을 시키면 번역이 끝난 후 최종적으로 한번 봐주겠다고 했다. 출판하는 문제는 일본의 출판사를 알아봐 주겠다고도 하셨다. 그리고 일본의 출판사는 10%의 판권료도 확실하게 건네줄뿐더러 어느 정도의 판매도 책임보장이 된다면서 이런저런 많은 도움의 문자를 계속 보내주시고 내게 힘을 주셨다.

그분은 이토록 내 책의 일본어 출판을 위해 신경을 많이 써 주셨던 분이다. 그래서 굴뚝같이 믿었던 분이어서인지 그분의 부고는 더욱더 큰 충격으로 다가왔는지도 모르겠다. 정말 건강 문제가 그리 한 달여 만에 갑자기 나빠지실 것은 상상도 하지 못했다.

며칠 전에 받은 부고에 이어 원격 zoom webinar 영상으로 본 3월 24일 6시의 전야제와 3월 25일 11시의 고별식을 보고 나서야, 이제는 가셨다는 생각이 겨우 믿어졌다.

슬픔보다 그리움, 그리움보다 커다란 아쉬움이다. 한 마디로 좀 더 사셔서 많은 글을 남기셔야 할 아까운 분이다. 한국인으로 일본에 가서 많은 사람에게 냉정한 비판과 설움도 받고 종내에는 한국인에게 친일파라는 오해도 불사하며, 오늘날까지 견뎌오지 않았던가. 그럼에도 쓰던 글도 못 마치신 채 〈生け花な〉 원고 일부만 고양시 일산의 출판사로 보내셨다. 가시기 며칠 전까지 그리도 쓰고 싶어서 아니, 그것만이라도

마치려고 애쓰셨다. 마지막 병상 침대 위에서도 컴퓨터를 끄지 못 하신 사진까지 보내셨는데, 결국 그 책을 마무리하지 못하고 가셨다. 또 쓰고 싶어서 계획하셨던 글도 많으셨는데 허망하게 병마에 쓰러지시다니 안타깝기 그지없다.

당신이 내 책을 읽어보시고 그 소감을 냉정하게 써 보내주셨다.

文惠聖文明子 著『明子花』を手にし〝読み始めて目が離せない〟同じ年代の女性の人生に魅了されたのだ〝私は 1940年旧暦 6月17日〟彼女は 1941年 7月17日 生まれ〝登場する人々や地名などほとんど実名だ〝私が知っている人たちの名前も多い〟　裕福な家庭に生まれ〝多くの逆境を経験したというだけで関心を引くわけではない〟きわめてまれな告白Confession文学といえる〝世に名を告げることば〝評判を集めることになる〝しかしその中には嫌いな人〝裏切り者も出てくる〝書きにくい告白談だ〝年を重ねると体は弱くなるが〝精神的に成熟して勇気を持つようになる〟小説は裕福な家に生まれたことで始まり〝不幸に幕を下ろすものである〟この女性は〝小説ではなく〝人生そのものが劇的だ〝すらすらと読みやすい本で〝生活そのものが淡々と展開されているのがいい〟私と同じ時代を生きているが〝私は原始時代〝彼女は華麗な貴族のように対照的だ〝彼女は40歳にもならない母を亡くし，よい夫にめぐり会える〟失敗と成功とが交差する〟高齢者として再婚する〟栄光と恥のレベルをはるかに超えて〝愛と信仰で生きてきた〝素晴らしい人生である〟

문혜성문명자 저著 『명자꽃』을 손에 들고 읽기 시작하여 눈을 떼기 어렵게 열독하였다. 같은 나이 또래 여성의 삶에 매료된 것이다. 나는 1940년 음력 6월 17일, 그녀는 1941년 7월 17일생. 등장하는 사람들이나 지명 등 거의 실명이다. 내가 아는 사람들의 이름도 많다. 부유한 집안에서 태어나 많은 역경을 겪었다는 것 자체만으로 관심을 끄는 것은 아니다. 아주 완벽히 보기 드문 고백Confession 문학이라고 할 수 있다. 세상에 이름을 알린다는 것은 소문과 평판을 받게 된다는 것이다. 그중에는 싫어하는 사람, 배반하는 사람들도 나온다. 그래서 더욱 쓰기 어려운 고백 담이다. 나이를 먹으면 몸은 약해지지만, 정신적으로 성숙하고 용기를 갖게 된다. 대개 소설은 부유한 집에서 태어난 것으로 시작하면 불행으로 막을 내린다. 이 여성은 소설이 아니라 인생 자체가 극적이다. 술술 읽기 편한 책으로 그냥 생활 자체가 덤덤하게 전개되는 것이 좋다. 나와 같은 때를 살고 있으나, 나는 원시시대, 그녀는 화려한 귀족처럼 대조된다. 그녀는 40도 안 된 어머니를 잃고, 훌륭한 남편을 만나서 사별한다. 실패와 성공이 교차한다. 고령자로서 재혼한다. 영광과 창피의 차원을 훨씬 넘어서 사랑과 신앙으로 살아간다. 좋은 그리고 훌륭한 삶이다.

이렇게 제삼자의 처지에서 냉정하게 평을 써주셨다.

문필가 문명자 씨가 어제 나의 꽃꽂이를 상찬하여 주어서 다시 여기에 언급한다. 과거를 돌아보면 나는 꽃꽂이를 애써 배우고 닦은 것이 아니다. 꽃꽂이는 내가 일본에 유학하기 전 1960년대 말 나의 사무실 앞에 새로 생긴 꽃꽂이 점을 엿본 기분으로 관심을 갖게 되었다. 그리고 무당굿에서 지화, 그리고 장례용 지화 장을 조사한 적이 있다. 그때 전라도 조사에 동행한 김태연 교수는 일약 전문가로 유명하다.

　그 후 나는 일본에 와서 연구회 모임 합숙 때 산길에서 잡화를 꺾어 식탁에 꽂아 박수를 받은 것이 나의 취미의 시작이라 할 수 있다. 선생도 교과서도 없이 그냥 즐기게 되었다. 1999년 사할린 조선인들이 꽃 장사로 부자가 되었다는 현장을 보고 조사를 하였다. 그 무렵 한국 화훼학회 초청 강연을 맡게 되었다. 그것을 주선한 사람은 바로 김태연 교수였다. 나는 일본의 집 구조에서 도코노마라는 꽃꽂이 공간이 있다는 것과 전국적인 모임 등을 소개하였다. 그런데 나의 특별강연에 그 학회 원로라는 여성이 불쾌하게 "한국을 모른다."라고 꾸짖고, "공부를 더 하라."는 모욕적인 평을 하였다. 그것이 반일이었다는 것을 나중에 알게 되었다. 아내 동료 제자들이 함께 듣고 크게 망신당한 것을 잊을 수 없다. 그러나 나는 여전히 꽃을 즐기고 있다.

「私の生け花な」東洋経済日報2014.6.13寄稿文
2014年06月17日 04時38分20秒 | 旅行

　私は子供の時から遊戯が下手で外へ出ないで家にこもりがちで親などは心配し′女の子のようだといわれ恥辱（？）を感じたことも多かったｐソウルに転学してからは部屋で読書などをする時間がより多く

なった。そんな私には趣味がないと思っていた。いわば男性の趣味といえばゴルフとか登山とかスポーツ系のものや、将棋、囲碁などであり、よく話題になるものである。私の趣味は生け花である。

　韓国では男性は生け花などには手をつけるものではないという固い社会慣習がある。それでも私は生け花に関心を持つようになっていた。1960年代末、私が務めた事務室の前にあった「金貞順生け花教室」を覗いてみることがあって、しばしば自習して趣味とした。このことが女性文化への侵入か、男女別のある枠を犯しているかのようにも感じないこともなかったがやはり好きだった。

　留学してから日本で生け花が盛んであることを知った。ある日韓国からの留学生たちの研究会が山奥の施設で行われ、私も参加し、朝の散歩道で草花を切って朝の食堂のテーブルを飾って拍手を受けた時、私の趣味は生け花だと宣言してしまった。生け花の美しさや楽しさを女性だけの世界にしておくのは、男性にとって「もったいない」感がする。それは幸せに関するものであるからである。男性も花を生け、生け花を鑑賞しながら幸せを積極的に共有すべきであると思う。

　人間には花を美しく感じてきた長い歴史がある。屏風には花鳥が描かれたものが多い。花を描き、歌い、詩を吟味するなどの歴史を踏まえているから花が美の対象として視野に入る。しかし花はただの「屏風の中の花」ではない。その中身は食べた味や香りなどが含まれた懐かしさもある。今私が懐かしく思うアカシアの花は韓国では日本植民地の「悪カシア」といわれたが、私にとってはあくまでも「花は花である」。

ロシアの花屋を思い出す。そこでは24時間開店している。零下30度の冬でも花屋では深夜でも売っている。深夜でも恋人と会い、訪ねる時花は必須のものであるからである。日本でも都会では花売り自動販売機もあるが、我が家の周りでは急に花が必要になっても時間帯によっては入手が難しい。以前、前日に花を購入できず、教会の庭に咲いている赤いバラと名前も知らない薄茶色の葉、そしてソテツの葉、金柑の枝を切ってきて生け、意外に満足、評判を得た。

朝の散歩に剪定鋏を持って行き、枝や雑草を観察し、切って持ってきて生けるのは楽しい。私には生け花の免許はない我流である。日本の花流でいえば池の坊に近い。称賛されなくともよい。我が家には年中一本も花がないという時はないと言える。お客さんからは家内の技といわれることがあるが、私が生けたと言うと意外な表情をする。大学の学長から時々大学の行事に演壇を飾る生け花を依頼されることがある。喜んで主にキャンパスに咲いている花を使って季節感を出すようにしている

당신이 마지막 어떻게든 쓰고 싶어 하시며 한 줄이라도 더 쓰고 가신 이젠 유작이 되어 버린 작품 '꽃꽂이'에 관한 이야기가 오늘따라 한없이 그립고 아쉬운 여운 속에 무상해진다.

아래층 목사님

"혹시 목사님 사모님이세요?"

이사 오던 날 아파트 엘리베이터에서 맨 처음 만난 분과의 첫 대화다.

"아닌데요. 왜요? 그렇게 보이시나요?"

"아, 아니에요. 이 라인에 목사님이 세 분이나 사시는데, 오늘 오시는 분도 목사님 댁이라고 들어서요."

"그래요? 저희는 가톨릭 신자인데요."

겨우 12층인데, 목사님이 세 분이나 살고 계시다는 말에 나는 그만 적잖이 놀랐다.

작은아들이 장가를 좀 늦게 갔다. 그러니까 이 집은 그 애가 결혼 전 분양을 받았던 집이다. 그러고는 결혼하고 6~7년을 살았다. 손자가 학교에 갈 무렵 어린이들이 다닐만한 부대시설이 좀 잘 된 대단지 아파트를 찾던 중, 마침 분양하는 곳이 있었다. 처가댁도 같은 아파트로 이사를 한다고 하니 외롭지도 않을 것 같았다. 누이 좋고 매부 좋게 되었다는 생각이 들어 그쪽으로 아들이 이사를 하고 한참 후 우리 부부가 왔다.

통틀어 세 동밖에 되지 않는 이 아파트를 건축한 회사의 사장은 장로님이라고 들었다. 그래서 그런지 조금은 미더울뿐더러 아파트의 방향이나 앉음새가 옹색하지 않고 좀 넉넉해 보였다. 그래서 그때 꽤 인기 있게 분양되었다고 들었다.

나는 관악산 자락에 지은 이 아파트가 경치도 좋고, 공기도 좋고 야산이 앞에 있어 나이 든 사람이 살기엔 산책하기도 적당하다는 생각이 들었다. 그래서 우리 내외가 살면 좋겠다는 마음을 먹게 되면서 42년의 강남 생활을 청산하고 이곳으로 오게 되었다.

얼마 후, 강남의 넓고 오래된 집을 팔 수 있는 여건이 되어 팔아버렸다. 그 후 서둘렀어야 했는데, 아직 이 집을 그대로 아들 이름으로 두었던 것이 아들의 집이 두 채가 되면서 작년부터 세금을 크게 두들겨 맞게 되었다.

그러구러 이사 후 큰집에 놓였던 가구들이나 큰 것들은 많이 버리고 왔는데도 또 버릴 것이 자꾸 생겼다. 아까워서 못 버리고 가지고 온 소품들을 하는 수 없이 조금씩 버리기도 하며 천천히 짐 정리를 하고 지내던 중, 지하 주차장에서 자주 보게 되는 점잖은 여자 한 분을 만나게 되었다.

항상 운전석에서 내리는 듬직한 나이의 그 여자분과 자주 눈인사를 하게 되면서 뒷좌석에서 먼저 내리는 남자분과도 가끔 묵례를 나누고 지내게 되었다. 서로 낯이 익어갈 즈음 나는 그분이 목회자라는 걸 알게 되었다.

며칠 후 그 댁에서 목회 43주년 기념 떡이 올라오면서 우린 통성명을 하게 되었다. 벌써 43년 전에 이 동네에서 제일 큰 교회를 세운 목회자와 사모라는 소개를 받으면서 목사님의 저서 한 권을 받았다. 그 책을 그날 밤으로 다 읽고 목사님에 대한 모두를 알게 되면서 크게 감탄한 게 많았다. 그분들이 대부분의 목사 가정과는 다르다는 것과 오늘이 있기까지 거의 모두가 사모의 은덕이라고 쓰신 부분에 감명받으며 보통 목사의 가정과는 달리 특별한 모범가정이라는 느낌을 받았다. 이후 내가 쓴 책도 한 권을 드리며 우린 서로 가까운 사이가 되어가고 있었다.

　오래전 일이지만, 목회자 가정에 대해서 들은 이야기가 있었다. 목회자 가정은 유리 상자 안에 사는 사람들과 같다고 했다. 이웃에게 화목한 모범을 보여야 하기 때문이다. 그러면 교인들의 가정 역시 평화로울 것이라는…. 그건 지레짐작이다. 그분들도 평범한 가정과 다르지 않아서이다. 그런 이유로 목회자는 숨기거나 숨을 곳이 없다는 뜻으로 받아들여진다.

　어느 사모는 남편인 목사가 집을 비우는 일이 많을뿐더러, 집에 들어와도 목회자로서의 권위적인 남자만 있지 가장으로서의 다정한 남편은 없다는 불만을 토로하기도 했다고 한다. 모든 신자의 표본이 되어야하는 것은 목회자일 때만이어야 하고 자신의 가정에까지 가지고 들여오는 일, 또 내 집의 가정사를 평범한 가장으로서 돌봐야 하는 등 이른바 양면 병행의 어려움이다. 목회자인 목사만이 아닐 것이다. 사모에게는 남편을 한 인격체로 존중하는 문제가 있을 것이며, 자녀를 그리스도

인의 자녀답게 양육하는 바람도 있다. 이런 문제가 당자들에게는 일종의 스트레스일 수 있을 것이다. 그러므로 때론 언행의 불일치로 위선자라는 비판을 면하기 어려울 때도 있게 마련이다. 그런 탓으로 목회자의 사모인 경우 심한 스트레스를 겪는 예도 없지 않다고 한다.

하지만 이 목사님 댁은 조금 달라 보였다. 다른 목회자에 비해 이분은 매사 아내의 뜻에 토를 달지 않고 모두 따랐다는 점이다. 그리고 사모 역시 남편이 목회자의 일을 충실히 할 수 있도록 충분한 내조를 해 주었다는 점이다. 이렇게 양부모가 신앙생활에 충실하며 함께 가정을 잘 다스림으로써 자녀들이 모두 건실하게 성장했고, 장남도 큰사위도 목회자의 길에 들어서게 되었다고 하니 가정에서도 존경받는 가장과 사모가 되었다는 것이다.

우린 이제 서로 가까워져서 나를 전도하고 싶다는 말까지 하고, 나는 또 그건 절대 불가능하다고 말하는 사이가 되었다. 언젠가는 전화가 와서 한 가지 소원이 있다고 했다. 자기 교회엘 하루만 나가자고 했다. 그래 그것만이 소원이라면 하루만은 들어주겠다 하고 한 번도 들어가 보지 못했던 그 큰 교회엘 남편과 함께 처음으로 들어가 본 일이 있었다. 요즘은 코로나 때문에 교인들이 예배에 많이 참석하지 않는다고 한다. 큰 교회라지만 텅 비어 있는 듯 교인도 드문드문했다.

아마도 외부인을 VIP 방식으로 초청해 예배를 보면 그 많은 사람들 중에서 본 교회로의 믿음을 선택하는 방향으로 정하는 사람이 있을 수 있는 전도 방법이 아닐까 생각한다. 'Blessing Day'라는 이름으로 하는 초청 형식의 전도라고 할까.

예배가 끝나고 은퇴한 목사님의 방에 내려갔다. 넓은 사무실에 잘 정돈된 책들에 둘러싸인 조용하고 안정된 공간의 소파에서 네 사람이 차를 마시며 또 많은 이야길 나누었다.

나는 그 후 여러 가지를 생각하게 되었다. 89세가 되어서도 눈뜨면 매일 나갈 수 있는 내 사무실, 그것도 신도들의 존경을 받으며 믿음의 휴식처로, 또 사적인 영역으로 지키며 지낼 수 있으니 얼마나 행복하랴 싶었다.

그분에게는 40여 년을 흔들리지 않고 목회자로의 길을 지켜왔던 여유의 장소가 있다는 것은 행복한 일이지 싶다. 40대에 사업이 번창하여 잘 나갈 때, 전 재산을 처분해 투자한 가치로 계산할 수 있다는 단순 무식한 생각이 될 수도 있겠지만. 그러나 그런 비하적 발언이 아닌 긍정적이고 미래지향적인 논의로 말하자면, 은퇴 후에 하고 싶은 일을 할 수 있다는 것으로도 행복한 일이겠다. 다시 한번 목사님의 오래전 결정, 내 모두를 신앙에 일생을 바쳐야 하겠다는 꿈과 그 마음들이 진심으로 존경스러웠다.

얼마 전엔 또 둘째 사위가 목사안수를 받았다고 한다. 내가 축하도 못 해주어 허쩌냐고 했더니, 기도만 해달라고 한다. 이렇게 네 가정에 목회자 한 분씩 있는 집안이 있다니 얼마나 축복받은 가족인가?

오래전 수필가 장로님이 성경 필사본을 가지고 오셨다. 필체가 너무 크고 좋아 가져다드렸더니, 평소 말도 없는 분이 사모에게 부탁해 따로 전화해서 고맙다는 인사를 하며 좋아하시는 걸 보고는 역시 진솔한 성직자는 다르다는 걸 다시 한번 피부로 느꼈다. 신앙은 그렇게 묻거나 따지질 말아야 하는 것 아닐까 싶다.

　어느 토요일이었다. 약국에 볼일이 있어 가다가 교회에 차를 잠깐 세우고 남편에게 교회 앞 정원에서 걷고 있으라고 내려주고는 나도 운동도 할 겸 걸어서 다녀왔다. 전화를 할까 하다가 어떻게 걷고 있나 멀리서 보니 웬 젊은 분과 손을 잡고 걷고 있는 모습이 눈에 들어왔다. 조금 후 내려오는 걸 보니 옆에서 함께 걷던 분은 다섯 살 연상 89세의 목사님이었다. 이렇게 목사님은 나를 몇 번이나 감탄케 한다.

　성공한 인생이란 무엇일까. 이런 인생이 가장 성공한 인생이 아닐까?

　벌써 10년 전인가? 천주교 신자로 결혼 50주년을 살고 저세상으로 가신 서울대병원장 고창순 박사님이 40주년 때 하신 말씀이 갑자기 떠오른다.

　"나는 천국이 싫소. 어느 곳을 뒤져봐도 천국에 가면 아내와 같이 있을 수 있다는 말이 없더이다. 당신과 헤어지기가 두려워 난 이승을 택하려오. 여보, 나는 조금 더 살고 싶소!"

　사랑하는 처와 함께 천당에 갈 수 있다는 말이 어디에도 찾아볼 수 없어서 혼자는 못 가겠다는….

　그때의 내가 받은 감명이 또 한 번 가슴을 치며 다가온다.

『에세이포레』, 2022-가을호

행복

　이제 이만큼 살아보니 행복이라는 것이 어떤 것인지 조금은 알 듯하다.

　어릴 때 꽃반지를 만들어 끼고 기뻐했던 길가에 흔한 세 잎 클로버의 꽃말은 '행복'이었다. 우린 그걸 알고 가느다란 손, 손가락 마디마다 끼고 다니며 좋아했을까. 지금도 축하 메시지에 제일 많이 등장하는 단어는 바로 '행복'이다. 행복이란 나를 중심으로 하는 말일 것이다. 복된 운수란 뜻의 이 단어는 수식어로 많이 쓰인다.

　행복을 이야기할 때 남이 나를 배려해주는 건 그다지 중요하거나 필요로 하지 않는다. 각각 자기 행복을 추구하는 일에 바쁘기 마련이어서다. 또 많은 사람이 나를 좋아해 줘서 행복할 수는 없다는 것이다.

　나도 그들도 같지 아니한가. 어쩌면 욕심일 뿐이다. 그러니 세상 사람이 나를 위한다는 건 욕심이고, 저마다 다 자기를 위하여 행복을 추구할 권리를 찾아가는 것뿐이다. 가족들의 행복을 위해 기도하는 것도 부모가 돌아가셔서 슬피 우는 것도 사실은 내가 외로워서 "나는 어떻게 살라고?"를 외치며 하늘에 호소하는 게 아닐까.

엄마가 갑자기 떠나가신 열아홉 살 되던 해이다. 누가 봐도 처지가 가엾고 불쌍하리만큼 불행에 빠져 있을 때 난 행복을 찾으러 헤매지 않았다. 그때 나는 내게 행복이란 단어를 배제하고 살았다. 그냥 불행의 늪에서 헤쳐 나와 평범해질 수만 있다면, 다만 거기까지만을 추구하며 노력하고 희망했다. 그러니 내 앞에의 행복이란 요원하여 그런 건 나에게는 멀리 있는 꿈같은 일일 뿐이고, 있을 수도 없다는 절망으로 가득했다.

이제 와 돌이켜보면, 내가 철이 없고 오직 삶 그것만이 절박했을 때였으니 나와는 아주 상관없다고 여기고 살았던 것이며 반드시 불행을 극복하는 사람에게 오는 것이라 믿었다. 불행이 끝나는 날은 없을 거라고 여기고 사는 사람에겐 행복도 요원할 것이라고 그렇게 생각했다. 다만 정신적으로 건강하고 괴로움이 없고 또 부족함이나 불안함이 없는 상태 정도, 그런 걸 행복이라고 느끼면서 사는 사람, 그걸. 100% 행복한 사람이라고 만족하며 살 수 있다면 그런 행복은 최상급 행복이라 할 수 있을 것이다.

1980년대 크게 히트했던 조경수란 가수의 〈행복〉이란 노래가 있다. "행복이 무엇인지 알 수는 없잖아요. 당신 없는 행복이란 있을 수 없잖아요." 그 사람이 있어서 내가 행복하다는 건 아니고, 그건 내 삶에 그가 절대로 필요해서라는 뜻일 것이다.

짊어진 삶의 짐이 거추장스러울 때 내려놓아야 하는 것도, 세월이 흐르면 이런저런 욕심도 다 내버려야 하는 일도 모두 내 행복을 찾으려고 하는 인생행로의 과정이 아닐는지.

나는 오래전 내가 차려놓았던 카페 줌zoom에 이런 글을 적어 놓았
었다.

아침에 "잘 잤다." 하고, 눈을 뜨는 사람은

행복의 출발선에서부터 시작하는 사람일 것이고,

"아이고, 죽겠네." 하고, 몸부림치며 일어나는 사람은

불행한 출발선에서의 시작일 것입니다.

웃는 얼굴에는 언제나 축복이 따르고,

화내는 얼굴에는 불운이 따르는 법이랍니다.

난 항상 감동하면서 그 글을 읽었고 한 번 읽을 때마다 또 다른 깨달
음을 얻곤 했다.

모두를 즐겁게 사랑하고 행복하게 받아들여야 사랑도 할 수 있고 행
운을 거머쥘 수도, 복을 한 아름 안고 살 수도 있다는 것을.

사랑할 줄 아는 사람은 행복한 사람이고, 사랑할 줄 모르는 사람은
불행한 사람이지 않을까?

아리스토텔레스가 인생의 목표는 행복이라 했다. 그 후 서양은 인생
의 목표는 행복에 있다는 개념을 갖게 되었지만, 독일의 니체는 삶의
목표는 행복이라고 생각지 않았다. 행복이란 내가 생각하기에 따라 다
르다는 내 심중의 의견이 맞을는지도 모를 것 같다.

고난도 거듭할수록 지혜가 쌓이고 나를 강하게 만든다. 그런 속에서
행복도 내가 만들어내는 내 마음속 결단이 아닐까?

어제는 성모병원 이비인후과엘 갔다. 나의 기호 제1호인 커피를 하루 한 잔으로 제한하라는 말에 적잖이 충격을 받았다. 상당한 커피 애호가인 나에게 자제하라니. 나의 행복과 사랑을 억제하라는 말이 아닌가.

난 커피의 최초 발견자 에티오피아의 아비시니아 지방의 목동 칼디 Kaldi에게도 감사할 정도로 커피를 즐기고 산다.

우리나라에서 제일 먼저 마셔봤다고 알려진 1896년 고종황제의 가베, 이후 15년 1902년 최초의 커피하우스coffeehouse 손탁호텔의 커피 맛까지도 상상하고 음미하면서 우아하게 마시는 것을 사랑한다.

세계의 3대 커피는 첫째로 예멘의 모카Mocha이다. 세계 최고의 커피 무역항인 모카항에서 유래한 이름으로 커피의 여왕이라 할 수 있다.

둘째는 자메이카의 블루마운틴Blue Mountain으로 커피의 황제다. 영국 황실에 납품하는 것으로도 유명하다.

셋째는 하와이의 코나Kona로 하와이 빅 아일랜드 남북 코나 지역 경사면에서 생산되며 세계에서 가장 비싸게 거래된다. 파인애플 향의 약간 신맛이 나는 게 특징이다.

커피의 꽃말은 "언제나 당신과 함께, Always be with you"이다. 이 얼마나 아름답고 매력적인 꽃말인가?

한 여인이 한 남자를 그리워하다가 죽은 무덤가에 피웠던 꽃의 열매로, '육체적이고 정열적인 에로스 사랑'과 '동료적이고 우정이 깊은 필리아 사랑', '순수하게 정신적인 프라토닉 사랑', '희생적이고 조건 없는 아가페 사랑' 등으로 표현한다.

색이 어두운 핏빛인 것은 여인의 눈물 빛깔인 피눈물을 말하며, 맛이 쓴 이유는 기다리는 마음을 말하고 싶은 심경을 표현하는 것이며, 잠이 오지 않는 이유는 밤낮으로 기다림을 묘사하는 그 모두를 표출하려 하고 있다고 한다. 커피의 향은 그윽하고 사랑하는 마음이 향기가 되어 흩날리기 때문이라고…. 이리도 의미심장한 커피를 어찌 줄이라는 것인가 말이다.

살아있어서, 살아있는 삶의 향기라고 할 수 있기에, 살아있다는 소중함을 잊지 않는, 따끈한 커피 한 잔은 내 삶의 희망 활력소이기도 하지만. 간절히 바라는 내 안의 살아있는 라이브 곧 그러한 행복일진대.

우리는 둘다 커피를 즐겨 언제나 저녁 자리에 들기 전 마주앉아 블루마운틴 한잔씩 쨍하며 마시고 오늘을 정리하고 하루를 마치는데….

이 글을 쓰는 중에 외손녀의 전화가 왔다. 초롱초롱한 목소리만으로도 답답했던 귀와 스트레스로 가득했던 머릿속이 청소된 듯 행복하다. 코로나 유행 중에 대학생이 된 지 3년. 온라인 수업으로만, 공부를 하니 친구들과도 못 만나고 우울할까 봐 큰 염려를 했는데, 그건 할머니의 우려와 노파심으로 끝난 것 같다.

요즘 여러 방면의 동아리에 들어가 공부도 함께 하고 다니며 학원에도 나가 보충수업도 받고 가끔 시간제 일Part-time job도 하는 등 바쁘게 살면서 행복하다고 명랑하게 유머를 섞어 보낸다.

매번 걱정해 주시는 외할머니의 외손녀 사랑 덕분에 잘 지낸다고 아부 섞인 발언을 하는 등 즐거운 목소리. 대학생은 역시 대학생이다. 장족의 발전으로 찬란하게 아름다운 언어를 구사하는 걸 보니 이것 또한 할머니의 행복한 자랑거리가 아닐까?

　이건 사족이 되겠지만 연세대학교에서 처음 도입한 공군 ROTC 여자 지원자 2명 중의 한 명인 장래 장교 손녀다. 내년 초엔 할머니도 거수경례를 받을 연습을 해놔야 할 것 같다.

제2장

이 또한 지나가리라

시절인연時節因緣

만남과 헤어짐이 애초 정해져 있지 않듯 모든 인연은 시절과 연계된다. 헤어지고 다시금 만남이 무의미하다면 굳이 만남을 기대할 필요가 있을까. 만남이 그러하듯 헤어짐에도 마땅한 이유가 있거늘, 그저 마음 안에 새김으로써 그 의미를 더하는 일이 마음의 병을 치유하는 지름길일지도 모르겠다.

만남

중학교 1학년 때의 일이다. 우리 교실을 기웃거리는 고3 언니들이 눈에 들어왔다. 그리고 며칠 후 학도호국단실에서 고3 단장 언니가 나를 부른다는 말을 전해 들었다. 그 당시는 규율부 고2 언니들보다 더 무서운 선배가 학도호국단이었다.

나는 무척이나 머뭇거렸다. 그 이유를 알 수 없었거니와 불려 간다는 사실 자체만으로도 겁이 나서였다. 점심시간에 맞추어 단장실로 갔다. 학도호국단 언니들은 평소 아주 멋져 보였다. 공부도 잘한다고 들었다. 모두가 늘씬한 체격의 미인들이었다. 넓은 혁대를 허리에 딱 채우고 교기 국기 등을 번쩍 들고 교내를 돌고 교문을 나와 시내 행진을 할 땐 너무 근사해 접근하기도 어려웠다.

엄하고 딱딱해 보이기만 했던 그 호국단장 언니가 의외로 자상한 얼굴로 내게 물었다. "네가 문**냐?", "네!", "그래? 너 언니 있니?" 하고 묻더니 가족 사항까지 일일이 캐물었다. 그리고는 "너, 나하고 수양 자매 안 할래?" 하는 것이었다. 난 원래 수양 자매니 뭐 그런 건 관심조차 없었는데…. 나는 놀라기도 했지만 내심으로는 너무 좋았다. 이 언니가 웬일로 나랑 자매를 하려나? 망설이는 척했지만, "네!" 하고 지체없이 대답하고는 일단 부모님의 승낙을 받겠다고 말했다.

학도호국단 단장 언니 이름은 진형이었다. 그 시절엔 입학식이 끝나면 신입생과 상급생 사이의 자매 맺기 행사가 비일비재非一非再했던 시절이었다. 단장 언니는 이미 한차례 자매 맺는 일이 끝나 포기하고 있었다는 것이었다. 그런데 며칠 전 친한 친구가 1학년 1반에 네가 좋아할 타입의 너와 똑 닮은 조그만 아이가 있더라고 이야기해 주었다는 것이다.

그 후 몇 차례 우리 반 앞줄을 기웃거렸다고 한다. 진형 언니와 나는 그렇게 자매가 되었다. 3대 독자인 아버지의 외동딸인 언니에겐 여동생이 생기고, 언니라면 팔촌 언니도 없었던 나는 친절하고 상냥한 언니를 만나게 된 것이었다. 그야말로 학교 내에 든든한 백이 한 명 생겨진 셈이다. 지금도 선배에겐 나이 한 살만 위라도 언니 소리가 술술 나온다. 하물며 중1과 고3 사이이니 얼마나 어려운 큰 언니인가.

며칠 후, 언니는 나를 자기 집으로 데리고 갔다. 정말 내 마음에 꼭 드는 전형적인 한옥이었다. 얌전하게 잘 정리하여 차려놓은 반들반들한 세간들이며 그야말로 언니의 격에 걸맞은 집이었다. 아버지는 고등학교 교장 선생님이셨는데 지난해에 지병으로 돌아가시고, 교사이신 어머니와 가정부뿐인 단출한 가정이었다. 언니는 늦게 결혼한 어머니가 결혼 10년 만에 얻은 귀한 딸이었다. 그날 어머니는 물론 가정부 할머니까지 날 무척 환대해 주었다. 언니는 작년부터 마음에 맞는 후배를 찾아보았으나 마땅한 동생 감을 고르지 못해 이젠 고3이어서 아예 포기해야지 하고 있었다면서 너무 만족스러워했다. 우리 부모님은 고향도 같은 교육자 집안의 자녀를 언니로 맞게 됨을 축하해 주셨다.

이런 연유로 나는 중학교 1학년에 입학하여 곧장 대선배를 언니로 섬기게 되었다. 그 덕에 적응하기 어렵다는 중학생 시작을 남들과 달리 아주 즐겁고 행복한 학교생활로 출발하게 되었다. 그런 나를 친구들은 모두 부러워했다.

한번은 남학생들한테서 온 편지를 받은 친구들 몇 명이 반성문을 쓰는 일이 있었다. 나도 포함되어 있었는데 언니가 나를 빼주었다. 일방적으로 받기만 한 서신이었다고. 언니는 고3이라 대학입시 준비 등 해야 할 일이 많을 텐데도 가끔 집으로 날 데리고 가서 과일이랑 여러 가지를 대접해 주었다. 그때 가정부 할머닌 언니의 어머니께서 시집오실 때 친정에서 데리고 온 분이었다. 그래서 그런지 음식을 아주 맛있게 잘 만드셨다. 잡채며 편육, 장조림, 갖가지 전유어[2), 조기구이, 새우젓

---

2) 전유어: 얇게 저민 고기나 생선 따위에 밀가루를 묻히고 달걀 푼 것을 씌워 기름에 지진 음식.

달걀찜 등을 해 주셨다.

어느 날인가. 언니가 이번 토요일은 꼭 시간을 비워놓으라고 했다. 하지만 하숙을 하고 있던 나는 그 지난주 토요일도 시험공부 때문에 집에 가지 못했고 작은 남동생 성준의 만화책도 사놓고 해서 꼭 가려고 마음먹고 있었다. 그렇지만 언니의 말을 거절할 수는 없었다. 할 수 없이 집에 가는 걸 포기하고 언니 집으로 가서 가족들과 함께 언니의 생일을 축하해 주었다. 그날 처음으로 'Happy Birth Day'를 영어로 부르며 가사도 적어 왔다. 내년 언니 생일엔 많이 연습해서 케이크 커트 cake cut를 하며 영어로 크게 불러주겠다고 마음먹었다. 언니가 생일이란 말을 하지 않아 빈손으로 간 게 좀 부끄러웠으나 나중에 엄마가 손수 수놓은 예쁜 수젓집을 선물하라고 주셔서 내 체면이 좀 서게 되었다. 언니 어머닌 우리 엄마의 수놓은 솜씨를 칭찬해 주시며 너무 좋아하셔서 난 어깨를 으쓱할 수 있었다.

그날 그렇게 집에 가지 않은 건 천만다행이었다. 통학 열차가 대형 사고를 냈다. 오산역 앞 2km 전방 후미길 건널목에서 생선을 실은 트럭과 달리는 열차가 크게 충돌했다. 그 칸이 바로 여학생 칸이었다. 그 일로 여학생들 몇 명이 목숨을 잃고 말았다. 생선과 범벅이 된 여학생들의 사고 현장이 그대로 신문에 크게 보도 되었다. 그러니 불행 중 다행이랄까? 그렇게 그날도 언니는 언니 생일파티로 나를 위험한 곳에 가지 않도록 해 주었다.

그 뒤로 진형 언니는 서울에 있는 E 대학 영문과에 합격했다. 딸만 서울에 보낼 수 없다는 어머니는 서울시립대 교수로 이직해 가시면서 언니 집은 모두 서울로 이사했다. 언니네가 서울로 떠나던 날은 1954년 2월 28일 일요일 아침이었다. 내가 언니 집에 도착했을 때는 이미 트럭에 낯익은 짐들이 실려 있었다. 예정보다 좀 이르게 차가 막 떠나려는 시간이었다. 신풍동 사거리. 이삿짐 트럭을 세워놓고 언니와 어머니와 나, 그렇게 셋은 다시는 못 볼 사람들처럼 울며불며 서럽게 긴 이별을 했다.

트럭 운전사 아저씨의 재촉으로 어머니가 먼저 차에 오른 뒤에도 언니와 나는 한참을 더 부둥켜안고 놓지를 못했다. 마치 마지막 이별인 듯 얼마나 펑펑 울었는지 모른다. 운전사의 성화가 없었으면 더 긴 시간이 걸렸을 것이다. 그날이 마지막이 될 예감이라도 있었는지 우린 그렇게 서럽고 섭섭하고 아쉽게 헤어졌다. 그것이 언니와의 마지막이 될 줄은 꿈에도 몰랐다. 나는 그 후로 그곳을 몇 번이나 가보았다. 친구가 수원여고 교장으로 발령이 났을 때도 지금은 너무도 달라진 학교 뒷길을 더듬어 그 자리를 찾아가 눈시울을 붉히고 돌아오곤 했다.

사랑이라고 하면 누구나 남녀 사이의 그것만이라고 말할 수 있겠지만 사랑엔 여러 형태의 사랑이 있다.

오래전 친구가 나에게 "넌 참 인복이 많은 친구야!"라고 하면서 자기의 초등학교 친구를 인사시켜 주면 저보다 나를 더 좋아하더라고 했다. 그건 정말 맞는 말인지도 모른다. 나는 친구를 진심으로 좋아했다. 마음이 통하는 경우는 금방 가까워지고 그래서인지 늘 친구가 많았다. 난 그들을 사랑했고 또 그들에게서 많은 사랑을 받았다.

그 사랑이란 것은 서로 사랑을 했던 길이와도 전혀 상관없는 것 같다. 나의 가슴 속에 크게 자리 잡은 필연의 사랑을 하나 꼽는다면 바로 진형 언니다. 사진 한 장 없어 이젠 아스라이 떠오르는 70년 전의 그 언니가 지금까지도 그립고 가끔 보고 싶다. 어느 땐 어쩌면 꿈에라도 한번 나를 보러 와 주지 않나 하고 야속한 생각이 들기도 한다. 그 언니와 지냈던 날들은 겨우 1년 남짓이었지만, 언니가 내게 쏟은 사랑은 다른 사람과 수십 년 함께 한 정보다 더 깊고 더 큰 사랑이었다. 어쩜 내 가슴 속에 이리도 아픈 그리움을 남기고 가려고 그리 아름다운 추억만을 새기며 깊고 넓은 사랑을 주었던가 보다.

헤어짐

서울로 간 언니는 처음 시작한 대학 생활로 아주 바쁘다고 하면서 여름방학이 되면 네가 오든지 내가 가든지 하자고 굳게 약속하는 편지를 보내왔다. 하지만 여름방학이 되어도 연락이 없었다. 그 후 겨울방학이 되어서야 긴 편지와 사진 한 장을 보내왔다. 다음 여름방학엔 꼭 날 보러 오겠다고 하면서 보내는 사진은 꼭 간직하고 있으라고 했다. 하지만 그 편지를 마지막으로 방학이 두 번이나 지나갔는데도 언니의 연락은 오지 않았다. 엽서 한 장 없었다. 그런데 난 어쩌다 나와 꼭 닮은 그 멋쟁이 대학생 언니의 사진을 잘 보관하지 못하고 잃어버렸는지 생각할수록 아쉽고 후회막급이다. 그 사진은 아마 언니가 보기에도 나와 닮았다고 생각했을 것 같은데 그 귀한 사진을 잘 보관하지 못하다니!

다음다음 해, 내가 서울로 고등학교에 오면서 언니가 다니는 E 대학을 찾아갔다. 언니는 2학년을 마치고 휴학을 한 상태였다. 학교에 남아 있는 언니의 제기동 주소로 이틀을 헤매서 찾아냈지만, 이미 2년 전에 이사했다고 했다. 언니 가족에 대해 아는 사람은 그 동네에 한 사람도 없었다. 아마도 내가 3년 후 언니와 같은 대학을 지원한 것도 혹시 복학하는 언니를 만날 수 있지 않을까 하는 실낱같은 희망이 있어서였는지도 모른다.

그 후 25년이 흘렀어도 나는 언니를 잊은 적이 없다. 무슨 인연인지 가끔 그렇게 문득문득 생각이 나는 건 오래전의 만남이 필연이어서일까? 어머니께서 편찮으신 건가. 언니를 낳으실 때 노산에 난산까지로 몸이 약해지셨다는 어머니. 이름도 모르지만, 서울시립대학까지 찾아갈 용기는 왜 없었을까.

아무 연관도 없는 아현동 굴레방 다리와 애오개를 지날 때도, K 중학교에서 교생실습을 할 때도 나는 언니 생각을 했다. 하지만 언니의 흔적은 어디에서도 찾을 길이 없었다. 진형 언니! 꿈에라도 한번 봤으면 좋겠다고 항상 간절히 기도해 보았지만, 언니의 행방은 묘연한 채로 공허하고 아득히 먼 옛날의 기억으로만 남아 있었다.

차라리 안 듣고 모르고 살았으면 좋았을지도 모를 나의 언니에 대한 가슴 아픈 이야기를 알게 되었던 날은 그로부터 25년이 지난 1979년 봄이었다. 함께 일하던 임 실장님이 K 대학장으로 정년퇴직하신 선배인 홍 학장님 댁으로 왕진을 가야겠다며, '문 선생님과'라고 메모판에 써 놓고 나가셨다. 2년 전 우연히 홍 학장님과 식사를 함께 했던 기억이 있어서 실장님의 그 뜻을 알아차리고 일정을 조정하여 실장님과 불광동 홍 학장님 댁으로 왕진을 갔다.

보통 중환자가 있는 집은 가족 모두 정신이 없어서 대강 청소만 해놓는 게 상례인데, 홍 학장님 댁은 현관부터 깔끔하게 잘 정돈되어 있었다. 집안은 티끌 하나 없이 깨끗하고 한눈에 들어오는 먹감나무 티 테이블이며 나주 반닫이, 조선 시대 소나무 돈 궤 등 몇몇 고가구 외에도 많은 골동품이 진열되어 있었다. 대단한 골동품 수집가구나 하며 박물관 연구반이고 골동 가구 수집이 취미였던 나는 부러운 눈으로 가구들을 살피며 집안으로 들어섰다.

집안 분위기만으로도 두 분의 고상한 인품이 돋보였다. 내심 감탄하면서 안내하는 대로 안방으로 들어갔다. 2년 전에 뵈었을 때보다 매우 초췌한 모습이었다. 몰라보게 야윈 홍 학장님을 뵙고 안타까워하며 조심스레 몇 가지의 치료를 해 드리고 이야기를 나누다가 실장님이 침구 치료를 하시는 동안 혼자 안방을 나왔다.

부인은 차를 준비하시고 나는 소파에 앉아 이런저런 소품을 구경하고 있었다. 그런데 한 장의 대형 가족사진이 눈에 들어왔다. 마치 100년은 됨직한 골동 사진틀에 정갈하게 넣어져 있었다. 나는 무심코 그 안의 인물들을 더듬다가 다시 자세히 들여다보았다. 그때 내 눈길을 사로잡은 낯익은 듯한 얼굴의 한 사람! 그 속에 눈길이 머물며 혹시 잘못 보았나 싶어 눈을 비비고 다시 들여다보다가 나도 모르게 소스라치게 놀라 하마터면 소리를 지를 뻔했다. 다름 아닌 진형 언니가 거기에 앉아있는 게 아닌가.

내가 늘 꿈에서도 그리워하던 진형 언니가 그 안에서 웃고 있었다. 약간 마르고 세련된 차림이 좀 변했을 뿐 분명 진형 언니였다. "어머,

어머! 이 언니가 왜 여기 있지?" 나도 모르게 중얼거렸다. 너무 놀라 크게 나왔는지 그 말을 들은 홍 교수 부인이 "누구?" 하며 들고 있던 찻잔의 차를 쏟고 말았다. 부인은 울고 있었다. 그냥 그렇게 우린 둘 다 아무 영문도 모르는 채 얼마를 울었는지 모른다.

겨우 울음을 그친 부인이 말을 꺼냈다. 부인에겐 서울공대를 다니던 시동생이 하나 있었다고 한다. 나이 차이가 많은 편이어서 항상 형수인 자기에게 모든 것을 의논했다고 한다. 시동생은 대학교 1학년 첫 미팅에서 진형 언니를 만나게 되었단다. 두 사람은 금방 친해졌고, 겨울 캠핑을 함께 다녀올 정도로 가까워졌다고 했다. 얼마 후 진형 언니는 임신이 되었고, 이 사실을 알게 된 가족들은 모두 놀라워했다. 급기야 진형 언니의 어머님은 그 충격으로 쓰러지셨다가 얼마 후 그만 세상을 등지셨단다. 친정에서 혼자 출산하게 둘 수 없어 그해 여름 서둘러 결혼을 시켰다고 했다.

예쁜 첫딸을 낳았다. 출산 후 백일이 지난 한 7개월 후 시동생은 자원해서 군대에 갔다. 그리고 얼마 지나지 않아 언니는 연년생으로 둘째를 임신한 걸 알았다고 한다. 시동생은 너무 좋아하며 하루가 멀다고 편지를 보냈다고 한다. 그러다가 3개월 후 군대에서 온 소식 그건 청천벽력이었다. 시동생의 사망 소식이 전해져 왔다는데 어이없게도 부대 내 총기 사고로 인한 예기치 못한 죽음이었다. 그 후 언니는 견디기 어려운 심한 우울증을 앓았다고 한다. 둘째를 출산한 지 1개월 후에 언니는 산후우울증을 이기지 못하고 한 살짜리와 1개월짜리 두 딸만 남겨둔 채 스스로 목숨을 끊었다는 것이었다.

에필로그

기막히고 어이없는 이런 일이 어찌 또 있단 말인가? 자초지종을 듣고 난 나는 너무 기가 막혀 눈물도 나오지 않았다. 그저 멍하니 앉아만 있었다. 진형 언니의 두 딸은 시아버지의 유산으로 미국으로 보내 사촌 언니와 함께 공부하고 있다고 했다. 큰아이는 대학생이고 작은 아이는 고등학교 졸업반이라고 한다. 그 후에 하시는 모든 말은 내 귀에 들어오지 않았다.

이어지는 한 가지 더 가슴 아픈 이야기가 있었다. 진형 언니가 그분 동서에게 "내 사랑하는 동생을 찾아야겠다."라는 말을 여러 번 했다는 것이었다. 언니는 날 잊지 않고 있었다. 언니는 내가 많이 보고 싶었던 것이다. 엄마와 남편을 연달아 떠나보내는 그 숨 막히게 돌아가는 현실 속에서 찾아온 우울증. 얼마나 외롭고 힘들었을까? 왜 내겐 연락도 안 하고 어쩌자고 그 많고 어려운 날들을 혼자서 감당하며 참아내다 종내에는 죽음을 선택했단 말인가?

부인은 언니가 쓰던 작은 보석함 하나를 나에게 건네주며 "언니 생각날 때 보세요. 그러고 보니 정말 진형이랑 많이 닮으셨어요!" 하셨다. 그날 집으로 돌아와서 며칠 동안 언니 생각을 하느라 거의 넋이 나가 있었다. 이토록 박복한 언니가 또 어디 있단 말인가? 불쌍한 우리 언니! 안타까운 소식을 알고 나니 더 보고 싶어졌다. 나와 연락만 되었어도…. 아니다, 언니도 나를 찾으려고 애를 썼던 것 같다. 많이 찾고 싶었을 것이다. 나를 만나기만 했어도 언니가 그런 극단적인 선택은 하지 않았을 것 같다는 생각이 자꾸만 들었다. 아무 소용이 없는 일인 줄 알면서도 그런 생각이 드는 건 미련 때문이었을까. 아픈 아쉬움 때문이었을까.

시절인연이라 했던가. 인연이 있으면 천 리를 떨어져 있어도 서로 만나게 된다는 말이다. 그래 법화경法華經에는 '회자정리會者定離 거자필반去者必返'이라 하여 '만나면 헤어짐이 정한 이치이고, 헤어지면 반드시 만난다.'라고 했다. 시절인연! 모든 인연에는 오고 가는 시기가 있다는 의미겠다. 눈에 보이는 모든 사물이 이런 인연으로 묶여 있나 보다.

『에세이포레』, 2022년 봄호, 통권 101호.

진희, 유경 그리고 지원에게

난 너희들에게 새삼 이렇게 글을 주려 한다. 다소 겸연쩍고, 부끄럽기도 하고, 죄스럽기도 또 거북하기도 하구나. 그리고 창피한 마음이랄까.

너희들 모두 까다롭고 좀 유난스러운 엄마를 만나서 너무 버거웠고 마음고생이 많았을 게다. "Thank you for your warmth" 이제라도 너희들에게 고맙다는 이야길 하고 싶다.

엄마도 늘 가을을 열고 커피잔 위에 꽃단풍 한 잎 띄워 향기로운 내음과 함께 여유롭고 우아하게 마시며, 애잔한 음악을 배경으로 인생의 사랑을 음미할 줄 아는 그런 여인이었단다. 그렇게 정이 깊고 정서 또한 풍부한 여자였다는, 그것도 너희들이 기억해 주었으면 좋겠다. 그래서 엄마는 대상對象을 떠나 엄마가 심혈을 기울여 만들었던 작품, 서울 최초의 분위기였던 ZOOM 모두를 자랑스럽게 여기며 많이 즐기고 사랑했었지!

하지만 나의 직장을 퇴근하고 ZOOM 한쪽 귀퉁이에 앉아 한가히 음악을 즐길 수도 없는 바쁜 여자였지. 아니 두 가지 일도 아닌 세 군데나 일을 벌여놓고 바삐 다니던 시절이었다. 요새 아이들은 two job, three job을 뛴다고 하지.

게다가 또 엄만 동생들 때문에 포기했던 늦공부 등등 하고 싶은 것이 많았으니까 마음은 항상 더 동분서주 했었지. 그렇지만 그 모든 걸 떠나서 운전석에 앉아서도 여유를 찾는 그런 여자였으며 머릿속은 바빴지만, 얼굴은 항상 웃음으로 꽉 차 있고 가슴속 여백이 남아도 언제나 멋쟁이 아줌마였으면 하는 마음으로 살았었지.

눈 화장을 예쁘게 하거나 립 라인을 선명하게 그릴 줄 아는 그런 멋이 아닌, 진심 어린 사랑과 행복 가득한 마음으로 가슴속이 꽉 차 항상 낮처럼 환하며 감미롭고 온화한 여인이었으면 했다. 하루, 한 달, 한 해 나이 더 해가며 고상하게 익어가는 멋진 아줌마가 되고 싶었다. 나를 아는 누구에게도 너희들 머릿속에서도 오랫동안 그렇게 남아 있기를 소원했단다.

진희야!

이제 우린 삼십 년이란 세월을 함께했구나. 엄마를 처음 만났던 때의 엄마 나이보다 네 나이가 길어졌으니. 처음에 엄마와 한솥밥을 먹으며 지낸 8년 8개월의 세월은 많은 것을 서로 보듬어주며 모두를 알게 하였다. 그리고 그날들은 우릴 진정한 친구로 만들었지. 네 남편이 술 마셨다고 전화하면 자정이든 새벽 1시든 차 키를 찾아들고 눈을 비비며 튀어 나가는 너를 보면서 "저, 잠도 많은 것이 참 기특하구나!" 하며 탄복할 때도 있었단다.

네가 헬레나를 낳고 친정으로 퇴원한 다음 날 수고하시는 사부인도 뵐 겸 간 일이 있었지. 들어가자마자 사부인께서 아이를 안아 내 품으로 건네주시며, "할머니 오셨다. 할머니한테 가자." 하시는데 왜 그리도 멋쩍었던지. 쉰둘이었던 나는 마치 준비 안 된 할머니처럼 계단을 내려오며 네가 할머니라고 부를 때까지 '난 아직 할머닌 아니다.'라고 중얼거리며 부정한 일도 있었으니. 그렇게 영광스러운 할머니로의 승격을 잠시 거부한(?) 정말 철부지 같은 면도 많이 갖고 있었던 엄마였다는 것을 이 자리에서 고백한다. 진희야! 너는 이제 나를 이해하겠지?

헬레나가 할머니란 말을 남보다 빨리한 것도 아마 나 때문에 화가 나서였지 않을까. 5~6개월 지난 하루는 진희가 와서 내게 말했다.

"어머니, 헬레나는 쬐꼬만한 게 사진만 찍으려면 애교를 부려요"

"어머니, 헬레나가 혼자 따로 섰어요."

"헬레나는 웃을 땐 어머니와 똑같아요."

그해 12월 23일, 엄마 쪽 오 남매 내외와 아빠 형제들까지 모두 초청해 배부른 너와 사돈 어른들 함께 모여 리츠칼튼호텔에서 헬레나 돌잔치를 했었지. 예쁘고 똘똘한 헬레나를 안고 놓지 못하며 마냥 좋아 즐거워하는 엄마 모습을 보며 말수도 적으시던 엄마의 셋째 시숙께서 "손녀가 그렇게도 좋으세요?" 하시는데, 엄마는 악수를 거절당해 내밀었던 손이 쑥스러웠을 때처럼. 일 년 전 그 일이 얼마나 싱거웠고 우습고 민망스럽고 부끄럽고 또 미안했던지…. 그때를 생각하면서 난 가끔 혼자 웃곤 한단다.

다음 해 봄, 너는 쉬운 것만 지향하는 비아를 내 품에 안겨 주었지.

"어머니, 비아는 눈도 코도 귓구멍도 다 작아요."

"어머니, 비아는 식탁 밑에서 밥 먹다가 졸고 있어요."

"비아는 냉장고 문을 열어놓고 냉장고 문지방에 앉아서 놀고 있어요."

라며, 헬레나와 다르다고 여러 가질 이야기해 주었지.

몇 년 전 네가 목 디스크로 수술실에 들어갔을 때 밖에서 세 시간을 기다리며 사돈 어른과 나는 많은 이야길 나누었다.

"우리가 진희를 너무 많이 부려 먹었어요. 그리고 석*이가 너무 외조를 안 해서 힘들었을 거예요. 그래서 진희한테 미안해요."

사돈 어른 대답이 너무 의외였다.

"아녜요. 저희들은 나름 아주 행복하게 살고 있으니 아무 염려하지 마세요."

나는 그때 사돈 어른이 얼마나 고마웠는지 모른단다.

돌아가신 사부인께서도 석*이 결점을 많이 덮어주시며 잘해 주셨지. 사부인 몸이 좋지 않아 황토로 지은 퇴촌 집으로 이사하던 날. 석*이는 먼저 들여놓은 짐 속의 침대에서 자고 있었다며? 얼마나 피곤했겠느냐. 일할 사람도 많은데 그냥 자게 두라 하시며 사부인께서 큰사위를 두둔하셨다는 이야길 듣고 그땐 그저 웃고 말았지만…. 사부인 돌아가셨을 때 뒤편에 숨어 오열하고 있는 석*이를 보면서 사랑만 주고 가신 어머니를 잃은 석*이가 너무 가엽고 애처롭게 생각되어서. 우리 석*이가 큰 백을 잃었구나! 하고 나도 애통해 하면서 안쓰러웠단다.

네가 엄마를 보내드리고 목메어 슬퍼할 때도 나는 아무 도움이 되어주질 못했었지. 언젠가는 열무김치를 담가 놓고 엄마 솜씨가 안 나온다고 울먹이더라는 이야길 석*이에게 듣고는 얼마나 마음이 짠했는지 모른단다.

그래도 요즘 아무것도 할 줄 모르던 석*이가 너를 도와주고 너희 모녀에게 보름씩, 오십일씩 유럽 여행을 보내주는 걸 보면서, 그동안 네가 쌓아온 노력과 너희들의 사랑이 상당한 무게였고 네 삶이 헛되진 않았구나, 하며 혼자 마음 흐뭇해한단다.

이젠 헬레나도 국내 굴지의 회사에 수석으로 취직되었고, 비아도 영국에서 학위를 받아 WPP 계열회사에 정식사원이 되어 project를 맡아서 하고 있다니 이제 돌아와 안정된 일자리만 잡으면 성공한 거야. 이제 너희 둘 건강하고 재미있게 살아갈 날들만 남아 있지.

네가 부지런하고 사랑을 베풀며 열심히 산 보람과 자부심을 느끼려무나.

유경아!

네가 시집와 엄마의 며느리로 함께 지낸 날은 2년이 채 안 되었지. 하지만 아주 힘들었을 것을 난 너무 잘 안다. 엄마가 처음엔 누구에게도 어려운 사람이라는 걸 알고 있기에. 무슨 일이든지 너무 빠르게 해치우는 네 동서에 비해 너는 지나치게 꼼꼼히 하는 편이었으니, 더 힘들었겠지만 그런 어려운 맞춤의 과정이 있어서 우리의 오늘이 있는 거 아니겠니?

재*이 임신했을 때 입덧이 너무 심해서 친정으로 보냈더니 한 달 만에 돌아왔는데, 계속 똑같은 증상이어서 다시 집으로 보냈었지. 그때 아마 넌 매우 섭섭했을 거야. 얼마 후 내가 네 친정집을 찾았을 때 미안해하시던 사부인의 겸손함을 난 잊지 못한다. 또 몇 년 전 너희 네 식구를 친정 댁 근처 같은 아파트로 이사 보냈을 때, 사부인에게서 온 고맙다는 인사 전화도. 모두가 진실로 예의 바르시고 단정端正하고 공손하며 침착하신 사부인을 둔 나의 홍복洪福이라 여겼단다. 그런데 뭐가 그리 바쁜지 가까이 살면서 한 번의 만남도 제대로 하지 못했구나.

네가 가톨릭 영세를 받을 때도, 삼십 년이나 개신교 신자로 살아온 너를 가톨릭으로 개종시키는 것이 미안해서 사부인과 식사하면서 미리 말씀드렸었지만, 어찌 마음이 좋으셨겠니? 6개월 교리 교육받을 때도 그때 어렸던 재*인 계속 울고 난리를 쳐서 논현 성당이 시끄러웠지만, 나는 고생을 마다하지 않고 아기 봐주는 일을 맡았었지. 아무 말 없이 따라와 준 너를 엄마는 늘 고맙게 생각하고 있단다. 요즘은 도*이가 재*만 편애하는 것 같아 내가 지적할 때마다 너는 공평하게 말해 주어서, 이젠 유경이도 "세련된 엄마가 되어 가는구나!" 하고 생각하며 대견해하고 있단다.

엄마와 제일 가깝게 사는 이유로 자주 들려줘야 하는 번거로움도 마다하지 않고 작은 요구부터 큰 심부름까지 신경 써 주며 매번 잊지 않고 와서 도와주는 것도 고맙고. 또 제사, 차례 등 행사 때마다 동서를 도와 음식 분담을 잘해 주는 것도, 뒷줄에 서서 꾸벅꾸벅 두 번 반씩 개신교에서 하지 않는 큰절을 하는 것, 이 모두 다 엄마는 늘 고맙고 기특하게 여기고 있단다.

이제 중3, 고3 한창 공부해야 할 두 아이 뒷바라지하느라 고생이 많지? 재*는 중학교에서 보는 이번 시험을 1등으로 잘 치렀다니 걱정 안 해도 되겠고, 재*인 그림 그리는 특기가 있으니 미대 나온 네가 잘 알아서 지도해 주겠지. 요즘 유행하는 말로 대학 가려면 갖추어야 할 세 가지 필수가 있다면서? 첫째가 할머니의 재력, 둘째는 엄마의 정보, 셋째가 아빠의 무관심이라는 우스갯소리가 있더구나. 엄마의 역할이 크다는 이야기겠지, 이제 몇 년 더 고생해야 할 텐데. 이번 재*에 이은 코로나 감염으로 고생하는 너를 보면서 다시 한번 잘 견뎌주길 기도하고 있단다.

그리고 지원아!

너도 엄마의 딸로 살면서 힘들었던 일 많았지? 외동딸이라고 어리광도 제대로 한번 부려 보지 못하고 항상 두 오빠의 그늘에 눌려 크게 울지도 못했던 나의 막내이면서 하나뿐인 딸. 너야말로 아빠가 오래도록 살아계셨더라면 아니, 열 살까지 만이라도 네 옆에 같이 계셨으면 한없는 사랑을 받았으련만.

너는 기억하지 못하겠지만 아빠는 집으로 퇴근만 하시면 언제나 너를 안고 계셨단다. 엄마의 지나친 염려 혹시 간염으로 인한 음식물 전염 등 때문에 아빠와 단 한 끼의 겸상도 못 해 본 너에겐 엄마가 진심으로 미안하다는 사과를 한다. 네 돌날에도 아빠는 네 옷을 입혀주시며 우리 딸 정말 예쁘다고 흐뭇해하면서 얼마나 기뻐하셨는지 모른다. 보는 사람마다 아빨 똑 닮았다고 하니 더 좋아하셨던 것 같다. 또 네가 그날 연필을 잡았다는 건 공부 잘할 징조라 하시며 얼마나 만족해 하셨는지…. 그날 아빠와 너, 함께 사진 한 장 못 찍어 둔 것이 엄마는 지금도 얼마나 아픈 후회로 가슴을 짓누르는지 모르겠구나. 아빠가 그때 얼굴이 상하셔서 사진 찍기를 사양하셨지만, 엄마가 사정해서라도 너와 한 장 찍어 두었어야 했는데 정말 미안하구나.

그리고 자라면서도 늘 고마웠던 것은 넌 엄마의 사랑에 늘 목말라하면서 약한 듯하지만, 독특한 개성이 있어서 네 뜻과 지조를 꺾지 않고 자기주장을 지키는 지혜가 있어서 너를 믿게 하였다. 정직하고 현명하게 잘 자라주어서 엄만 늘 고맙고 진심으로 감사하고 있단다.

요즘 아픈 곳이 많아 고생하는 것도, 소아병이 있는 것도, 모두 어릴 적 엄마가 신경 써주지 못한 탓이고, 강하지 못하고 마음이 여려서 눈물이 많은 것도 다 나 때문인 것 같구나. 지금 생각하면 넌 딸아이이니 오빠들과 좀 달리 엄하지 않게 더 많은 사랑을 주며 키웠어야 하는 건데 엄마가 거기까지 미치지 못했던 것이 늘 후회스럽단다. 또 네가 요즘 늘 아파하는 모습을 보면서도 어떻게 해 줄 수 있는 것이 없어 엄마는 그게 마음 아프고 아주 많이 미안하구나.

이젠 두 대학생의 엄마가 되었으니 우리 지원이도 벌써 중년이 되었구나. 두 오빠의 신망하는 동생과 두 올케의 믿음직스러운 시누이로 잘 지내주는 것, 그 모두를 엄만 늘 든든하고 고맙게 생각하고 있지.

자상한 남편을 만나 마음이 잘 맞아 오순도순 잘 지내는 것도, 시모님의 찬찬한 배려로 세 며느리 속에서 신용과 칭찬을 받으며 잘 사는 것, 그 모두를 엄만 감사하며 고마워하고 있단다.

내게 너와 너희 모두는 백미白眉라 부를 만큼 흠잡을 데 없는 내 알토

란같은 보석들이지.

닫으며

진희야! 착한 유경이와 마음도 몸도 약한 지원이와 함께 석*, 도*, 형* 등과 여러 조카를 모두 꺼안고 안개꽃처럼 함께 어우러져 더 아름답게 많이 사랑하면서 빛나는 동행이 되어주기만을 큰딸 같은 며느리인 너에게 바라면서 간절히 부탁한다. 유경이와도 서로 손잡고 잘 지내주길 기대하며.

부모와 자식의 행복, 가족의 화목은 애틋한 사랑과 그리움의 정을 함께 나누는 게 아니겠느냐?

가족은 서로 살피며 사는 것이다. 또 서로 쉬지 않고 이어지는 사랑을 하는 것이란다. 행복은 공기와 같아서 보이지도 만질 수도 없지만, 어느 곳에서나 항상 찾을 수 있는 게 또한 행복이 아닐까 생각한다. 엄만 너희 모두를 아주 많이많이 사랑한다.

끝으로 너희들과의 만남은 축복이었고 함께 했던 세상은 정말 즐거웠다. 나를 행복하게 해 준 너희들에게 고맙다는 이야길 이제라도 꼭 하고 싶었고 이 지면을 빌어 하게 되는 것 감사하구나. 이것이 엄마가 꼭 들려주고 싶어 했던 것으로 버킷리스트bucket list를 하나 지우는 것이란다.

나의 60년 첫사랑

　지금까지도 아니? 죽는 날까지도 가슴속 깊은 곳에 묻어두어야 할 내 친구 창구. 그는 누가 뭐래도 세상에 하나밖에 없었던 내가 진정 사랑했던 친구이다. 지난해 2022년 1월 나는 알지도 듣지도 말았어야 할 가슴 아픈 소식을 듣고야 말았다. 그가 알츠하이머와 파킨슨병으로 거의 10년째 아무도 몰라보고 아주 비참하게 살고 있었다는 건 진정 아니 들었어야 할 이야기다.

　요양병원에 입원시키라고 친구들이 그에게 여러 번 권해도 봤지만, 그의 아내는 요지부동이었다. 죽어도 끼고 죽겠다는 게 아내의 생각이다. 그러니 그 고생이 오죽했으랴. 친구들이 전해주는 저간의 소식을 듣고 내 마음도 안타까웠다.

　나는 실상 그를 못 만난 근 십 년, 그냥 잘살고 있으려니 했다. 만사에 긍정적인 친구니, 퇴직 후 동생이 있는 시애틀이나 딸의 집 시카고에 몇 달씩 다녀오는 등 바쁘게 잘 지내고 있겠거니 했다. 그렇게 말년을 즐겁게 보내리라 믿고 거지반 10년을 무소식이 희소식이라고 여기며 살았다. 그러니까 몇 년 전. 내 차 안에서 많은 이야길 나누고 건강하게 잘 지내라고 인사하며 어느 전철역 앞에서 내려주고는 못 만났다.

그런데 최근에 들은 그의 소식은 내게 상당한 충격이었다.

그는 내 나이 열아홉 살 철없던 소녀 시절에 만난 유일한 친구였다. 갑자기 불어닥친 불우한 현실에 감당이 버거웠던 시절 나는 그와 터놓고 진솔한 대화를 나누던 친한 친구 사이였다. 돌아보면 60여 년 긴 세월, 그와 인연을 맺으며 살아왔다.

내 생애에 첫사랑이라고 말하고 싶을 만치 그는 나를 제일 많이 알고 있었다. 정말 힘들고 어려울 때 사랑으로 이해해 준 남자 친구였다. 내가 엄마를 잃고 세상 살아갈 힘을 완전히 상실했을 때, 그는 오롯이 내게 용기를 주었던 사람이다. 이성을 떠나 깊고 넓게 사랑했던 친구. 아껴주고 보살펴주던 표현이 잘 되었는지 모르지만 그런 친구였다. 그런데 시절인연이라 했던가. 그와의 끈질긴 인연은 만나고 헤어지길 60년 동안 이어왔다. 그렇게 지내오던 그가 올해 1월 저세상으로 가 버렸다는 소식이 들려왔다. 그 말을 전해 듣고 나는 얼마나 절망하며 서럽게 오열했던가.

고등학교를 졸업할 즈음이었다. 아버지의 사업 실패로 청량리를 지나 마누라 없인 살아도 장화 없이는 못 산다는 답십리로 우리 집은 이사를 했다. 그리고 어렵사리 엄마와 새로운 삶을 시작하려고 할 무렵, 엄마에게서 소개받은 유일한 남자 친구였다. 당시 엄마와 나는 가게 mart를 한다고 한창 바쁘게 준비하고 있었다. 그는 희망하는 대학 시험에 떨어져 하릴없이 동네를 서성거리는 청년이었다. 큰 마당 건너에 있던 동사무소에 근무하던 진태와는 단 하나뿐인 단짝이기도 했다. 셋은 항상 함께 만나서 서로 답답함을 의논하며 지냈다.

장사와는 도무지 어울리지 않았던 엄마였다. 그런 엄마에게 그는 양담배 이름과 맥주나 양주엔 무슨 안주가 격에 맞는다는 등, 하다못해 과자 이름까지도 가르쳐 주며, 이런저런 이야길 먼저 걸어왔던 친구다. 엄마도 태어나 처음 하는 일이라 인사를 하거나 계산조차도 서툴 만큼 답답했던 때에 많은 도움을 준 친구였다.

그렇게 그는 엄마와 함께 알았던, 엄마가 내게 고맙다고 소개했던 친구였다. 마트라는 걸 시작한 지 두 달도 안 되어 엄마를 졸지에 돌아오지 못할 길로 보내드리고는 그 슬픔을 가눌 수 없을 때 진태랑 창구는 함께 찾아와 주체할 수 없는 눈물과 어려움을 극복할 수 있도록 용기와 희망이 담긴 많은 말로 위로해 주었다. 그 후에는 진학 문제, 취직 문제까지도 함께 의논하게 되었다. 그들도 계속 희망하는 대학입시에 낙방하고 대학 편입을 목표로 입학한 사범대학을 나와 함께 공부했으며, 그 후 군대를 마치고 K대에 편입하여 졸업하고 공무원 시험에 응시해 좋은 성적으로 합격하여 서울 모처에 발령이 났다.

경기도 용인군의 외사면 S 부자집에서 아들 다섯 중 넷째아들로 태어난 그는 훤칠한 키에 부드러운 인상을 지닌 미남형에 매우 착하고 성실한 친구였다. 나와 가깝게 지내던 고등학교 동창인 명*의 아버님은 당시 외사면 면장이었다. S 부잣집 앞을 지나실 때는 대문 밖에서도 고개를 숙이고 지나치셨다고 하는 친구의 부친, 그 친구의 말에 의하면 창구는 그때 서울에 와서 공부하는 여학생들에게 선망의 대상이었고,

그 시절 그 친구는 흠잡을 데 없이 잘 생기고 멋있는 고등학생이었다. 그리고 나에겐 나무랄 데 없는 착실한 남자 친구였다. 그와 나의 인연엔 우연이나 필연 혹은 운명처럼 많은 사연이 이어졌다.

우리가 이사 갔던 답십리에는 그 친구의 누나가 살고 있었다. 그리고 가장 친한 친구 진태의 직장이 그곳에 있어 매일 우리 동네로 출근하다시피 찾아왔다. 내게는 그때가 가장 어려운 시기였다. 창구와 진태와 나 이렇게 우리 셋은 그 변두리 어디에서든 가릴 것 없이 자주 만났다.

지금 생각하면 "죽기엔 너무 젊고 살기엔 너무 가난하다."라던 작가 김남순의 말이 그 시절 나에게 꼭 맞아떨어지는 표현이었다. 청량리역 앞을 지나 뒷동네로 들어가면 가난이 철철 흐르는 골목 다방, 셋이 앉으면 가득하던 빵집, 의자가 작아서 앉으면 코가 서로 닿을 듯하던 짜장면집, 조금이라도 비쌀 것 같은 집은 우린 다 같이 피해 다녔다. 갈 수도 있었지만, 돈이 없는 것도 사실이었고, 당시 나의 가난한 집안 사정은 마음마저 그렇게 옹색하게 만들었다.

장소야 어떻든 그 친구들은 만날 때마다 내가 "사는 수밖엔 없다."라는 정리된 결론을 내려주며 손을 잡아주곤 했다. 진태 또한 열악한 환경에서 삶에 회의만이 수북하던 친구였다. 그의 능한 말주변은 항상 나를 다운시켰고, 20대 초의 우리 셋은 치부들을 부끄럼 없이 하얗게 내보이며 젊고 청초한 머리를 맞대고 끝도 없이 쏟아놓는 감성에 젖은 시간을 이어가고는 했다. 남들 같으면 아직 부모 밑에서 철없이 용돈이나 올려 달라고 성가시게 졸라댈 그럴 사춘기였지 않은가?

그 후 창구는 학교를 졸업하고 간부후보생으로 입대했다. 소위 계급

장을 달고 외출을 나왔을 때도 우리 셋은 청량리 조그만 음식점과 다방을 찾아다니며 많은 대화를 나누었다. 나는 그 시절 내 곁에 이 친구들이 있어서 명주실 같은 희망을 이어갈 수 있었다.

그다음 해였던가. 그날은 마침 4·19 기념일이었다. 나는 그때 국영기업체에서 경리사무를 보고 있었다. 충주에 내려가 있던 진태에게서 갑자기 전화가 왔다. 창구가 군대에서 사고가 나서 의정부 야전병원으로 실려 갔는데 매우 위독하다는 것이었다. 나는 그 전화를 받고 창피한 것도 모르고 큰 사무실에서 그냥 큰 소리로 펑펑 울었다. 놀란 경리과장은 빨리 가보라며 서둘러 외출증을 끊어주었다. 우린 시외버스로 의정부를 향해 달려갔다. 국방색 천막 창고 같은 막사 안에 즐비하게 이어져 놓여 있는 장교 침상 중 맨 끝인 입구에 그가 누워있었다. 창구가 우릴 먼저 알아보고 반가워서 웃어 보였다. 수도 없이 박힌 파편 조각들이 두려우리만치 검은색으로 얼굴을 덮어 일그러져 있었다. 유독 가지런히 하얗게 드러낸 치아만이 그 친구인지 알아볼 수 있었다. 나는 자세히 쳐다볼 수조차 없고 기절할 듯 무서워서 금방 밖으로 뛰쳐나왔다. 친구는 보병이었는데 포병장교의 대리 근무를 하다가 지뢰 묻는 작업 도중 터졌다는 것이다.

지휘하던 그는 다리에 큰 부상을 입어 그 자리에서 쓰러졌고 산산이 흩어지는 파편 조각들은 수도 없이 튀어서 그의 몸과 얼굴에 박혔다. 웃고 있는 얼굴 전체는 박힌 파편 조각들로 피부가 온통 까맣게 타버린 것만 같았다. 그 친구는 그로부터 몇 년 병원에 입원하여 군대 생활을 해야 했다.

그리고 친구는 서울수도육군병원에 입원해 있다가 얼마 후 경주육군병원으로 옮겨가게 되었다. 후에 들은 이야기로는 진태가 내 사진 한 장을 몰래 경주로 보내주었는데 그걸 항상 책갈피에 끼워두고 있었다고 한다. 그러다가 그를 좋아하던 간호 장교에게 들켜 미움도 많이 받았다고 하는 에피소드도 있었다. 오랜 기간 동안 소위에서 진급도 못한 채 고통스럽고 지루한 병원 생활을 하다가 불명예스러운 소위 만기 제대를 하고야 말았다.

경주육군병원으로 옮겨간 지 1년쯤 지났을까. 어느 날 창구가 소위 계급장을 달고 휴가를 얻어 서울에 올라왔다. 정말 오랜만의 만남이었다. 퇴근 후 함께 시청 앞 개풍빌딩 앞을 지날 때였다. 얼핏 보아도 그보다 훨씬 어려 보이는 중위 계급장을 단 이에게 골목으로 불려 간 후 한참 만에 나왔다. 한 대 얻어맞았는지 혹은 싹싹 빌었는지는 알 수 없지만, 새까만 후배에게 경례를 안 부쳐서 혼이 난 것이었다. 그는 군대란 그런 거라고 쓸쓸히 웃었다.

그 후에도 두어 번의 휴가가 있었다. 동대문에서 컴컴하고 지저분한 기동차를 타고 뚝섬에서 내려, 또 배를 타고 한강을 건넜다. 지금의 강남 경기고등학교 근처 리베라 호텔 정문의 길 건너쯤에서 내렸다. 당시는 모두 벌판과 야산이었다. 나는 하이힐을 신고 그는 군화를 신고 있었다. 야산을 넘어가면 봉은사라는 절이 있었는데, 그때 돈 200원이면 절에서 반찬이 열 가지도 훨씬 넘는 정갈하고 맛있는 밥 한 상을 차려주었다. 절밥을 먹고는 뒷산에 올라가 앉아서 그간 쌓인 많은 이야기를 나눴다. 그 친구와는 정말 못할 얘기가 없었다.

나는 우리 엄마 이야길 많이 했다. 그 친구는 엄마를 그리워하는 나에게 몇 번이고 똑같은 말을 해도 자상히 들어주며 상대해 주었다. 생전 처음 가보는 청량리 밖, 그것도 남의 집 방 한 칸으로 이사 갔을 때, 엄마가 아이들과 다시 살아보겠다고 죽을힘을 다할 때도, 엄마가 돌아가셨을 때도, 그 후에도 아니 어떤 무슨 상담역까지도 마다하지 않고 심각하고 성실하게 들어주었다. 준비해 온 책 한 토막을 읽어주기도 하며 많은 위로와 조언의 진솔한 답을 들려주고 마음을 다독여 주었다. 겨우 두 살 위였지만 그 친구는 늘 어른 같았다. 그래서 나는 그 친구를 늘 '애 늙은이'라고 불렀다.

그는 여러 가지 장애를 거쳐 만기 제대를 했다. 그 후 대학원을 마치고 공무원 시험을 통해 서울에서 공무원 생활을 하다 불길한 사건과 관련되어 지방 발령이 나서 사표를 냈다는 이야기를 들었다. 그때 나는 K 대학병원에 근무하면서 직원들의 복잡했던 병원사고 등으로 정신이 없어 한참 소식을 못 하고 있었다.

종로에서 개업하려고 준비할 때였다. 독일에서 리스lease로 의료 기구를 들여와야 하는데 S 은행만이 그 일을 취급한다고 했다. 지점장을 만나 독일회사와 기계의 품목, 기구 이름과 금액 등 복잡한 계약서를 작성하고 난 후 기계가 들어오는 날 지점장이 병원으로 다시 오기로 약속되어 있었다.

마침 그날 본점 중요 회의가 있어서 새로 전근 온 차장이 갈 거라는 전화가 왔다. 그리곤 잊고 있었다. 그런데 창구가 병원으로 들어오는 게 아닌가? 은행 입사한 곳이 바로 그 지점이었으니… 다시 이렇게 불가분 이어진 창구와 나의 인연은 또 그렇게 가까이 연결되며 지내게 되었다. 그때도 나는 처음 개업한 병원이라 은행의 도움이 필요했다.

나의 인생에서 사랑이라고 이어진 사람 중, 그는 그렇게 끊어지지 않은 필연이 되어 늘 이렇게 내 앞에 나타나곤 했다.

어느 날 갑자기 아름다운 추억의 향기만 가슴 깊은 곳에 남겨놓은 채 목련이 떨어진 자국처럼 흔적도 없이 그는 이 세상을 떠나 내 곁에서 멀어져 갔다.

그 해를 보내는 내내 가슴 한편에 우울함으로 남아 있는 그의 자취. 하늘을 떠다니다 사라져 버리는 뭉게구름을 바라보면 문득문득 무심하게 홀로 떠나가 버린 그가 야속하고 그리워 온다. 내 가슴은 그의 넓은 너그러움으로 가득 차 있는데 그의 모습은 어디로 갔는가. 온 누리가 온통 흰색으로 하얗게 물들어 있지 않은가.

의미 있는 순간

지금도 명동거리엔 건강한 20대들이 생기 있고, 활기차게 넘쳐나고 있을 것이다. 명동은 엄마 아버지가 지나던 길이요, 내가 자주 다니던 길이기도 하다. 오늘은 내 아들이 그 길을 지나갈 것이고, 내일은 손자가 지나갈 것이다. 그렇게 그 길은 항상 젊음으로 가득 차 있을 것이다, 한 세대가 지나가고 두 세대가 가고, 이 순간과 같은 세대들은 계속 이어 바뀔 것이다.

인생에서도 지독하게 시린 추위의 겨울은 지나고 반드시 봄이 온다. 그리고 지루하고 긴 여름은 영락없이 찾아올 것이다. 그렇게 시간은 흐르는 물과 같아서 막을 수도, 역류할 수도 없다. 그래, 이제 내게 남겨진 생명과 같은 날들의 시간을 좀 더 아껴야겠다.

삶의 의미를 깨달을 즈음이면 남은 시간이 별로 없다는 것을 알게 될 것이다. 그때 가서 후회하지 말고, 돈보다 더 귀중한 붙잡을 수 없는 남은 시간을 잘 관리해야지 싶다.

인생을 이야기할 때 반쯤만 성공한 인생, 실패한 인생으로 말할 수는 없을 것이다. 완벽함만 추구하다 보니 자신의 부족함을 부끄럽게 생각하게 되고, 그런 건 또 인간 같지 않은 법이다. 짧고 삭막한 세상에 약간 부족해도 너그럽게 사는 것이 좀 더 여유가 있을 것이다. 먼저 운명은 할퀴고 인생은 버티는 것이라는 이치를 알아야 할 것이다. 가장 아름다운 것은 중심을 가지고 제자리를 지키는 일이 아닐까. 최소한 내 삶이 남에게 그늘을 주는 일은 없어야 한다는 아주 쉽고 간단한 신념만 가슴속에 살아있다면….

고즈넉한 산책길을 혼자 걸으며 사색이라는 사치스러운 것도 한번 해 보고 싶다. 무심코 걷다가 떨어지는 꽃잎들이 보이면

"얘들아 네가 낙화하는 건 열매를 맺어주기 위한 자리 양보이니 아깝거나 아쉬워하지 말거라"

지는 꽃에 미소 짓는 이야기로 위로해 주며 하루를 즐거이 그렇게 가을밤같이 지내는 하루를 살아보고 싶다.

또 이젠 조용한 여행지를 찾아 둘만의 한가로움을 즐기며 행복한 여생을 보내다 아이들 고생 안 시키고, 오래 앓지 않고 며칠만 아프다 가기를 기도해 본다.

함께 나이 들어가는 친구도 때로는 가족이나 애인보다 소중하겠다. 애인보다 소중한 친구가 한 명쯤 있다면 참으로 더 행복한 인생일 것이다.

알렉산드로 솔제니친의 〈오른손〉이 갑자기 떠오른다. 살벌한 전쟁터에서 적장의 목을 용감히 베던 군인이 늙어 양로원에서 손을 들어 올릴 힘조차 없이 천천히 죽어가는 과정을 묘사한 〈오른손〉의 한 대목이 오늘따라 절절하다.

성인같이 살아오진 않았지만, 악하게 살아오지도 않았다.

나는 오래전 영업용 택시 운전기사 자격증을 따놓았다. 그때는 흔하지 않던 자동차 벤츠로 영업용 기사를 해 보고 싶었다. 개인택시는 이틀 일하면 하루는 쉰다. 그날은 벤츠 지붕 위 영업용 꼭지에 장미를 한 아름 달고 손자 손녀 등 가족들을 태우고 신나게 고속도로를 달려 보려고 했다. 지금이라도 그 소망을 이루고 싶다. 하지만 이젠 좀 늦지 않았을까.

2년 이상 운동을 못 나갔다. 궁금해 카톡으로 안부 전하는 소중한 동료들이 있다. 다음 날 만났을 때 손잡으며 정을 건네는 반가움이 있고, 운동 후 땀 흘리고 마시는 커피 한 잔과 오고 가는 대화 속에 웃음꽃이 활짝 피었는데, 헬스클럽에서 또 연락이 온다. 내달부터 정상 운영한다고. 또 한 번 기대해 본다.

인생에 있어서 의미 있는 순간은 사소하고 조용한 이런 것들이 아닐까 싶다. 여유를 갖고 그런 순간들을 만끽하며 천천히 즐기고 또박또박 그리고 꾸준하게 남은 삶의 마무리를 엮어가고 싶다. 그리고 이제 인생을 낭비하는 일은 안 할 거라고 한 번 더 다짐한다.

나는 아직 살아있음에 감사하며 내일 아침, 모레 아침 다시 운동을 나갈 수 있는 날을 기대하며 코로나가 하루빨리 물러가고 늘 즐거운 날만 오기를 오늘도 기도하면서.

이 또한 지나가리라This, too, shall pass away

이 또한 지나가리라This, too, shall pass away

유태인들이 즐겨 쓰는 말이다. 기쁠 때 교만하지 않고 절망이나 시련에 처했을 때 용기를 주는 이 말을 난 항상 간직하며 살아왔다.

금수저까진 아니나 고급 은수저 이상의 행운을 물고 태어나 행복하게 지냈던 19년. 나는 존경받는 명의名醫, 이념 확고한 정치가, 나만의 스타일을 지닌 훌륭한 전문인이 되고 싶었다. 그런 그 꿈 많던 어린 시절이 내게도 있었다. 그런데 대학 진학의 문 앞에서 아버지의 사업 실패와 의지했던 어머니마저 잃고 폭풍같이 찾아온 불행 앞에 속수무책 졸지에 소녀 가장이 되고 말았다.

불시에 찾아온 현실은 내게 앞날의 포부 같은 건 무용지물이었다. 닥쳐온 가난을 어찌 헤쳐 나가야 할까. 고픈 배를 움켜쥐고 내 형제들의 내일을 위하여 외롭고 힘겨운 나의 황금 세월을 살아내야 했다. 그때 내 손을 잡아줄 누구 하나라도 있었다면 얼마나 좋았을까? 내겐 의논 한마디 해 줄 사촌, 육촌, 팔촌도 없었다. 늘 나는 혼자였다. 언제나 틈 하나 없이 짜인 절박한 시간 속에서 악착같이 뛰어다녀야 하는 여섯 식구의 가장이었다.

아무리 착해 보이려 해도 착해 보이지 않았고, 착할 수도 없었다. 항상 아이들, 동생들을 위해 힘든 선택을 하고 그걸 감당해야 하는 악역의 총책이었으니 늘 피곤했다. 정말 나도 다시 태어나면 선한 역만 맡아 하며 아름다운 수련처럼 살고 싶다. 언제나 친절하게 부탁 들어주는 언니, 누나, 항상 웃음 짓는 모습으로 토닥거려주며 격려와 칭찬만 해주는 착한 엄마가 되고 싶었다. 그래! 누구에게든 다소곳이 수줍어 부끄럼을 타는 그런 가냘파서 사랑하고 싶은 여인으로 사랑받으며 한번 살아 봤으면 좋겠다.

인간의 욕구는 거의 대동소이하지 않을까. 그 욕망을 채우기 위해 타고난 자질, 주어진 환경, 본인의 의지, 노력, 거기에 운명이 더해져서 얼마나 성공하는 사람이 되는지가 결정될 것이다. 이제는 성공하여 풍족한 가정을 이루고 사는 동생들을 보면 한없이 고맙다. 하지만 그게 전부는 아닌 것 같다는 생각이 들 때가 없지 않다.

해맑은 웃음이 오가고 서로 격려하고 걱정해 주는 진솔한 눈물이 가끔은 그립다. 생각하면, 무슨 청승인지 모르겠다. 노파심에서 오는 것은 아닐까. 이젠 동생들 모두 다 같이 건강하고 서로 옛날 같은 우애로 지내만 준다면 더 바랄 게 무엇이겠는가.

살면서 내가 잘못한 것이 어디 하나둘일까 마는 제일 마음 아프고 가슴 저리게 후회되는 것은 유달리 우리 동생들에게 너그럽지 못했다는 것이다. 나도 철이 없었을 때이고 한창 자라고 있을 때이기도 했지만, 하루아침에 엄마가 가시고 나니 단숨에 맏딸이라는 이유만으로 갑작스레 어른이 되어 집안 규율을 잡아야 했으니, 그럴 수밖에 없었다고 내심 변명도 해 본다.

삼십 넘어 혼자되어 자식들을 기를 때도 아이들에게 너그럽지 못했던 건 매한가지였다. 그때는 내가 관대해지면 아이들이 잘못될 것만 같아 넉넉할 수가 없었으니 지금도 아이들에게 늘 미안하다. 착한 일을 했을 때도, 공부를 잘해서 최고의 성적표를 받아왔을 때도, 정말로 잘했노라고 칭찬해 주고, 등도 두드려 주고 안아주기도 해줬어야 했다. 하지만 나는 그러하지 못했다. 아주 칭찬에 인색했고 야박한 엄마였다. 그때는 칭찬으로 행여 아이들이 해이해질까 두려웠던 것이다. 그러니 그때 나는 항상 근엄한 얼굴이었을 것이고. 아이들은 엄마의 자상함이 한없이 그리웠겠지. 내가 조금 느슨해지면 버릇없이 자랄 수도, 아비 없는 놈들 소리를 들을 수도 있다고 여겼으니, 그 점이 가장 겁나고 또한 두려웠다. 혼자서 두 얼굴을 하기는 정말 어려웠다.

세상 떠나신 시어른들과 그 가문에 누가 되지 않도록 세 아이를 잘 키워내야 한다는 과제, 오직 그것만 보고 살았다. 저 작은 꼬맹이들이 어느 세월에 커서 나와 지난 오늘을 이야기할 수 있을까 싶었다. 어느 때는 이렇게도 더디 가는 날들이 답답하기도 하고 가슴 졸이며 산 날이 얼마나 많았던지! 지나고 보니 그렇게 긴 세월도 아닌 것을…. 그 나름대로 그때그때 하루하루를 즐기고 또 사랑하고 행복을 만끽하며 너그러이 지냈어도 후회 없는 오늘이 반드시 왔을 텐데, 왜 그리도 여유가 없었는지.

어느덧 아이들 모두 벌써 중년을 넘기고 있다. 그런데 뭘 그리도 조바심 내고 초조해했을까? 왜 그리 자신감이 없었을까? 당시 아이들 역시 얼마나 큰 노력을 했는지 나는 잘 알고 있다. 어린 나이에도 보채지 않고, 남편 없이 발을 동동 구르며 늘 바쁘기만 했던 엄마가 그리울 때도 많았을 텐데 잘 이겨내고 참아주며 기특하고 장하게 자라주어 고맙다.

요즘 부모들의 사랑을 듬뿍 받으며 자라고 있는 가까이 있는 손자 손녀들을 보면, 우리 아이들 어릴 적 기억으로 "불쌍한 내 자식들!" 하면서 가슴 속이 뭉클하여 운 적이 적지 않다. 아빠가 계셨더라면 금쪽같은 자식으로 사랑을 한 몸에 받으며 자랄 수 있었을 텐데…. 우리 아이들이 얼마나 사랑에 목말라하며 자랐을까를 생각하면 미안하기 그지없다. 정말로 이만큼 성실하고 든든하게 자라주어 고맙고 대견하다.

계모 말씀 말마따나 "씨는 못 속인다. 근본은 못 바꾼다." 하면서. 아마 우리 아이들은 마약 소굴에 들여놔도 마약은 안 할 것이란 말씀으로 늘 칭찬을 아끼지 않으셨다. 앞으로도 건강하게 서로 사랑하며 어떠한 어려운 일이 있어도 서로 도우며 지금처럼 사이좋게 살아줬으면 하는 소망을 담은 기도를 간절히 하면서.

어느 날 소녀 가장에게 주어졌던 과분한 행운의 프러포즈와 이에 이어진 결혼. 그 행복 속에서 남편을 꼭 움켜쥐고 안 놓치려 무진 애를 썼지만, 병마와의 싸움 그건 속수무책이었다. 그리고 그 후엔 남겨진 과제에 매달려 목마른 줄 모르고 입술 튼 것이 아물 틈 없이 숨차게 달려온 30년의 세월. 그리고 한숨 돌리니 내 나인 벌써 육십 고개에 서 있었다. 내가 꿈꿨던 목표를 다 채우지 못하고, 내세울 것 없고 보잘것없는, 그냥 그런 아줌마, 할머니로 나이 먹고 있다. 하지만 생명이 다하는 날까지 어디에서나 어떤 무슨 일에나 멋지게 최선을 다하고 싶다. 난 누구의 추억 속에서도 멋쟁이 아름다운 여자로 기억되어 있으리라.

비워 둔 방에도 먼지가 쌓이는데 내 마음속의 먼지는 오죽할까? 산다는 것은 먼지를 닦아내는 것일까? 농부가 잡초를 뽑고 깨끗한 밭에서 수확의 기쁨을 느끼듯이 그렇게 살고 싶었는데…. 난 늘 혼자 마음속으로 막연하게 이 다음에 내 나이가 들면, 그땐 그냥 나 하나만을 위해 살아야지. 일본문학 석사 과정을 마치고 박사까지 꿈꿔볼까, 교토 근교에 자그마한 집을 마련해 일본 문학을 공부하고 연구하며 그렇게 조용히 여유롭게 살면서 한국을 가끔 드나드는 것도 좋겠다. 그렇게 평화롭게 나만을 다스리며 건강이 허락하는 대로 많은 사람과 알고 어울리면서, 서로 정을 주고받으며 아낌없이 베풀고 사람같이 한번 살아 봐야지 했다. 그곳이 한국이건, 교토이건, 스페인의 어느 한적한 마을에 버려진 작은 집이라도 좋겠다고 생각했다. 그렇게 소담하게 후회 없는 삶을 살다가 미련 없이 돌아가고 싶었다.

하지만 지금 남편의 프러포즈를 받으며, 이것 또한 나의 운명이라고 여겼으니 나도 이젠 운명을 숙명으로 받아들이는 데 익숙해진 모양이다. 안 대사는 착실하고 착하고 말이 적은 사람으로 저 사람이 어떻게 외교관이란 직업을 택했으며 대사를 지냈을지 할 정도로 나서지도 나대지도 않는 점잖은 사람이다.

몇 년 전 공덕동 성당 신부님과 그 성당 간부들과 함께 밥을 먹었다.

그 간부 중 한 사람이 자기가 제일 존경하던 사람이 옛날 시카고 총영사관에 근무할 때 어떤 대사란 이야길 했다. 나중에 그 사람이 바로 안 대사란 말을 듣고 신부님은 매우 놀라셨단다.

안 대사는 정말 존경받을 만한 점이 많은 사람이다. 다만 가정적이지 못해 집안일을 함께 한다든가 하는 일들이 좀 어렵지만. 나도 그쪽으로는 좀 잘 안되는 사람인 데다가 능숙하지 못하니 큰일이다. 가끔 그런 일로 아웅다웅하면서 살고 있다.

우린 날마다 아침 6시에 헬스장으로 운동을 나간다. 얼마 전, 몇 가지 검사를 하느라 한 열흘 운동을 못 갔다. 그랬더니 다음날부터 무슨 일이냐고 연락을 전하는 소중한 동료들이 있다. 그리고 다시 만났을 때 손잡으면서 건네는 반가움의 인사는 더 심오한 마음들이다.

이 모두가 또한 지나가지 않으랴.

대륙 사람들의 기질과 나

뉴욕New York에서 워싱턴Washington D.C. Lockville에 가려고 비행기 트랩을 올랐다. 한 삼사십 분이면 도착할 것이니 흐린 날씨에도 강행한 것이다. 그러나 비행기 트랩에 오르자마자 비가 억수로 쏟아지는 것이 아닌가? 기내 방송이 나왔다. 말이 빨라 구체적으로 알아듣지는 못했지만 비로 인해 비행기가 연발延發된다는 내용이었다.

대충 그렇게 알고 조금 있으면 떠나려니 하고 기다렸다. 그러나 한참을 지나도 비는 그치지 않고 비행기는 움직일 기미가 보이질 않는다. 옆 사람을 쳐다보고 뒷사람을 살펴보았다. 앞뒤에 모두 동양 사람은 없었다. 아니 아예 기내에는 유색인이 나 한사람뿐이었다. 나는 사실상 급하지는 않았다. D.C에서 PT실을 하는 친구가 기다리고 있는데 그 친구도 방송을 듣고 기다리고 있겠지.

옆에 있는 사람들은 모두가 꼼짝하지 않고 그대로 신문에 몰두하고 있다. 어쩌면 그렇게 미동도 없이 약속시간 기다리듯 조용히 앉아 있을까? 나는 옆에 사람에게 묻고 싶었다. "급한 일 없으세요? 출근하시는 것 같은데 늦어도 괜찮으세요?" 그렇지만 나만 마음이 바쁜 것 같았다. 그 사람들은 모두가 요지부동이었다. 아마 대국에 살아서 그런지도 모른다고 생각했다. 나만 혼자 안절부절못하고 있었다. 화장실도 한 번 가보았지만, 상황은 맨 뒤쪽 좌석들도 마찬가지였다.

밖은 계속 비가 쏟아지고 있는 듯했다. 한 시간. 두 시간…. 출근하는 사람은 얼마나 급할까? 이미 시계는 열 시를 가리키고 있었다. 기내 사람들 모두가 아무런 표정이 없었다. 급하거나 요동하려는 기색은 보이지 않았다. 난 그날 좁은 땅에서 사는 사람들의 소심한 옹졸함과 넓은 땅에서 사는 사람들의 너른 여유를 체험한 듯했다.

어렸을 적 피난 시절 과수원집에서 살 때의 일이다. 동생과 별 커다란 일도 아닌 의견차로 결론을 못 내고 계속 다투고 있었다. 엄마가 들어오시더니 둘 다 나오라고 하시면서 바깥마당으로 데리고 나가셨다. 그러고는 앞산과 그 멀리 넓고 파란 하늘을 동시에 한 시간만 바라보다가 들어오라고 하셨다. 나는 그때 엄마가 왜 그러셨는지, 깊은 뜻을 모르고 그냥 단순한 '벌'이었거니 하며 살고 있었다.

꽤 오랜 세월이 흘렀는데 오늘 친구와 점심을 하다가 문득 오래전 그때 그날의 일이 생각났다. 엄마의 심오한 뜻을 몇 십 년이 지난 오늘에야 떠올리며 깨달았으니 아프리카 사람들을 운운할 자격이나 있는 건지 모르겠다.

그날 친구는 20년 넘게 살면서 느낀 대국인의 몇 가지를 내게 들려주었다. 우리 둘은 그날 동양 사람들과 서양 사람들의 국민성에 관한 이야길 길게 하면서 쓴웃음을 지었다. 아프리카 사람들의 단순함은 심부름을 시켜도 두 가지 이상은 안 된다는 것이었다. 그들은 자신이 들은 이야기 중 앞의 하나만 기억하고 뒤엣것은 전부 잊어버린다고 했다. 그러니 오랜 세월이 지난 후에는 동양인들이 세계를 통치할 수도 있지 않을까, 라는 결론이었다.

최선을 다해 부지런히 노력하는 것도 우리 국민성이지 않을까? 빨리! 빨리! 우리가 엘리베이터를 타고서도 올라가는 버튼을 자꾸 누르고, 또 늘 '빨리빨리'를 외치는 것. 앞에 잘 가고 있는 자동차 뒤에서 경적을 울려대는 것 등. 이 급한 성격의 국민성이 우리나라를 이렇게 빨리 여기까지 오르게 한 원동력이 된 것이 아닐까.

장점이나 단점에 우위나 정답은 없었다.

우리 집 셋째 아들

아침밥을 먹고 있는 이른 시간에 전화 소리가 조용한 집안을 크게 흔든다.

"어머니 뭐 하세요?"

셋째 아들의 음성이다.

"밥 먹고 있지!"

"뭐 드세요?"

"응- 아침에 해남 고구마가 와서 에어 프라이어Air fryer에 구웠더니 맛이 기막히네. 커피 내려서 한라봉이랑 먹고 있어."

"네, 고구마는 아버님 당뇨에 좋은 음식이니 많이 드세요."

"근데 아버진 별로이시고, 내가 더 좋아하는데…."

셋째 아들은 실상 사위를 가리키는 호칭이다. 정말이지 그렇게 자상한 사위가 있을지 싶다.

내가 추천한 조건 만점인 선배의 아들을 마다하고 딸이 선택한 사위이다. 딸이 근무하던 학교의 선배 교사들이 패키지로 유럽 배낭여행을 갔을 때 함께 갔던 총각이 너무 성격이 좋아서 후배 교사인 딸에게 남자 친구가 있다는 데도 반강제로 소개해 주어 억지로 인사를 나누었던 친구다.

두어 번 만나 대화 중에 느낀 것이 엄마를 대하는 것이 보통 사람과 너무 달리 잘하는 걸 보면서 "자기 엄마한테 저리 잘하니 우리 엄마한테도 잘하겠지"라는 생각이 들더라고 했다. 그 얼마 후 친구들과 인도 여행을 가는 날이었다. 공항에서 수속을 마치고 대기 중이었다. 갑자기 웬 시커먼 청년이 앞에 오더니 넙죽 절을 했다.

"저 이** 어머니시죠?"

"네 그런데요"

"저 이** 친굽니다. 커피 한 잔씩 드시지요."

하면서 어느 틈에 석 잔을 들고 와 함께 앉아 있던 친구들에게 나누어 주더니,

"그럼 안녕히 다녀오세요!"

하고 넙죽 절을 하고는 사라졌다.

여자가 좋으면 저렇게 되는 건가? 아니면 원래 저렇게 반죽이 좋은 건가? 그날 친구들과 결론 없는 많은 이야길 나누었다. 몇 번 만나는 과정에서 이것저것 좋은 점이 많은 것 같다는 이야길 듣고 내가 한번 만나보기로 했다.

나는 세 가지의 이유를 들어 반대했다. 딸아이는 우리 엄마는 다른 부모와 다를 줄 알았는데 엄마도 역시 속된 분이다, 라는 극단의 이야기까지 들었다. 기를 때도 단 한 번 없던 그런 대화로 처음 언성까지 높인 일까지 있었다. 그러나 이 세상에 그렇지 않은 부모가 몇이나 되겠

는가? 엄마가 조건 좋고 직업 좋은 사윗감 쪽으로 기운다는 건 작금의 필수로 보아야 할 현실이지 않을까?

그 후 사위는 이십여 년이 지나도록 한결같다 '처가 집 촌수는 개 촌수'라는데 같은 해 1월에 태어난 제 처의 오빠를 깍듯이 '형님! 형님!' 하면서 존칭을 붙여가며 따랐다. 장가를 좀 늦게 가게 되니 선을 많이 보러 가는 형이 선보러 갈 때마다 옷까지 챙겨주며, "형님 인물은 6개월이에요." 했다가 핀잔을 들으면서도, 약속 있을 때마다 와서 참견해 주었던 셋째 아들이다.

언젠가 장가 간 지 10년이 넘은 예의 동갑내기 형으로 이야기한다며 둘째가 말했다. 매제는 참 불쌍하단다. 자기는 지금까지도 처가 집에 가면 *서방, *서방 하면서 장모님이 마치 손님 대하듯 잘해 주는데, 매제는 엄마 심부름은 제일 많이 하면서 크게 대우도 못 받고 엄마한테 가끔 혼까지 나는 걸 보면 딱하다는 것이다. 하기야 우리 셋째는 아들 같아서 나에게 가끔 혼도 나곤 한다.

집에만 오면 일단 휙 한번 온 집안을 돌아보고 "비데가 오래되어서 물이 나오는 게 약하다.", "식탁 의자가 앉아 보니 허리가 아파서 안 되겠다." 하면 다음 주엔 비데와 식탁 의자가 바뀐다. 사위를 어렵게 대하지 않고 아들같이 너무 허물없이 가까이한다고 오래전이지만 생존하셨을 때 아버지께 꾸지람까지 들은 적도 있었다.

그건 내가 셋째를 사랑하는 방법인데… 그 깊은 뜻을 누가 알랴.

우리 셋째를 제일 부러워하는 사람 중 한 사람은 큰 남동생이다. 지난 가을 거제도에 가기로 했다. 먼저 가 있는 딸 내외와 만나기로 약속

되어 김해공항에 내려 찾고 있는데, 남동생의 전화를 받았다. 비행기 표를 전화로 보내줘서 거제도에 가는 중이라 했더니, 자기 사위는 여태 비행기 표는 고사하고 버스표 한 장 사 준 일이 없다며 누나 사위 같은 사람이 어디 있느냐고 칭찬을 한 일도 있었다. 그러나 동생 사위 이 서방은 내가 높은 점수를 주며 사랑하고 있는 조카사위이다. 우리 부부의 티셔츠도, 책도 사서 처고모부에게 보내주는 자상한 사위이다.

우리 셋째는 어떻게 그렇게 처삼촌과도 잘 지내고 둘이서 뭐든 잘 통하는지. 하기야 우리 셋째는 누구에게도 밉상으로 굴지 않을 것이다. 술집에도 가끔 가는 모양이다. 옛말에 "처삼촌 벌초하듯 한다."는 말이 있듯, 처삼촌이란 그렇게 소홀할 수도 있다는 뜻에서 나온 말일 텐데. 아마도 설렁설렁, 하는 둥 마는 둥 한다는 뜻이겠지만.

내 인생에 있어서 참 진국인 사위를 만나서 딸도 행복하고 장모인 나도 남편도 같이 늘 미덥고 든든하다. 우린 딸 내외와 남해를 돌며 외도를 다녀온 이야길 하면서 언젠가 어떤 친구가 늘 외국만 다니면 뭐 하니 우리나라 남해도 한번 못 가본 사람이… 라고 했던 우스갯소릴 몇 번이나 되풀이한다. 이런 배려 깊은 사위를 만나게 된 것도 늘 홍복이라고 여기며 살고 있다.

내가 가진 자랑스러운 것을 드러내놓고 과시하면서 사는 것이 나이 먹어 가면서의 긍정적인 마인드 맵mind map이 아닐까.

두 어머니

부모는 내가 선택할 수 없는 분들이다. 그러니 부모는 선택된 사람이 아니다. 하지만 반려자는 선택할 수 있다. 그리고 나와 동행할 사람이다. 자식은 성인이 되어 자립할 때까지 부모가 키우고 늙으면 자식 그늘 밑에 있게 된다.

나는 일제 강점기 말 나라가 혼란스럽고 식민정치가 혹독한 시절 서울 종로에 유복한 가정에서 태어났다. 증조부 조부 아버지는 4대째 없던 손녀딸의 탄생을 크게 축복하시고 한없이 사랑하셨으니 주위의 부러움 속에서 부유하고 행복하게 성장했다. 아버지는 조선시대 학자 같으신 훌륭한 분이었고 어머니는 더없이 아름답고 현명한 분이었다. 생후 19년 동안의 나의 삶은 그야말로 주위와 친구들에게 선망의 대상으로 즐겁고 행복한 나날이었다.

세상 어머니들 대부분이 다 그렇겠지만, 내 어머니는 내게 있어 가장 이상적인 분이었다. 때론 엄격하고 때론 자상한 엄마였으며. 내가 인간으로서 올바로 성장을 하게끔 훈육하신 분이었다. 어머니는 나의 인간 형성에 롤모델이었다.

그러나 엄마는 여자인 내가 가장 엄마를 필요로 할 시기에 갑자기 세상을 떠나셨다. 엄마가 없는 세상은 암흑천지였으며 이 광막한 세상을 어찌 살아갈 것인가…. 나는 졸지에 오아시스 없는 사막에 홀로 버려진 몸이 되었으니 이 허허벌판에 네 동생과 아버지만이 동그마니 내 곁에 남아 있었다. 온통 내가 짊어져야 할 짐이었다. 어찌 살 것인가? 막막하기 그지없었다.

아무리 주변을 돌아보고 하늘을 우러러보아도 내 가까이에는 아무도 없었다. 오직 나 혼자뿐, 앞이 보이지 않았다. 그저 캄캄한 세상에 나홀로 동댕이쳐진 그날. 세상에 외면당한 나는 내게 이런 시련을 주신 하느님을 많이 원망했다.

그렇게 한동안 나는 삶의 방향을 잃고 광활한 들판 한가운데에서 길을 찾아 헤매면서 방황하는 외로운 존재였다.

내가 빠져나갈 길은 아무 곳에도 보이지 않았다. 내게 맡겨진 짐의 무게가 세상 물정 모르는 열아홉 철부지 아이로선 도무지 감당키 어려웠다. 우선 닳아서 글자조차 희미해진, 엄마와 함께라면 흠뻑 기뻐해주실 대학 합격증은 하나의 휴지 조각으로 내 처분을 기다리고 있었으니 산산이 찢어 답십리 논바닥에 버리면서 새로운 운명을 받아들이기로 한다. 엄마가 내게 맡기고 간 네 동생들도 가난과 함께 껴안아야 했고, 많은 재산을 사업으로 버리신 후 경제에 무능해지신 아버지도 나의 운명과 더불어 동행하기로 결심하지만, 그 후 얼마나 시간이 지났을까. 다시 가까스로 정신을 차리고 도전에 도전을 해봐도 내게 닥쳐진 현실은 그야말로 너무나 힘겹게 야박하고 냉혹했다.

무조건 부닥쳐 보기로 한 나는 여섯 식구의 가장으로 밤낮 가릴 사이 없이 뛰어다닌다. 이것저것 닥치는 대로 몇 가지 일을 해가면서 살아본다. 그렇게 나의 삶을 버린 어려운 날 7년을 견디니 막내는 초등학교, 성준은 중학, 혜정은 고등학교, 큰동생은 대학까지 다니게 되면서, 차츰 주위 정리가 조금씩이나마 되어가고 있을 즈음이었다. 세상은 아직 40대 젊고 잘생긴 아버지를 그냥 내버려두지 않았다.

또다시 우리 집엔 피할 길 없는 기구한 시련이 찾아온 것이다. 누구의 강요라고 할 것도 없었다. 주위에 떠밀린 나는 내 손으로 선택한 한 분의 새어머니를 맞이해야 했다. 그 길은 엄마를 배신해야 할 외길이 분명하였지만, 그것도 숙명으로 받아들이기로 했다.

그렇게 불행한 일은 또 나를 기다리고 있었으니….

곧바로 새어머니의 본성이 드러나는 것이었다. 상식을 벗어나는 어머니의 괴팍한 성격을 우리는 감당할 수 없었다. 우리 5남매에게 절망적인 비극을 안겨주기 시작했고 그 길을 선택한 나는 땅을 치며 후회할 때가 한두 번이 아니었다. 장화홍련전의 배씨보다 더 악랄했던 현대판 비극들이 우리 집에선 하루가 멀다고 일어났다. 이를 해결할 수 있는 사람은 오직 조선시대 선비 같았던 아버지뿐이었으나 아버진 결정장애를 가지고 계신 분 같았다.

도무지 집안의 제일 중대한 일의 해결할 방안을 찾지 못하고 그저 서성거리셨다. 아직 어린 동생들에겐 단 하루도 살아내기 힘든 나날이었다. 넷째 동생은 지금도 그때를 회상하며 그 시절은 억만금을 준다 해도 다시 돌아가기 싫다고 한다.

하지만 부모는 배신할 수도, 비교하거나 비판할 수도 없는 존재였다. 새어머니의 횡포가 심할수록 우린 더욱 겸손해야 했고, 어떻게 하든 이해하려 노력해야 했다. 나는 동생들을 계속 설득하며 모두를 숙명으로 받아들이려 했다. 그러나 연발되는 사고는 막내가 상반신 화상을 입어 응급실로 실려 가면서 나 역시도 버틸 힘을 잃고 그만 지쳐버리고 만다.

이러구러 소설에서나 나올법한 말할 수 없는 일들도 쏜살같은 세월을 거슬리지 못하고 그렇게 시간은 어김없이 지나가 버리니. 아버지께서 2008년 89세로 세상을 등지신다. 그렇게 당당하던 새어머니는 날개 잃은 새처럼 힘없이 5년을 더 사시다 돌아가신다. 우리 엄마보다 곱절을 더 사신 셈이다.

어머니라 부르며 모셨던 분. 새어머니, 당신도 당신의 타고난 성품은 어쩔 수 없었지 않았을까? 지금 돌이켜보니 새어머니 자신도 자신의 그 괴팍한 성격으로 인해 얼마나 괴롭고 또 외로우셨을까, 하는 생각도 해 본다.

역지사지易地思之로 보면 그분의 운명도 기구하고 가련했지 싶다. 내가 조금 더 설득하고 교감하였더라면 하는 아쉬움도 없지 않다. 학교에서 학생들 상담하듯 한 번 더 시도해 볼 걸 하는 아쉬움이 이제야 든다.

나도 이제 나이가 들었나 보다. 나는 새어머니와 정면으로 얼굴 한 번 안 붉히고 지냈지만, 해결 못 하시는 아버지께 자식으로선 차마 못할 말씀을 여러 번 드렸다.

"안 되겠어요. 아버지." 라고 하면 "알았다." 하셨다. 그뿐이었다. 거듭 거듭 그렇게 하며 살아야 했던 기나긴 나날들…. 어린 동생들은 얼마나 힘들었을까. 그냥 모두가 미안하기만 할 뿐이다.

새어머니가 세상 떠나시기 얼마 전 잠깐 뵈러 갔던 날,

"큰 애 왔냐? 왜 얼굴이 그 모냥이여. 옛날처럼 멋 좀 부리고 다녀! 넌 화장두 하구. 그래야 어울려 야! 그렇게두 이쁘더니 얼굴이 그게 뭐 여?"

하시던 말씀이 아스라이 귓가에 들려온다. 그것이 그분에겐 아주 커다란 사랑의 표현이었으리라.

칭찬은 사람을 가깝게 하고, 가슴이 넓음은 사람을 따르게 한다. 그리고 사람을 감동하게 한다고 하지 않았던가. 현실이었지만, 내가 조금 더 너그럽게 설득했어야 했나 보다.

오늘따라 새어머니, 엄마. 두 어머니의 얼굴이 생시처럼 떠오른다.

제3장

마지막 선택

이런, 배신

"스지야! 건강하게 지내다 공부 마치면 바로 돌아와야 한다."

"아부지! 영원히 안 온다니까. 아부진, 내 말 여태 뭘 들었어?"

"아부지 내가 말한 대로 꼭 그렇게 해 줘야 해! 아니면 나 죽어 버릴 거야 알았지?"

정이라고는 하나도 없는 무뚝뚝한 딸의 다짐에 육십이 넘은 아버지는 드디어 눈물이 글썽거리며 말문을 닫는다.

그러자 옆에 있던 40대의 여인이

"알았으니 이제 어서 들어가!"

딸과 똑같은 모습의 엄마였다.

아버진 차마 딸의 손을 놓지 못했다. 그런 아버지의 손을 물건 던지듯 뿌리치고 안으로 들어가 버리는 매정한 딸. 시리도록 맑은 하늘을 올려다보며 공항 대기실에서 나와 시내로 향하는 차 안에서 김 변호사는 흐르는 눈물을 멈추지 못한다.

40년 전 아버지 소유의 임야 명의 변경 일로 알게 되었던 김변. 법원 쪽에선 시쳇말로 민사소송으론 패소한 일이 거의 없다는 변호사다. 매섭도록 야무지고 인정머리라고는 눈 씻고 봐도 찾을 수 없게 차가워 보이며 법에는 피도 눈물도 없는 양 법 위에만 세상 모두를 올려놓았던 김변.

예민하기로 소문났던 이가 저 사람 맞나? 싶을 정도로 똑똑하고 잘 나가는 변호사가 바로 그였다. 그렇다. 오랫동안 나하고는 말이 잘 통했다. 몇십 년을 그렇게 지내다 보니 농담과 진담 다 섞는 그렇게 가까운 사이가 되어 있었다. 요즘에는 둘 다 바빠서 조금 뜸하지만.

남동생도 법률에 관한 상담을 할 때면 늘 함께 사무실엘 가곤 했다. 허리가 나빴던 그는 우리 병원엘 자주 드나들었다. 같은 학교엘 다닌 건 아니었지만 동년배이고 졸업연도도 같아 동시대의 친구라며 만나면 서로 간에 의사소통이 비교적 잘 되는 소위 대화가 통하는 사이랄까.

몇 해 전 어느 날, 김변 어머니 칠순을 맞아 동생과 나를 그의 집으로 초대해 주어 함께 가게 되었다. '간소하게'라고 말했지만, 꽤 많은 사람이 초대된 잔치였다.

상당한 효자였던 김변 어머니의 칠순, 요리사들이 한식을 직접 나르고 있었다. 몇 달 전에 밖에서 함께 만났던 두 딸도 다가와 인사를 했다. 주인공인 어머님께 인사를 드리고 음식을 거의 다 먹을 즈음까지 웬일인지 그의 아내가 보이지 않았다. 인사를 하고 가겠다고 말하자, 한참 후에야 부인을 데리고 왔다. 그의 아내는 좀 전에 왔다 갔다 하던 사람이었다. 조금 어울리지 않는 한 쌍이라는 생각이 문득 머리를 스친다. 그 후로 몇 년이 더 흘렀다. 그동안 나는 여러 가지 일로 바쁘게 지내다 보니 이전의 일은 까맣게 잊고 있었다.

그러던 어느 날, 오랜만에 김 변호사가 사무실 이전을 한다고 연락이 왔다. 나는 단골로 이용하던 꽃가게에 특별히 부탁해서 질 좋은 도자기 화분에 심은 향기 좋은 동양란으로 특별히 주문했다.

예전 사무실보다 훨씬 큰 면적이었다. 직원도 전보다 늘어나 낯선 얼굴도 보였다. 나는 사무장에게도 축하 인사를 하며 둘러보니 앙증맞은 화분들 사이에 내 이름이 쓰여 있는 화분이 아름다운 꽃과 어울려 돋보였다.

불쑥 사무장에게 성이 엄마한테 응접실에 놓고 잘 기르라고 해, 라고 말하자,

"저 화분은 목동으로 갈 것 같은데요."

"목동이라니? 목동?"

"모르셨어요?"

"선생님! 미쓰 리 언제 보셨어요?"

"그러고 보니 오늘 정말 미스 리가 안 보이네."

"사무실에 안 오신 지 일 년도 넘으셨네요."

그로부터 사무장한테 들은 이야기는 정녕 나를 황당하게 만들었다.

김변과 미스 리는 이미 딸을 낳았고, 목동 아파트에 살림을 차렸다는 것이었다. 그리고 둘째를 임신 중이라는 필요 없는 말까지도 빼놓지 않고 덧붙였다. 그러고 보니 내가 너무 바빠서 김변을 만난 지가 꽤 오래되었고 한참을 잊고 있었다.

그런데 나는 주 사무장으로부터 그 말을 듣는 내내 성이 엄마가 머릿

속에서 맴돌았다. 그가 안 되었다는 생각보다 참으로 괘씸하다는 생각을 떨칠 수 없었다.

 몇 년 전인가. 김변이 나에게 한 이야기는 대강 이러했다. 대학을 다니던 중 입대한 빵빵 군번이라던가? 그는 졸병으로 최일선에서 고단하게 군대 생활을 하고 있었다고 한다. 하루는 대대장실에 들어갔다가 대대장의 여동생이 면회 온 것을 보게 되었단다, 그 후 두세 번 그 여자를 보게 되었고 어느 날 매끈한 스타킹에 예쁜 구두를 신고 대대 찝Jeep차를 타고 내리는 그녀를 보니 가슴이 두근거리더라는 것이었다. 그때는 치마만 두르면 모두 근사한 여자로 보일 때였다는 사족까지 붙이며, 미인은 아니더라도 복스러워 보이고 자기 홀어머니를 잘 모실 수 있겠다 싶어 용기를 내어 대대장에게 소개해 달라고 했다는 것이다.

 김변은 잘생긴 얼굴이다. 요즘 직업상 그렇게 보일는지는 잘 모르겠으나 첫인상이 조금 차가운 편이긴 해도 학생 때나 졸병이었을 때는 그렇게 안 보였을 것이다. 게다가 법대생이니 대대장인들 그를 마다할 이유가 없었다. 얼핏 보아도 성희 엄마 인물은 그와 비교해 훨씬 못하지만, 인물이 문제가 아니었다. 내가 들어도 속상하리만큼 효자인 김변 앞에서 시어머니를 잘 모시기는커녕 만나면 앙숙처럼 사이가 좋지 않다고 한다. 집안 살림엔 도무지 관심이 없는 사람이었고. 설상가상 놀음을 좋아해서 기회만 되면 어디를 가는지 모르게 사라져 버려 김변은 진절머리를 내며 살고 있다고 했다.

 나는 그 말을 듣고 김변에게 문제가 있는 건 아니냐고 물었다. 그 대답은 피해가면서 그는 아예 대화를 안 하고 지내는 지가 오래되었다고

만 했다. 거기다가 위로 딸 둘은 나를 닮아 그만그만한데, 아래로 아들 둘은 제 어밀 닮아서 공부하고는 담을 쌓아 고등학교 시험에도 낙제할 정도이니, 집이라고 들어가 봐야 딸들과 몇 마디 대화할 정도라며 한숨 짓던 김변의 말과 주 사무장의 말이 오버랩overlap되면서 나는 머릿속이 복잡해져서 아무 말 없이 사무실을 빠져나왔다.

그 후 등기 관계의 복잡한 소송 건이 있어서 주 사무장에게 부탁한 일이 있었다. 주 사무장이 혼자 처리할 사건은 아니었지만, 나는 김변에게 전화하기가 주저되었다. 그 후 계속되는 소식들은 모두 다 주 사무장으로부터였다.

김변은 아예 생활 자체를 목동으로 옮겨가서 살고 있었고, 그쪽의 두 딸은 초등학교부터 거의 1등을 놓치지 않고 있다고 했다. 아이들의 재롱으로 행복하기도 하고 불안하기도 한 두 집 살림을 하고 있었다. 큰집에서는 딸들이 사무실에 와서 생활비를 타가는 그런 생활을 이어가던 어느 날, 목동의 고등학생인 큰딸이 유학을 보내 달라고 하더라는 것이다. 대학을 졸업하면 유학은 보내주겠다고 했더니, 딸은 정면으로 아버지에게 따지며 대들더라는 것이었다.

"아버지! 나를 왜 낳았어? 첩의 자식 소리 들으며 여기에서 대학 4년을 다니라고?"라며 심하게 대들었다니. 김변은 그 순간 언젠가는 알게 될 것이고 그때를 대비해서 차근차근 이야기해 주려고 생각해 뒀던 말을 까맣게 잊어버리고 고등학생 딸에게 당하고만 있었다. 일류변호사인 그도 자식이라는 명분 앞에 변명 한마디 못 하고 당황하여 입을 다문 채 속수무책 겨우 몸을 지탱하고 있었다. 마침 애들 엄마가 들어오더니 치밀하게 짜인 각본 읽어 내려가듯 말을 이어가는데. 세 모녀가 모두 합심했는지 똑같은 각본으로 종말은 셋 모두 미국으로 가게 해 달라는 것이었다.

우선 큰딸이 유학형식으로 가고, 다음 둘째 그다음은 엄마를 보내주되, 지금 사는 목동 아파트를 팔아 마련한 돈과 그 외 생활비에 얼마를 얹어주고 그 후 소식을 끊자는 제안이었다. 기가 막힌 김변은 한마디 말도 못 하고 내려진 결론이었다. 법의 테두리 안에서 법의 이론으로만 살던 김변은 법을 잘 알기에 말 한마디 못 하고 속수무책 밀리는 형국이었다. 이럴 때 법정에서 잘 내세우는 증인 채택 같은 것을 할 수는 더욱 없었을 것 아닌가.

큰딸이 갈 때만 해도 인연의 끈을 놓고 싶지 않았던 아버지는 한 가닥 희망을 붙들고 부녀간 혈육의 정을 뗄 수 없어 매달렸다. 하지만, 절망적인 현실에 커다란 배신감을 떨쳐버리지 못하고 포기하자는 결단을 내리기까지 거의 환자 같았다는 것이다. 주 사무장과 미국으로 떠나기 전 애들 엄마는 거의 매일 사무실 전화로 통화를 했다고 하며, 사무실에도 못 나오는 날이 많았던 김변은 한 때 사건도 맡지를 못했고 거의 폐인이 되어 옆에서 볼 수 없을 정도였다고 한다.

남녀 간의 일에는 정답이 없지 않은가? 하지만
"뿌린 대로 거둔다"라는 옛말을 심각하게 생각하며
인과응보因果應報는 반드시 전생과 내세에서만 이어지는 것일까?

인연因緣인가, 악연惡緣인가

누구에게나 소중한 친구 한 사람쯤 있게 마련이다. 내게도 어려운 시절, 가장 많은 눈물을 흘리게 했던 소중한 친구가 한 사람 있다. 그는 개도 안 먹을 만큼 더럽다는 돈으로 60여 년 친구를 뼈저리게 배신했다. 그럼에도 지금 나는 그런 걸 떠나서 그가 가장 가슴 아리게 보고 싶다. 늘 행복하고 건강하게 지내라고 기도해 주고 있다.

지금 나는 그가 날 어떻게 생각하고 있는지는 모른다. 하지만 분명한 것은 그가 나의 베스트 프렌드best friend로 빼놓을 수 없다는 데 있다. 죽어도 잊을 수 없는 내 친구여서 그렇다.

WJ 우리는 학창시절 하교 후에 자주 만나 같이 공부했다. BJ, HH 등과 함께 학교에 남아 기하, 대수 등 공부를 함께 했다. 안 풀리는 문제도 WJ나 BJ에게 넘어가면 언제나 척척 해결되었다.

그런데 아뿔싸, 지금 막 나는 네 친구 중 하나인 HH의 부음을 들었으니 이보다 기막힌 일이 또 있으랴. 남편인 유순 아빠의 "HH이가 아침에 갔어!"라는 부음이 내 귀에 쟁쟁하게 울린다.

믿지 못할 전화 속의 음성. 그렇게 가고 싶어 했던 고등학교 졸업

60주년 크루즈Cruise 여행을 일주일 앞두고 떠나다니…. 고운 목소리는 항상 정겹고 마음씨는 비단처럼 착했던 63년의 내 친구 HH의 명복을 빈다.

WJ 이야기로 간다. WJ 착하게 생긴 얼굴에 마음씨 또한 천사였던 친구였다. 그녀의 눈은 화등잔만 하게 커서 시원스레 보였지만 언제나 쾌활하거나 수선스럽지 않으면서 겁 많게 생긴 순하고 머리 좋은 친구다. 그녀의 인상은 어리석은 듯 보이지만 절대 어리석지 않았고 언제나 어색하게 입을 크게 씨익 벌리며 미소로 웃음을 보내주던 친구다. 게다가 남편 이 사장 역시 내 눈엔 똑같이 착해 보이기만 한 잘 어울리는 부부였다.

시어머님은 일찍 혼자되시어 문경새재 산간에서 아들을 외국어대학까지 보낸 분이다. 그래서인지 시어머니는 내 어린 아이들 생각을 남의 일 같지 않게 염려도 해 주시고 늘 정을 쏟으며 세심한 데까지 신경 써 주시던 분이었다. 세 식구가 모두 수표교회 신자였다. 이 사장은 장로라는 직책을 가지고 있었다. 세 식구는 모두 날 끔찍이 걱정해 주었다. 그들은 친구를 떠나 가족 같은 사람들이었다. 큰딸 HR도 우리 딸과 청담초등학교 동창이다. 또 그 천진하던 동생들 HJ, HS의 어릴 적 모습이 아직도 눈에 선하다.

그런 가까운 친구와 돈거래를 해서 집까지 날려버린 내가 우선은 용서할 수 없는 바보인 것은 부인 못 할 사실이다. 부자지간에도 돈거래는 하지 않았어야 했건만, 친구 잃고 돈 잃은 지 40여 년이 다 되었는데도 이렇게 마음이 아프니 난 그때 이미 다 잃은 것이 아닐까? 하지만 변명을 하자면 우리 남편이 떠나던 날도 회사 문을 닫고 상주처럼 상청을 지켜주었던 고마운 분이 이 사장이었다. 그때는 내가 어디에도 의지할 곳이 없었던 시절이었다.

자동차만 굴러가면 소비되는 공기필터. 일본에서 종이로 만들어진 원재료를 수입해다가 제작만 하면 그 판로는 보장되어 있었다. 그런 사업이 흔치 않다는 데에 난 마음이 쏠렸다. 그 시절 자동차가 날로 늘어나던 때였으니까 따 놓은 당상이 아닌가. 성남시 분당구 백현동 넓은 대지 그 전망 좋은 곳에 지어놓은 공장을 둘러보며 단번에 끝없는 성공 가능성을 눈에 담으며 전부 좋은 쪽으로 판단했다.

나는 지금도 그렇게 생각하려고 한다. 내가 살기 위해서 투자를 했다고 말이다. 이 사장이 큰돈이 없이 시작한 것은 염려되고 불안하기도 했지만, 친구 남편과 거래하면서도 나는 서류작성을 빈틈없이 해놓았었다.

WJ의 친정 조카가 경리 담당이었다. 조카에게 후에 들은 이야기로는 내게 돈을 회수하기로 약속한 날 이 사장은 갚을 돈 전액을 들고 나왔다고 한다. 그러나 사정 이야기를 듣고 나는 일시적인 동정에 휩쓸렸다. 그냥 독하게 돈을 회수했더라면, 회사는 기사회생할 여유도 없이 그날로 망했을는지는 모를 일이었다. 그런 자세한 내용은 WJ 남편인 이 사장만 알고 있으리라. 어쨌거나 결과적으로 친구의 사정 봐주느라 나도 망하고 친구도 잃고, 그렇다고 회사라도 살리는 결과도 아닌 일, 그야말로 보람 없고 쓸데없는 일로 끝나고 말았다.

내가 냉정히 끊어 버렸어야 할 일이었다. 지금 와 생각하면 내가 정말 잘못한 일이었다. 그래서 이번 일로 나는 "여자란 아무리 똑똑해도 어쩔 수 없다."라는 말까지 들었는데. 지금 생각하면 정말 어리석은 일이었다. 매섭게 뚝 자르지 못한 나의 잘못된 판단, 정녕 나에게 그렇게 잘해 준 친구 부부를 잃고 싶지 않았던 심정을 누가 알아주겠는가.

남편이 총각 시절에 사 둔 집이 있었다. 지금은 아니지만 위치로 보아 전망이 좋았던 그 집은 이다음에 아이들 교육하는 데 보태려던 집이다. 아빠에겐 정말 미안하지만 급매로 팔아서 채워봤다. 그러나 많이 모자랐다. 우리가 사는 집을 담보로 한도가 훨씬 넘게 대출까지 받아 빚을 갚으면서 울고 다녔던 10년 세월이다. 그렇게 WJ를 원망하며 기막힌 나날을 보내야 했다. 그야말로 죽지 못하고 버티던 날들이 12년쯤 지난 후였다.

나는 워싱턴으로 출장 차 김포공항 25번 출구 대기실에서 탑승을 기다리고 있었다. 때마침 중국행 비행기를 타려는 이 사장과 마주치게 되었다. 내 두 눈을 믿을 수가 없었다. '때린 놈보다 맞은 놈'이란 말이 있지 않은가, 내가 더 떨고 있었다. 그 사람을 보는 순간 나는 가슴을 진정시키느라 얼마나 애를 쓰고 있었는지 모른다. 오히려 이 사장의 얼굴은 남자여서인지 태평해 보였다. 무엇 때문이었을까. 그럴 리는 없는 일이었다. 하기야 적반하장賊反荷杖이란 말도 있지 않은가.

WJ 부부가 미국으로 도망치듯 가버릴 때 BJ를 먼저 만났으니 가만히 있었을 리 없었겠다. 그렇다, 도망간다는데 가만히 있을 사람이 있을까? 내게 갚을 액수가 제일 많았으니 설득이 되지 않을 것 같아 그대로 가버렸을 것이다. 아주 적은 액수의 친구 몇 명만 퇴직금으로 해결하고 떠난 게 아니었을까 싶다. 그래도 내게 전화 한 통만이라도 하고 떠났더라면 그렇게 황망하지는 않았을 것이다. 더 기막힌 것은 누가 소문을 냈는지 모르겠지만, 내가 영등포 고교 수학 교사를 하던 WJ를 수업 중에 불러내 크게 망신을 주었다는 거짓말이었다. 그런 어이없는 헛소문을 낸 사람은 과연 누구였을까?

어쨌든 김포공항에서 이 사장을 만나 주소를 받았다고 하니 LA에 사는 친구들이 수소문하여 WJ를 BJK네 집으로 오게 해서 우리 두 사람의 만남을 알선해 주었다. 조용한 방에서 12년 만에 만난 나의 첫마디는 "그렇게 도망갔으면 잘 살아야지, 그래 이 꼴이 뭐냐?"였다. 그 몰골하고 얼굴이 말이 아니었다. WJ는 그동안 단 하루도 날 잊은 날이 없었고, 나를 위하여 매일매일 기도를 했다며 붙들고 울기 시작했다. 원래 말이 많지 않은 WJ는 나의 손을 잡고 놓지를 못한다.

자동차 면허시험에 열 번 이상 떨어져서 면허증도 취득 못 할 만큼 얼이 빠져서 산 12년 세월. 말 몇 마디와 눈물 몇 방울에서 연민의 정이 발동하여 나는 그 친구로 인해 받은 그동안의 고통을 전부 잊은 여자가 되었다. 글썽이는 그 큰 눈에 맺혀 떨어지는 눈물방울들을 보는 순간, 나는 지금의 내가 아닌 40년 전 친구로 돌아가 아무 대책 없이 서로 붙들고 울고만 있다가 나왔다. 우리의 만남을 주선해 주고 밖에서 결과를 기다리던 친구들에게 오히려 미안했다. 이런 답답한 여자가 세상에 또 어디 있을까. 친구들이 더 속상해했다.

그리고는 또 10년이 훌쩍 지나갔다. 통장으로 몇만 원이 들어왔다. 수수료를 뺀 십만 원이었다. 구우일모九牛一毛라 했던가. 아니다. 그게 그 친구가 할 수 있는 최대의 성의라면 고맙게 생각해야지. 나는 아무 말 못 하고 그저 감사하며 그걸 기쁘게 받아야 하는지.

WJ랑 우리 함께 동창인 가까운 친구의 아들이 미국 서부에 살고 있다. 취직해서 첫 월급을 엄마가 빌려 쓴 엄마 친구의 돈부터 갚은 기특한 친구의 아들이다. 그래서인지 그 아들은 성공해 있다. 그렇게까지 바랄 수는 없겠지만.

"WJ야, 이젠 아이들도 모두 성공했는데 이건 좀 너무하지 않니?"라는 말 한마디 할 수가 없었다.

다른 친구 말에 의하면, 조금이라도 갚아 줘야 마음이 편하다니, 그럼 나도 친구도 마음이나 편하게 고맙다고 받는 수밖에 없겠다 싶었다. 그러나 그 성의라는 것도 서너 번 보내고는 그치고 마는 것을….

요즘 LA에서 날아온 다른 친구가 카톡에 띄운 활짝 웃고 있는 얼굴, WJ의 사진을 보면서 처음엔 심경이 복잡했다. 한편 반가우면서도 "세월이라는 것이 너의 얼굴에 많은 웃음을 넣어주고 있구나!" 생각하면서. 그리곤 망각이라는 것에 또 감사해야 했다.

사족을 하나 달고 싶다. 지금 서울에 남아 있는 한 명의 친구 BJ는 딸이 LA에 살고 있어 자주 가면서도 WJ를 만나지 않는다고 한다. 혈압이 오를까 봐 WJ를 만나고 싶지 않다는 BJ의 말이 자꾸 떠오른다. 하지만 '이것 또한 모두 지나가겠지. 이젠 시간이 많이 흘렀으니. 일단 우리 아직 모두 살아있음에 감사하고 또 앞으로 남아 있는 시간이 더 많은 해결을 해 주지 않을까' 하는 기대는 하지 않기로 했다.

우리들이 숨을 쉬고 살아 있는 한 어떤 결과가 내 앞에 온다 해도 우린 잊을 수 없는 친구이지 않은가.

진실로 하느님을 믿고 의지하는 네가 마음 편하다면 그게 더 이해하기 어려운 것 아닐까.

가마메³⁾ 아저씨

과수원집에서 살 때의 일이다. 삼촌은 시골에 내려가 지내면서 한 달에 한 번쯤 서울에 올라갔다. 어느 날 밤 엄마가 주무시려는데 과수원에서 여우 우는 소리가 멀리서 들리더란다. 그때는 과수원 뒷산에서 여우가 늘 내려오곤 했던 때였으므로 그냥 여우가 내려와 우는 것이겠거니 하고 자려는데 아무래도 여우 우는 소리치고는 사뭇 이상한 울음소리였다.

엄마는 그때 집에 머슴이던 '돼지 아버지'를 깨워서 손전등을 켜 들고 과수원을 한 바퀴 돌며 울음소리가 나는 곳을 살펴봤다고 한다. 그런데 맨 뒤편쪽에 사과나무 밑에서 웬 남자아이가 노끈 줄로 꽁꽁 묶여 벌벌 떨며 울고 있는 것이 보이더란다. 과수원에서 아직 익지도 않은 사과를 따 먹다 들킨 동네 아이를 그 사과나무 밑동 큰 가지에다 노끈으로 묶어 놓고는 삼촌도 그만 깜빡 잊은 채 서울로 올라간

---

3) 가마메: 행정지명은 부산리이다. 가마 부(釜), 뫼 산(山)이다. 그래서 그 동네 이름이 가마뫼이다. 통상적으로 가마뫼를 '가마메'로 부른 관계로 '가마메'라는 지명으로 표기하였다.

것이었다.

놀란 엄마는 아이를 집으로 데려다가 밥을 먹이고 시동생이 급한 일이 있어서 깜박 잊었을 거라고 크게 사과하고는, 그 아이의 집까지 가서 부모님께도 백배사죄했다. 그 후로도 거의 매일 그 집을 찾아가 아이의 건강을 챙겼다고 한다. 아이의 부모도 그때 서울댁으로 통했던 엄마의 마음씨에 탄복하여 전후를 따지지 않고 서로 간에 화해가 이루어졌다고 한다. 가정이 빈한하여 먹을 것 제대로 먹지 못한 탓에 당시 그 아이는 키가 작아 어린애같이 보였지만, 실상은 나이를 꽤 먹은 다 자란 총각이었다.

그 후 그 총각은 매일 새벽이면 다른 집일을 나가기 전 우리 집엘 들렀다. 넓은 과수원에 삥 둘러 심어있던 아카시아를 베어 가시를 다듬어 아궁이에 딱 넣게끔 잘라 묶어서 차곡차곡 산더미같이 쌓아주었다. 그리곤 집안의 어려운 일들을 거의 매일 둘러보고 도와주었다. 돼지 아버지와 엄마는 부부가 함께 우리 집 일을 돌보며 살고 있었지만. 서울서 '마루보시아마도 지금의 대한통운이 아니었을까 싶다.'에 다녔다던 사람으로 시골 일에 능하지 않아 오히려 그에게 배울 일이 많았다고 한다.

어느 날인가. 그가 엄마에게 마님이라고 부르는 걸 듣고 엄마는 불러서 먹을 걸 싸주며 "지금이 조선시대도 아니고 무슨 마님이냐?"며, 내 막냇동생과 동갑이니 누나라고 부르라고 했단다.

그 아저씨는 그날 너무 좋아서 집에 가서 밤새 울었다고 한다. 얼마 후 그 아저씨는 우리 집 과수원 일을 도맡아 하게 되면서 아저씨와 엄마는 서로 좋은 주종관계가 되었다. 그때부터 우리는 그를 아저씨라고

불렀다. 내가 새벽 기차를 타러 나갈 때는 역까지 데려다주었다. 나빗재라는 고개를 넘을 때는 여기저기 서 있는 소나무가 새벽 달빛에 어렴풋이 비추는 게 마치 사람 같아서 무서움을 잘 타던 나는 아저씨에게 앞으로 가랬다, 뒤로 가랬다 하며 소나무를 가려 서게 했다. 몇 번이라도 내 말을 들어주던 아저씨였다. 실상 시골 생활이라는 게 여간 할 일이 많은 게 아니었지만, 그는 성실하게 우리 집 일을 여기저기 잘 보살펴 주었다.

그러다 우리는 서울로 올라오게 되었고 아저씨는 그 뒤로 군에 입대하였다. 그런데 입대한 지 얼마 후에 엄마가 세상을 떠났다. 우리 가족은 아니었지만, 피붙이 이상으로 우리 집 일을 도맡아 해 준 인연이 있어, 아저씨에게 엄마의 부음을 알렸다. 소식을 듣고 그는 특별 휴가를 나와 말없이 병원 한 귀퉁이에서 눈이 퉁퉁 붓도록 울면서 원망스러운 눈으로 나를 오래도록 바라보았다. 그날 그 아저씨 얼굴이 지금도 생생하게 기억에 남아 있다. 그 일이 있은 다음에도 우리 5남매는 계속 아저씨와 연락하고 지냈다. 지금은 그때 과수원에서 배웠던 노하우Know How로 배 과수원을 해서 대성공을 했다.

아저씨는 지금 그 일대에선 가장 큰 부자로 살고 계시다. 원래 근면하신 분이었으니 당연한 일이리라. 엄마가 세상 떠나신 후로 지금껏 60여 년을 하루 같이 산소를 보살펴 주시니 가족 같은 분이시다. 성묘 갈 때마다 우리들의 앞에 지나시며 낫으로 길가에 풀을 쳐주시던 아저씨. 산소는 항상 반들반들하게 정돈되어 있었다. 내 부모의 묘소도 그리 가꾸기가 쉽지 않으련만 아저씨의 지극한 정성에 성묘 때마다 늘 그분에게 감사한다.

그뿐인가. 아저씨는 늘 그랬다. 성묘를 마치고 올라가려 하면 농사지은 채소 이것저것 바리바리 싸서 차에다 챙겨주셨다. 한 마디로 외삼촌 같던 아저씨다. 해마다 배 농사를 지으셨다고 5남매의 집마다 한 상자씩 보내주는 마음 씀씀이가 고맙기만 하다. 어느 과일이건 아무리 무농약이라 해도 사 먹을 때면 반드시 잘 씻어 먹으라고 신신당부한다. 어쩌다 내려가면 몇십 년을 하루 같이 반가워하고 천진하게 웃으시던 가마메 아저씨이다.

"내가 살아있을 때 자주 내려와! 내가 죽으면 헛거여"라며 늘 말씀하시더니, 재작년에 폐암 진단을 받았다고 해서 내려갔을 때도 아픈 기색 없이 반겨주셨다. 건강 상태를 묻는 우리에게 "괜찮어, 야." 하시고 씁쓸히 웃으셨다.

이젠 살만하시니 농약 같은 건 손수 치지 말고 사람 사서 하시라고 당부 드렸더니 "내가 일하지 않는 날은 죽는 날이여." 라고 하시던 아저씨.

"이제 아저씬 하늘나라에서 엄마를 만나셨겠지요."

자주 못 가 뵈어 정말 미안하다. 내려갈 때마다 엄마를 본 듯 그리도 좋아하시지 않았던가.

오늘따라 왜 이렇게 선하고 큰 눈의 가마메 아저씨가 보고 싶은가.

줌ZOOM

내가 고되게 세상살이하는 동안 정말 해서는 안 될 일을 해서 크게 후회했던 일이 두 가지가 있다. 그중 한 가지는 오래도록 가슴에 남아 있는 ZOOM을 없앤 일이다. 힘들었던 시절 나에겐 어려운 일들과 맞닥뜨릴 때마다 누군가에게 문의하거나 상의할 사람이 없었다. 어떤 일이든 늘 혼자 결정하고 처리해야 했다. 그래도 언제나 신중하게 처리해서 크게 실수한 일은 없었다고 자부했는데.

아버지를 모시겠다는 남동생의 뜻에 따라 1994년초 장남 집 근처 동생의 집으로 모셔갔다. 부모님을 10년 모시며 길 건너 삼원가든을 통째로 빌려 아버지 칠순 잔치도 해드렸다. 압구정 노인학교 친구들과의 이별이며 정든 집을 떠나시려니 부모님 두 분은 미련이 많으신 듯했다. 그리고 나는 1970년대 초부터 살았던 강남 집을 헐고 대수리를 시작했다.

그동안 유럽 등지를 다니며 관심 있게 보고, 머릿속에 그려왔던 카페 Cafe 겸 레스토랑Restaurant을 머릿속에 구상하고 있었다. 그 당시 우리나라에는 유럽이나 선진국들처럼 고급 주택가 속에 자리한 조용하고 평화롭고 아름다우며 우아한 카페 겸 레스토랑이 한 곳도 없었다.

지형적으로도 압구정동을 끼고 신사동 부유한 주택가를 뒤로한 위치가 좋은 곳이었다. 2만 평이 넘는 자연의 풍치를 낀 도산공원의 정문 앞 은행나무 거리 건축규제로 일대에 3층 이상은 지을 수 없는 조건으로 인해 더할 나위 없이 호젓하고 사시사철 밤낮으로 경관이 빼어나 아름다움을 자랑하는 조용한 거리였다.

정문 앞 입구부터 철로에 쓰던 검은 철도 침목으로 바닥을 깔고, 작은 정원엔 70수 된 단풍을 심기로 하고 안쪽 공간에 백색으로 고급 정각을 앉히기로 작정한다. 그리고 길가 코너엔 겐까이한계 : 限界로 변형시킨 우리나라 소나무로 운치를 살리고, 실내에는 유럽풍 가구를 들여놓아 분위기를 한층 높여야겠다고 기획했다. 우아한 장식과 소품도 들여놓기로 했다. 여기에 유명한 화가의 그림과 함께 한 그윽한 조명, 음악이 어울리면 낭만의 분위기를 한껏 고조시킬 것이라 여겼다.

wow nice view~

그런 분위기에 심오한 커피 맛을 곁들인다면 승부를 걸 만할 것으로 자신 있는 결론이 선다. 다음으로는 이런 구상에 어울리는 상호商號를 어찌 지을까 고심하였다.

한 달여 혼자 고심 끝에 지은 이름이 'ZOOM'이었다. 다정한 친구와 더불어 추억을 만드는 시간을 갖고, 함께 즐거운 만남을 주고받는다는 '줌'의 의미를 담기로 했다. 'ZOOM'이란 글자 그대로도 어떤 것이든 크거나 작게 확대 수축시킬 수 있다는 어휘가 아닌가.

이름 자체만으로 젊은이들이 선호하리라 기대했고 그 기대에 부응

하는 이상으로 유명해졌다. 하지만 그때 'ZOOM'의 특허를 내놓지 못한 것은 지금도 못내 아쉽다. web과 Internet 발전으로 인한 온라인 화상회의, 교육, 행사 등이 일상화되며 대형 컨벤션센터convention Center 등 행사장에서만 할 수 있었던 것을 내 집 테이블에서도 참여할 수 있게 되었지 않았는가. 우후죽순처럼 ZOOM이라는 이름이 유행하게 되면서 일상화될 줄을 그때 어디 짐작이나 했었을까?

그러나 처음 공사부터 남에게 맡긴 카페 운영은 그리 쉽지 않았다. 사업주인 내가 전면에 나서지 않았다는 게 문제의 발단이었다. 그게 남들이 나를 속이는 빌미를 주게 했고 인테리어를 맡길 때부터는 숱하게 더 큰 사기를 당해야 했다.

지출명세서를 써내라 했다. 수건 한 장에 4만 원이라니 말이 되는가? 내가 건넨 돈은 오리무중인 채 오픈하는 날부터 테이블, 의자, 장식장, 온풍기, 오디오값까지 받으러 오는 사람들이 줄을 이었다. 카페 운영을 위해 모든 책임을 내가 짊어져야 하는 형편이었으니 어쩌랴.

나는 지하층에 남몰래 빚 받을 사람들을 불러 모았다. 모두 열두 명이었다. 한 사람씩 상담을 통해 해결을 보기 시작했다.

아이들을 생각하여 내가 전면에 나서기보다는 뒤에서 돕자고 했던 안일한 생각이 애초 잘못이었다. 예술이라는 이름으로 포장된 월급 사장을 내세웠던 게 나의 사치였을까. 어쨌든 악의적으로 이용하려 했던 그의 소행이 실상은 내 허술한 자의식 과잉 때문은 아니었는지 모르겠다.

그런 일이 있은 다음 나는 많은 것을 생각하게 되었다. 내 생각이 짧아서였을까? 그래도 아이들 때문에 내가 직접 나서서 운영하지 않으려 했던 것은 여자 혼자서 그런 Cafe나 하면서 아이들을 길렀다는 말은 정말 듣고 싶지 않아서였다. 그 시절엔 어쩔 수 없었다고 변명하지만 아무리 반추해도 내 생각이 미치지 못한 점이 있었다.

그렇다. 당시의 Cafe라는 인식이 아직 다방 수준이었고 친구들까지도 다방이라고 말하는 이가 있었으니.

어쨌든 내 복안대로 밀고 나갔어야 되는 것을 무슨 속생각이 그리 복잡했었는지 지금 생각하면 우매했던 것만 같고 후회스럽다.

미국의 트럼프 대통령의 할아버지는 열여섯에 독일에서 미국으로 불법 이민을 와 돈을 벌려고 호텔경영에 매춘 업까지 했다지 않은가. 그러고도 손자가 미국의 대통령까지 되었다. 어디 그뿐인가 아일랜드에서 이민 온 미국의 명문 케네디 가에서도 부나 출세를 위해서는 마피아단과 손을 잡았던 일도 있었지 않은가?

그런데 나는 왜 그렇게 넓게 생각하지 못했을까? 왜? 남의 말이 무서워서? 아니면, 나 자신이 겁이 나서였을까?

다시 한번 변명해 본다. 나의 고지식한 소견으로 그때로선 어쩔 수 없었다고, 그 시대의 사고방식은 그랬었다고. 게다가 시부모님들의 완고함을 그대로 이어받아 아이들을 길러보고 싶은 것이 내 속마음이었다. 아무튼, 아무런 이유로도 직접 운영하지 않은 것은 나의 잘못된 판단이었다. 내가 직접 운영했다면 분명 실패하지 않았을 것이라는 생각을 이제야 하고 있으니 버스 떠난 뒤에서 손드는 격이다. 그러니 이젠 후회해도 아무 소용 없는 일이지 않은가? 아니? 아마도 나는 그때가 다시 돌아와도 그렇게 할 것이다.

언젠가는 조리사가 하도 권세를 부려서 바쁜 시간을 쪼개 내가 직접 조리사 자격증까지 취득하기도 하는 성의까지 보였다. 아침 매상부터 제 주머니를 우선으로 챙기며 예술을 내세워 운운하는 사장을 하루아침에 자르고 성당에서 중책을 맡아 바쁜 전업주부 큰 여동생을 불시에 불러내어 카페 운영을 맡기는 비상 운영도 해 보았다.

그러나 ZOOM은 이름만큼 영화보다 더 유명세를 치른다. 유혹, 목욕탕집 남자들 등등 많은 TV 드라마와 영화들이 경쟁하며 촬영신청이 들어왔다. 강북 먼 곳에 있는 이화여대에서도 ZOOM을 모르면 이대생이 아니란 말까지 유행하며 예술인, 분위기 찾는 음악인 등등 유명 인사들의 출입이 문전성시를 이룰 정도로 유명세를 치렀다. 하지만 유명과 운영의 어려움은 별개였다.

어느 땐가 내가 아주 힘들어할 때, 아버지께서 날 물끄러미 쳐다보시면서,

"혜성아! 너무 그렇게 애쓰지 말거라. 일은 억지로 애쓴다고 되는 건 아니야. 모든 일을 순리대로 풀어나가거라."

라고 하셨다.

"네!" 하면서도

그때 난 속으로 외쳤다.

'아버지! 오만한 순리를 턱 바치고 앉아 마냥 기다릴 수도 없을뿐더러 난 아버지처럼 살 수는 없어요. 더구나 이대로 모두를 포기하고 주저앉을 수는 없잖아요.

"사람은 태어날 때 자기 먹을 것은 가지고 태어난다."는 말이 있다지만 그런 무책임한 말이 어디 있겠는가? 만일 내가 아버지같이 살았다면 어떻게 되었을까. 그렇게 살 수는 없었지 않았나. 매섭고 독하게 마음먹고 순간의 끈도 놓지 않고 어렵고, 힘들게 노력하며 악을 쓰면서 살았는데도, 나는 이런 잘못도 저질렀고 소중한 시간은 또 얼마나 많이 놓쳤으며, 이러한 큰 후회할 일도 만들었지 않은가.

2004년에 심혈을 기울여 만들어 놓았던 '카페 ZOOM'을 십 년 만에 매도해 버린 일은 아무리 생각해도 뭣에 홀린 것 같은 기분이었다. 그때 인천의 땅이 갑자기 해약되는 일이 벌어져 지급할 돈의 약속은 잡혀있고 마음이 몹시 다급했을 때였다. 매도할 마음보다는 'ZOOM을 팔면 얼마나 받을 수 있을까' 하는 생각을 하다가, 시세만이라도 한번 알아보자는 생각으로 부동산에 문의했다. 그날 밤 9시에 부동산에서 잠깐 만나자고 연락이 온다. 나가면서도 그날로 계약이 되리라고는 전혀 예상치 못했다.

혼자 부동산에 나갔다. 나중에 알게 된 일이지만 그 집을 사려고 오래 벼르던 사람이 나와 있었다. 부동산과 그 사람이 나누는 이런저런 짜여진 대화를 들으면서 자정이 지났고 판단에 혼돈이 왔다. 얼떨결에 그만 계약서에 도장을 찍고 말았다. 집에 돌아오면서 다시 생각해 보니 도저히 안 되겠다는 마음이 들어 해약하겠다고 통고하고 밤을 꼬박 새웠다.

다음 날 새벽 계약서에 있는 주소를 찾아 매수자의 아파트로 찾아갔다. 하지만 그는 만나주질 않았다. 그날 오후가 되어서야 부동산에 나

온 중개인의 말에 의하면, 낮 비행기로 일본엘 갔다는 것이었다. 나를 피하는 것 같았다. 모두가 짜여진 각본이었다. 나중에 생각난 일이지만 법원에 계약금 공탁을 걸어 놓았으면 24시간 내에는 가능했던 일이 아니었을까. 그럼에도 나는 왜? 그걸 미처 생각하지 못했었는지.

얼마나 후회했는지 모른다. 마치 중요한 서류가 가득 담긴 가방을 강물에 떨어트리고만 허전한 느낌이랄까. 큰 충격으로 혼이 다 나갔거나 나사가 하나 빠져나간 사람 모양으로 나는 멍하니 앉아있었다. 아무튼, 그때의 나를 어떠한 표현으로 포장해 장식한다 해도 과장은 아닐 듯하다. 24시간 내내 머릿속에 그 생각으로 꽉 차 있었다. 혼이 나간 사람처럼 아무 생각 없이 그냥 일상적인 일만 대강대강 하면서 지냈다. 너무 허무하고 허탈했다. 후회막급이었다. 왜 그렇게 경솔하게 일을 처리했단 말인가?

이렇듯 나는 내가 나를 이해 못 하며 자기 합리화를 시켜보려고 애쓰고 있었다. 막상 'ZOOM'을 없애고 나니, 그 공간이 그토록 나의 많은 부분을 차지했었나 싶을 정도로 넓고 크게 자리매김하고 있었다. 그저 막막하고 공허한 마음으로 하루하루 후회하며 우울하게 지냈다.

'ZOOM'은 내게 의미 있는 공간이었다. 커피를 좋아하는 내가 언제든, 누구든, 만나서 볼일을 보면서도 대화하며 어떤 차라도 한잔을 오랜 시간 마실 수 있는 곳이었다.

가끔은 시원한 버드와이저Budweiser나 카스Cass를 마시든가, 독일 바이엔슈테판Weihenstephan 수도사양조장의 크리스탈바이스Kristallweissbier도 한 병 주문해 마셔도 보고, 즐겨듣는 클래식이나 팝을 들으면서 피곤함을 달랬던 곳이었다. 게다가 동창회장인 내가 작은 동창회도 하고 친구들이 모여서 부담 없이 어울릴 수 있던 곳이기도 했다. 나뿐만 아니라, 내 친구들이 더 좋아하며 즐기던 공간이었다. 요즘같이 카페나 커피숍에서 컴퓨터를 할 수 있는 공간은 상상할 수도 없을 때였으니까.

"언제나 네 위치를 알아서 해야 한다, 어디서든 일 처리는 신중하게 해야 한다."

나는 늘 내 아이들이 경솔하게 행동했을 때 이런 말로 나무랐다. 그런데 이번엔 내가 내 위치를 모르고 신중하지 못하게 덤벼든 것이었다. 한 번 더 생각해 보고 더 버텼어야 하는 건데, 경솔하게 처분해 버린 나스스로에게 거듭 실망했다.

그때는 바빠서 ZOOM에 자주 가서 앉아 있을 시간이 없지만 모든 일을 끝내고 나서 나이가 좀 들면 ZOOM에서 더 많은 시간을 보내야지 막연히 기다리며 기회 있을 때마다 턴테이블과 LP판을 사들이면서 노후의 안식처로 생각하고 스스로 위안 삼았던 것도 심한 허무함의 큰 이유였을 것이다. 그런데 그때 왜 난 그 아름다운 노후 계획을 깜빡했었단 말인가? 하지만 이미 엎질러진 물이요, 흘러간 강물이었다.

"한때 자신을 미소 짓게 만들었던 것에 대해 절대 후회하지 마라"라는 Amber Deckers의 명언을 떠올렸다. 이미 지나간 일은 모두 돌이킬 수가 없다. 그곳에 대한 아쉬움을 지워버리자. 더 이상의 미련을 갖지 않기로 했다. 오로지 ZOOM을 정리한 남은 돈을 어떻게 유용하게 사용해 볼 수는 없을까. 그와 같은 현실로의 해결책만을 생각하기로 했다.

오랜 계획으로의 설계는 그렇게 허물어지고 기발한 아이디어는 또 하나의 내 큰 실수의 두 번째로 남아 있게 되지만.

두 리디아Lydia

인간의 마음속엔 추억 속의 정을 못 잊어 매달리는 어리석음으로 집착하기에 괴로울 때가 있는가 보다.

출가해 아주 부유한 집으로 호적을 옮겨 살 즈음, 나의 시댁은 상도동이었다. 시어른께서 현직에 계실 때인지라 집에 찾아오는 손님이 많아 시댁은 늘 사람들로 북적거렸다. 자연히 일손도 많이 필요했다.

직장에 사표를 내고 직업이 새색시였던 나는 시댁엘 자주 가야 했지만, 가서도 딱히 내가 맡아서 할 일은 별로 없었다. 손님들에게 차를 대접하거나 과일을 내어가는 등 주로 접대 일들이 고작 내 몫이었다.

정원에서 공사 중인 분들에게 차를 내어주며 "어디에서 오셨어요?" 하고 물으면, 거의 봉천동에서 왔다고 했다. 도대체 봉천동이라는 곳은 어떤 동네이기에 오는 사람마다 거의 다 그곳일까 궁금했다. 요즘처럼 자동찻길이 넓게 뚫려 있었다면 차로 한 번쯤 넘어와 보았음직 한데, 그때 그 길은 좁은 언덕길이었다.

어머니께서 "그래! 그리 궁금하면 그 동네엘 한번 가 보자꾸나." 하셨는데도 뭐가 그리 바쁜지 한 번도 그 고갯길을 넘어보지 못했다. 그런 내가 40년이 지나 정작 이 봉천동에 와서 살게 될 줄이야. 그때 어머님과 함께 걸어 넘어와 봤더라면 꽤 좋은 추억으로 남아 있었을 텐데…. 생각할수록 아쉽다.

딸네 집에 볼일이 있어 가 있을 때였다. 그때 마침 남편으로부터 전화가 왔다.

원마트 사장이라는 분이 전화를 했는데 전화 내용이 좀 의외라고 한다. 마트 사장의 이야기인즉,

"경품 당첨이 발표된 지 꽤 오래인데 아직도 찾아가지 않아서 전화했으니 도장을 가지고 나오라."는 연락이었다. 웬 뜬금없는 경품에 도장인가? 의아해하면서도 복권에라도 당첨된 기분이 들었다.

아무튼, 경품 당첨이라니, 내용이 자못 궁금했다. 별로 크지도 않은 마트이니 상품이라야 대형 가루비누 정도이겠거니 싶어서 당신이 올 때 잠깐 들러서 당첨된 상품을 큰 비닐봉지에 담아 딸네 집으로 가져오면 되지 않겠느냐고 했다.

한참 후에 온 회답. "큰 봉투에는 담을 수가 없겠는데…." 라며 농담을 한다. 실상 우리는 이사 온 지 얼마 되지 않은 때여서 그 마트에선 20~30만 원 정도밖엔 구매하지 않은 처지였다. 하지만 이번에 우리 몫이 된 경품은 협소한 정문 앞에 얼마 전부터 세워져 있던 반들반들한 새빨간 모닝Morning 차였다. 이게 웬 횡재란 말인가. 살다 보니 엉뚱하게도 이런 행운도 다 있구나 싶었다. 42년의 강남 생활을 떠나며 봉천 11동 강감찬 장군의 호를 딴 인헌동 주민으로의 이적은 옮기자마자 이렇게 예감이 썩 좋은 대운으로 열리며 시작된다.

카톨릭과의 인연

며칠 후 여동생들과 점심을 하고 차 한 잔을 나눈 집은 서울에서 가장 작다는 낙성대 성당 안의 조그만 찻집이었다. 그곳에서 가두 선교를 하는 김*남 까따리나 교우의 소개로 조*옥 Lydia라는 교우까지 알게 되는 행운을 얻게 되었다.

조 Lydia가 소개해 준 신부님 또한 훌륭하신 분으로 내가 영세 받은 후 처음으로 신부다운 신부님도 만나게 된 예감이 들었다.

자연스럽게 내 신앙의 모체가 가톨릭의 진리로 빠져들어 갔다. 대야에 담아진 수건에 물을 부어 넣으면 스며들며 잠기듯 차츰 믿음 속으로 파고 배어들어 가며 순수하고 평화로운 신념의 신앙은 아주 자연스럽게 카톨릭으로 촉촉하게 젖어지고 있었다.

나와 만나며 처음 신앙을 알게 된 남편의 행운이라고 여기고 함께 열심히 조 Lydia를 쫓아다니며 신앙에 심취하게 되었다.

110년 전 유아세례로 기독교 신자가 되신 아버지의 만딸로 태어나 무종교 무신론자로 지내며 왜정 치하, 해방 후의 격동기, 6·25 동란을 철들기 전에 다 겪으면서도 부유하게 온실 속 꽃처럼 남의 부러움을 받으며 살았다. 4·19 혁명을 가까이서 몸으로 체험하고 혼란했던 시기 갑자기 나에게 큰 불행이 덮친 것이다. 5·16 전 열아홉인 내게 오직 믿어 의지했고 신념 강하고 판단 또한 확실하셔서 집안일을 주도하셨던 우리 집의 기둥이며 나의 전부였던 엄마가 갑자기 돌아가셨다. 말할 수 없는 엄청난 마음의 방황과 인생의 시련을 겪기 시작했다.

살아갈 의욕을 완전히 잃어서 우는 것조차도 사치라고 여기며 지낼 때가 있었다. 막연히 성직자가 된다면 스님이 되어 세상 모든 것을 잊고 조용한 산속에서 심오한 도를 닦으며 일생을 마치고 싶은 생각으로 스님이 되려 한 적도 있었으니.

엄마를 동탄 선산에 모시고 올라오니 편지함에 들어있는 대학 합격증. 보고 또 보아 닳아빠질 때까지 읽던 일주일. 엄마와 함께 받았다면 매우 기뻐하셨을 엄마의 얼굴을 떠올렸다. 이제 아무 소용 없는 종잇장을 답십리 논바닥에 찢어버렸다. 그리곤 이제부터 동생들을 위해서 살아야 하겠다는 결단을 내렸다. 그렇게 큰 결심을 하고 나서도 귀염만 받으며 온실에서 여리게 자란 십 대의 철없는 어린 처녀는 도저히 세상을 헤쳐 나갈 자신이 서지 않았다.

어릴적 불교와 기독교 사이에서 방황

어느 날 새벽 무조건 집을 나가 헤매다가 찾아간 곳은 일엽 스님[4]이 계시다는 견성암[5]이었다. 거의 두 달 가까이 절에서 스님들과 함께 지내며 염불을 외우고 매일 새벽 세 시엔 대웅전에 올라가 무릎이 닳도록 수도 없이 절을 했다. 뭔가를 깨우치려고 내 집념 모두를 집어넣으며 온몸으로 집중했는데도 마음의 깊은 동요나 깨달음도 뉘우침도 들어오질 않았다. 현실적으로 간절하여 뭔가라도 의지하지 않으면 안 될 절실할 환경이었으니 마음이 각박하지 않았던 것도 아닐 때인데 왜

---

4) 일엽 스님: 1896~1971, 속명 김원주. 개화기 한국의 대표적인 신여성 중 한 명으로 꼽히는 스님
5) 견성암: 수덕사 서편 중턱에 있는 이 암자는 우리나라 최초의 비구니 선방(禪房).

쉽게 마음을 열 수가 없었는지. 나는 무슨 사람이기에 이렇게 어떤 종교도 진정으로 미더워지질 않으며 받아들이지 못하는 것인지 몸도 마음도 그냥 모두 허공만 헤매고 있었다.

지금도 내가 믿고 있는 종교 카톨릭에 대해서 회의할 때가 있다.

엄마가 가신 후 삶의 존재에 대한 젊은 날의 긴 방황은 고행 그 자체였고 합격증을 찢어 진학을 미뤄놓은 철없이 자란 열아홉 처녀가 짊어진 등의 무게. 그 크기에 짓눌려 행복, 사랑 같은 건 아득히 먼 꿈이었으며 오직 삭막한 현실과 맞부딪쳐야 했다. 의지할 곳도 의지할 어떤 누구도 없었다.

누구? 어느 신자? 어떤 한 개인에게 기대했던 실망으로 종교 그 자체를 부정하고 종교에 대한 의지나 신앙, 하느님의 무한한 사랑에 대한 믿음의 기대를 의심하거나 내던져버리는 그런 경솔하고 어리석은 사람이 아닌 나 자신을 그래도 믿고 살아왔는데. 절실히 기대고 싶었지만 왜? 라는 의문이 머릿속에 가득했으니.

오직 여섯 식구 부양만이 내가 살아있어야 할 의무이며 존재 의미였다고나 할까.

아버지는 경제관념하고는 거리가 먼 학자 같은 분이셨는데 내게 신앙에 관해 권하거나 들려주시지도 않으셨다. 나 자신도 신앙 문제만은 의지해 보려는 기대를 하지 않았다. 그렇다. 누군가에게도 신앙에 대해 전도 받을 생각도 또 전도해 줄 사람도 부정하고 살았다.

지금 생각하면 정동교회에 다니시던 초창기 열성 선각자 크리스천이셨던 아버지의 외조모 모씨 할머니 영향으로 유아세례를 받았지만, 아버지께서는 신에 대한 종교에 큰 신뢰를 갖고 계시지 않으셨던 것 같다. 그러니 어릴 때 기독교에 열성이셨던 외할머니를 따라 매주 예배드리러 다니셨지만, 마음속 깊은 믿음이 없으셨던 것 같다.

아버지께선 1970년대에 카톨릭 신자로 개종하여 돈 보스코Don Bosco라는 본명으로 사시다가, 15여 년 전에 돌아가셨다. 85세 이후 미사에 못 나가실 때는 은퇴하신 장대익 Ludovico 신부님께서 집에 오셔서 미사를 봉헌해 주셨다.

나는 결혼 후 불교신자이시며 조*사 신도회 회장이셨던 시어머님을 따라 자연히 절에 다니게 되었다. 절에 갈 때마다 대웅전에 올라가 쉬지 않고 마냥 부처님께 절을 올렸다. 오죽하면 윗동서가 무릎 다친다고 쉬어가며 하라고 했을까. 그러다가 남편이 세상을 떠난 후 영혼을 절에 모시니 거의 매일 절에 가게 되었다. 그러나 탈상을 한 후에는 직장 관계로 주로 주중에 치르는 불교 의식 참여가 어렵게 되었다.

남편이 뼈저리게 그리워 헤매고 다닐 때 어디에라도 의지하게 되면 마음이 잡히려나 절실할 때가 많았을 때인데도 내 마음은 그 어떤 믿음, 어느 종교에도 안착이 안 되며 미더워지질 않는 데 문제가 있었다. 먼저 세례를 받고 열심히 예배 참여와 간절한 기도를 드리면 의심 없는 깊은 믿음이 생기지 않을까 해서 어느 날 예수교장로회 세례를 받았다.

10여 년 동안을 간증도 하며 신앙집회도 열심히 따라다니며 참여했으나 그것 또한 간곡하게 믿음이 마음속에 와 닿지를 않았다.

두 Lydia

그러던 어느 날, 아주 가까이 같은 아파트에 사는 말 없는 천사가 눈에 들어왔다. 잠원동 성당 회장 일을 맡고 있던 나의 여동생 문혜정 리디아Lydia. 문 Lydia는 그녀의 남편이 늘 불러주던 이름 그대로 '살아있는 천사'였다. 그 동생은 몇 년을 아래위층에 살면서도 늘 바빠서 동동거리는 언니에게 단 한 번도 성당엘 나가자고 한 일이 없었다. 어려서부터 너무 착하고 천사 같았던 동생은 그냥 그대로 그녀의 삶 자체에서 나에게 모범적인 전도를 한 셈이었다. 그런 동생의 모습 앞에서 고개 숙인 나는 스스로 1988년 천주교 영세를 받고 가톨릭 신자가 되어 'Francesca Romana'라는 본명으로 지금까지 살아오고 있다. 그렇게 한 30여 년 동안 나는 두 리디아의 큰 영향을 받았다.

그 후에도 나의 신앙생활은 역시 바쁘다는 핑계로 일요 미사에만 참여하는 평신도에 불과했다 그러다가 안 선배와 논현 성당에서 관면혼배를 올린 후 견진성사[6]를 받게 되었다. 안 선배는 영세를 받으며 대건 안드류Daegun Andrew란 본명으로 카톨릭에 입교하였다. 그 몇 년 후 우린 42년 살던 강남을 떠나 정착한 마을 조그만 성당에서 조 Lydia란 교우를 만나게 된 것이다.

그 Lydia 또한 하나의 살아있는 천사였다. 그는 나에게 처음부터 감동을 주었고 우린 곧 가까워졌다. 성당이라는 공동체를 떠나 친자매같이 서로 따르며 서로를 신뢰했다. 언니, 동생 하며 가까이 지냈고. 서로

---

6) 견진성사: 세례성사를 받은 신자에게 신앙을 견고하게 하고 더욱 성숙한 신앙인이 되도록 성령의 은총을 베푸는 예식.

많이 좋아하고 아꼈다. 그녀는 현명하고 마음도 아름다운 세 살 아래의 교우이자 동생이었다. 독일 교우 집에도 가고 프랑스 성지 LOURDES에도 함께 다녀왔다. 사랑방 등 여러 봉사도 같이하며 즐겁게 지낸 10여 년. 남편과 우리는 항상 함께였다.

그러다가 5년 전 8월 4일. 우리 내외와 독일 친구 Cecilia는 Lydia의 새 아파트에서 독일 음식을 만들어 먹으며 안 선배와 케이크도 자르고 노래를 부르며 Lydia의 생일 잔치를 즐겁게 벌였다.

그런 며칠 후 어느 날 아침부터 Lydia는 아무 이유 없이 나와 Cecilia의 전화를 받지 않는 등 소원한 관계를 이어갔다. 갑자기 일어난 일이라 Cecilia와 나는 안타깝고 황당했지만 어떤 사유인지 알 수가 없었다. 그에겐 아마 그 나름으로 큰 애로사항이 있겠거니 생각하고 있다. 그렇게 그는 어느 날 나와 남편 Daegun Andrew와 독일 Cecilia에게 큰 아픔을 던져주고는 소식을 끊고 말았다.

어느 모임에나 또는 다른 성당에 갈 때도 내가 운전하고 갈 수 있는데도 그녀는 언제나 우리 집까지 와서 우리 내외를 데리고 가고 데려다 주었다. 그때마다 내가 미안해하면, "제가 영광이에요 언니!" 하며 다정하게 웃으며 정을 주었던 친구였다. 공덕동 신부님도 조 Lydia가 오면 당연히 차 뒤에서 내리는 우리 부부를 확인하신다고 농담까지 하셨다.

그때 우리는 사랑방 모임이라는 소모임을 갖고 교육도 함께 받았다. 성당공동체는 임원 몇몇 위주로 운영되고 있는데 그런 체제는 일반 신자들의 상당수가 냉담하게 되는 이유이기도 하다고 이재을(John the

Apostle) 신부님은 신자 모두가 참여하는 소공동체 모임이 필요함을 강조하셨다. 신부님은 그 취지와 내용을 책으로 엮었고 남편인 안 선배와 Cecilia 남편은 영어 책자의 번역을 돕기도 했다. 사랑방 모임도 주일마다 가졌다. 우리 집에서 모임을 주선하다가 조 Lydia가 새 아파트로 입주한 후에는 여러 번 그의 집에서 모임을 가졌다. 이런저런 일을 핑계 삼아 자주 가서 놀다 오곤 했다.

요즈음 나는 이렇게 안 만나면 안 만날 수도 있구나 하면서 체념하며 살고 있다. 그녀를 위해서는 아까운 게 없었고, 만나면 늘 반갑고 어디를 가도 소식을 전해 왔다. 그가 아들을 만나러 미국에 가 있을 때도 우린 서로 e-mail을 주고받으며 안부를 묻고 소식을 끊지 않았다. 봉사의 의미가 무엇이며 희생이라는 게 어떤 것인지 알게 해 주었던 친구다. 그는 우리 내외에게 많은 것을 깨우치게 한 교우였다.

그의 믿음은 철저했다. 그런 그를 나는 언제나 존경했다. 무엇보다 그녀는 국제선교회에 신부가 되고자 하는 분들을 어떤 형태로든 적극적으로 도와주었다. 그뿐 아니라 어디에 어떤 일로 가도 그가 하는 일은 존경할 만한 봉사여서 천상 신앙인으로 연결 지워졌다.

그러던 그녀가 어느 날부터 일방적으로 소식을 끊어 버린 것이니, 그동안의 정으로 보아 한 번쯤 연락을 주어도 좋으련만 기다리고 기다려도 아무런 소식 한마디 없다. 기다리다 지쳐서 야속한 마음까지 들었다. 그녀와 함께한 그날들이 아쉽고 그리워서. 마치 첫사랑을 기다리는 소녀처럼, 그냥 모두를 참아야 하는 일일지도 모르지만, 나는 이러저러한 감정을 이렇게 표현하고 있다.

어제 우연히 그의 근황을 다른 교우에게서 듣게 되었다. 그 친구가 여전하다니 다행이다. 건강하게 잘 지낸다는 안부만이라도 확인할 수 있었던 것만도 감사한 일이다.

어쨌든 그녀의 근황을 들은 것은 기쁜 일이었다. 내일 일은 아무도 알 수 없지 않은가. 그녀가 어느 날 "언니!" 하며 전화할지도 모르는 일이다. 난 그런 조 Lydia를 오늘도 기다리고 있다.

지난달 하순 아침 운동을 하고 나서 가슴이 좀 답답한듯해서 연대병원으로 차를 돌린다. 심전도를 본 담당 의사는 한마디 말도 하지 않고 휠체어를 태워서 중환자실에 입원시킨다. 검사 열흘 만에 부정맥 서맥이라는 진단이 나왔고, 심장박동기 시술 외에는 방법이 없단다. 별수 없이 그 시술을 받고 퇴원해서 누워있는데, 다른 교우한테 신부님 어머님께서 선종하셨다는 연락을 받았다.

아무 생각 없이 바로 Lydia에게 전화를 걸었다. 여전히 부재중이었다. 몇 년 전 성모병원에 신부님의 어머님께서 입원하셨을 때도 함께 갔었는데. 다른 신도회 회장님께 부의금을 부탁하며 난 오늘도 종일 조 Lydia에 대한 그리움 가득한 마음이 이어지며 전화를 지켜본다.

얼마 후 행운동 성당 25주년 미사에 간다. 평화의 인사를 나누며 뒤를 돌아보다가 의외로 뒤에 앉았던 Lydia와 눈이 마주쳤다. 매우 놀라며 어렵사리 눈인사를 했다. 눈물이 왈칵 쏟아진다. 허리 수술, 위암 수술, 스텐스 삽입, 심장박동기까지 안고 살고 있다. 나는 그동안 그렇게 많이 힘들었다고, Lydia 없이 외로웠다고….

나는 아픈 마음에 혼자 그렇게 목이 멘다.

"어둠이 나를 뒤덮고 내 주위의 빛이 밤이 되었으면!" 하여도 암흑인
듯 광명인 듯 어둠도 당신께는 어둡지 않고 밤도 낮처럼 빛납니다.

(시편139)

목욕탕집 아들

2024년 5월 15일 스승의 날. 나는 누가 들어도 깜짝 놀랄만한 의외의 선물을 받는다. 대형 꽃다발이다. 보낸 이의 주소는 New York 주 Long island 강석우라고 쓰여 있고 커다란 글씨로 전화번호가 보인다. 그 이름을 확인한 순간 얼마나 놀랐는지, 그리고 반가웠는지. 한참을 진정하고서도 꽃다발과 주소를 번갈아 바라보며 한 시간째 앉아 있다. 까마득한 60년 전 그날로 돌아가 그 시간 그 학생의 얼굴을 기억하여 되새기면서….

내 나이 24세 때이다. 당시 나는 2년이나 늦게 입학한 대학을 졸업하기 전 교생실습을 나갔다. 국영기업체에 다니고 있었으므로 회사에 2주 휴가를 내고 마포에 있는 중학교로 교생 출근을 했다.

지금 생각해 보니 나는 그때부터 카운셀링counseling과 인연이 된 것 같다.

실습 첫날이었다. 교무실에 들어가 교감 선생님의 지시를 받고 다른 선생님들과도 인사를 나누었다. 그리곤 망설일 틈도 없이 미리 조가 짜여있는 방으로 배치되어 갔다. 두 주일 후 나의 실습 성적을 평가해 줄

주임 선생님나를 담당하시는 분은 나이 듬직한 여자분이었다. 그분은 심리 상담 조를 겸하고 계셨다. 나는 쉬는 시간엔 주로 그 방에서 다음 수업 준비를 하곤 했다.

내가 지금 말하려는 그때의 그 학생을 만난 것은 그로부터 열흘 후 실습이 거의 끝나갈 무렵 그러니까 마지막쯤이었다. 지금은 외국으로 이민해서 그곳에서 부유하고 행복하게 살고 있다는 소식도 이번에 처음 듣게 된 그 사람, 아니 그 학생도 이제 고희古稀를 넘긴 노인이다. 그가 열다섯 살이었고 나는 스물넷이었으니 내가 더 안다 한들 무얼 얼마나 더 알았겠는가. 그런 입장에서 볼 때 그 당시 그의 상담 문제는 사실 너무나 심각했고 어려운 문제였다.

교생실습 마지막 전날이니 정리할 것도 많은 바쁜 날이었다. 주임 선생님이 급한 사정으로 외출하실 일이 있어 학생 상담실을 내게 맡기고 나가셨다. 내가 상담실에 들어서자마자 키가 크고 의젓한 학생이 방문을 열고 뒤따라 들어왔다.

"학생! 주임 선생님이 지금 외출하셨으니 내일 다시 와요."

하자, 그 학생은 난처한 듯 머뭇거리며 밖으로 나가려다 다시 들어오더니

"몇 시쯤 들어오세요?"

하고 물었다.

"오늘은 안 들어오실 지도 몰라요"

"그럼, 선생님은 상담 안 하시나요?"

"할 수는 있겠지만, 주임 선생님께 하셔야지요."

"아니에요. 선생님이 해 주세요."

나는 그만 겁이 덜컥 났다. 순간 공연히 할 수는 있겠다는 이야길 했나 보다 하고 후회했다.

그냥 달래서 돌려보낼 요량으로 나는 그 학생에게 의자에 앉으라고 했다. 그런데 자세히 얼굴을 살펴보니 눈이 벌겋게 충혈되어 있었다. 불현듯 뭔가 궁금했다. 나는 상담용지를 내주며, 그래 내가 너보다 10년은 더 살았으니 한 번 들어나 보자꾸나! 너희들이 뭐 그렇게 심각하게 의논할 일이 있겠니 정도로 가볍게 생각했다.

"나는 아직 교생인데, 나한테 상담해도 되겠어요?"

"네."

그는 잠을 한숨도 못 잔 듯한 표정이었다.

"자, 말해 봐요."

"문을 잠그면 안 될까요?"

학생의 엉뚱한 물음이었다.

"그래요?"

나는 일어나 문고리를 안에서 잠그고 앉았다.

"선생님 저 오늘 밤에 사람을 한 명 죽일 거예요."

"뭐라고요?"

불쑥 던진 학생의 말에 나는 그만 아찔하며 정신이 번쩍 들었다. 갑자기 황당하고 두렵고 무서운 생각으로 머릿속이 복잡해 왔다. 침착하게 그리고 또박또박 말을 이어가는 학생의 말을 들으며 난 분명 떨고 있었다. 다시 한번 그 학생이 사람을 죽일 거라는 결심을 고백하는 순간 나는 머릿속이 어긋난 것처럼 하얘지면서 '침착하자'고 거듭 다짐하고는 어떻게든 막아야 한다고 속으로 외치고 있었다.

학생의 아버지는 규모가 꽤 큰 목욕탕을 운영했다고 한다. 그러다 재작년 바로 그날 새벽 갑자기 혈압으로 쓰러져 돌아가셨다고 한다.

장례를 치르고 난 다음 날부터 엄마가 목욕탕을 그대로 운영하고 있는데 손볼 것도 많고 탕이나 보일러실 등 여자 혼자로는 도저히 운영하기 힘든 규모여서 직원을 한 사람 쓰기로 했다고 한다. 목욕탕 입구에 사람을 구한다는 광고를 붙여놓았고 학생이 알기로도 꽤 여러 명 면접을 보았는데 모두 그냥 돌려보내더라는 것이었다.

이러구러 한 달쯤 지난 어느 날 학교에서 돌아오는데 안채 살림집 출입문에서 바로 옆으로 보이는 목욕탕 계산대에 웬 낯선 남자가 앉아있더란다. 엄마같이 의심 많은 사람이 어떻게 새로 채용한 사람을 바로 카운터에 앉혔을까? 하는 의문이 들었다. 아버지 살아 계실 때는 한 번도 그런 일이 없었으므로. 무슨 사정이 있겠거니 하고 그냥 지나가려는데 마침 엄마가 밖에서 하는 말이 들려왔다. 큰소리로 반말을 하더란다. 그러자 깜짝 놀란 남자가 입에다 손가락을 대며 조용히 하라는 시늉과 함께 찔끔하는 엄마의 모습이 언뜻 눈에 들어왔다. 그리곤 곧 다른 대화가 이어지더라는 것이다.

그날 이후 학생은 그 일을 억지로 잊으려고 엄마 앞을 피해 다녔다. 그 아저씨는 아예 보이지 않는 날이 많았고, 대화도 전혀 없었다. 그렇게 중2를 보내고 중3이 되어 제 딴엔 꽤 열심히 엄마를 도우려고 노력하며 살고 있었다고 한다. 그 사이 그 아저씨는 두세 번 어디를 다녀오는지 꽤 오래 자리를 비우고는 했지만, 엄마는 별 불만 없이 잘 지내더라고 했다. 조금 이상한 일은 자기가 있을 때는 그 아저씨가 엄마하고 이야기하는 걸 볼 수 없었다는 점이다.

그렇게 10개월이 지나고 학생이 상담을 요청한 바로 전날이었다. 3교시 수업 시간에 갑작스레 배가 아파 양호실에 가서 약을 타 먹고 누워있었다. 하지만 차도가 없이 열이 더 오르고 오한까지 겹치자, 양호실 선생님이 응급조치를 해 주고는 조퇴하여 집에 가서 푹 자라고 당부했다. 그 학생은 그날 세 시간이나 수업에 참석하지 못하고 일찍 집으로 하교했다.

집 가까이 오니 몸이 으스스 추워 왔다. 이른 봄이라고는 해도 대낮이어서 보일러를 돌릴 수도 없었다. 생각나는 게 아버지 살아계실 때부터 늘 배 아플 때 따뜻하게 데워 사용해 왔던 차돌멩이가 보일러실에 있던 생각이 떠올랐다. 그가 보일러실의 문을 열고 들어가니 그 아저씨가 벌거벗고 누워있는 게 보이더라는 것이다. 그만 깜짝 놀라 얼른 문을 닫고 나왔는데 잠시 후 그 안에서 남녀의 웃는 소리가 계속 나더라는 것이었다.

그 학생이 그날 무엇을 얼마만큼 보았는지는 모른다. 분명한 건 엄마의 목소리와 아저씨의 목소리가 함께 들리더라는 이야기만큼은 또박또박했다. 그는 그대로 보일러실로 들어가 무슨 일이라도 저지를 심산이었지만 꾹꾹 참았다. 그날은 아버지의 2주기이기도 했고, 몸도 아픈 상태여서 어쩔 수 없이 모든 일을 오늘로 미루었다고 고백하였다.

그날 밤을 꼬박 뜬 눈으로 밝힌 학생은 아침에 집에서 나와 등교하지 않고 철물점 등을 돌아다니며 그날 쓸 장비를 준비했다고 한다. 그리곤 그 아저씨를 죽이기 전에 선생님과 상담하여 자기가 감옥에 가더라도 아버지 원수를 갚은 것이라고 말씀드리고 싶었고, 엄마는 아무리 미워도 동생들이 있으니 해치지 않을 거라고 아주 침착하고 또렷하게 이야기를 이어갔다.

학생은 일을 끝내기 전엔 꼭 선생님만 알고 있어야 한다는 말까지 덧붙였다. 나의 놀람은 사뭇 컸다. 중3치고는 철난 어른 같이 이야기하는 그 학생을 똑바로 바라볼 수가 없었다. 조금은 망설였지만, 순간 나는 나의 막내 남동생과 같은 나이인 그 학생의 이름을 부르며 으스러지도록 껴안았다. 나는 흐느껴 울고 있었고 그 눈물은 진심이었다.

"석우야! 꼭 한 번만 내 말을 들어 줄 수 없겠니?"

그러자 학생이 오히려 당황해하며 영문을 몰라 뭔가 되묻고 싶어 억지로 고개를 들며 날 쳐다보았다.

"넌 오늘부터 내 동생이야."

"나도 5년 전 엄마를 잃었고, 우리 집에도 너와 동갑인 남동생이 있어. 나는 그때 죽으려고 했었어."

5년 전에 겪었던 우리 집 이야기를 그가 마치 나의 친동생인 양 부끄럼도 없이 몽땅 털어놓았다. 나는 울고 있었다. 끼니를 못 때우기를 밥 먹듯 했다는 이야기까지 털어놓았다. 그 학생은 오늘의 내가 궁금한 듯 질문을 하고 싶은 것 같았다. 아마도 이 멋쟁이 선생님이 굶기를 밥 먹듯 했다는 걸 못 믿는 듯. 그렇게 우리는 밤늦은 시간, 학교 수위가 몇 번이나 와서 노크할 때까지 세 시간이나 이야기를 나누었다.

나의 진정성이 통했는지 학생의 얼굴은 아까와는 다른 평범한 남자아이로 바뀌어 있었고 내 손을 꼭 잡은 채 놓지를 않았다. 나 역시 친동생을 쳐다보듯 그 학생을 바라보는 충혈된 눈은 눈물로 젖어있었다. 나는 울먹임으로 이어가며 멈추지 않고 흐느끼고 있었다.

　처음 상담 결과는 매우 만족스러웠다. 상담을 마치고 난 후 퇴근하며 혹시 이 일이 나에게 가장 잘 맞는 일이 아닐까 생각했다. 그때 내가 이일에 계속 투신했다면 지금쯤 어찌 되었을까. 내일 일은 불확실하다. 그 당시에도 희망은 있어 보였다. 아무튼, 그날의 체험은 내 인생 한편의 발판이 되었다.

　그때 그날을 떠올리며 60년이 지난 2024년 스승의 날 그가 보내준 대형 꽃다발을 쳐다보면서 꼼짝하지 않고 멀거니 한 시간 이상을 이렇게 앉아 있다. 꽃다발의 주인공은 그때 그 남학생 석우였다. 아! 난 지체 없이 전화한다. 컬컬한 칠십 오세 노인의 음성. 그 노인은 어색하지도 않게 "선생니 임! 선생니 임! 어디에 숨어 계셨어요? 얼마나 찾았는데요." 하며 울음 섞인 목소리를 보내오고 있었으나 반가움을 참지 못함이 역력했다.

　처음 이민 가서 자리를 잡기까지의 몇 년을 빼고 줄곧 이제까지 나를 못 잊고 찾아 헤매고 있었다고 했다. 내가 당연히 계속 교직에 있을 줄 알고 귀국할 때마다 서울과 경기도의 국·공립 사립학교를 모조리 이름 석 자를 대며 찾아다녔단다.

　네 명의 동생을 부양하며 공부시킬 때나 내 아이들 셋을 기르고 교육시키면서 나의 늦은 공부도 해야 했던 그 어느 때도 나는 두 가지 이

상의 job을 가지고 있거나 동시에 학교의 학생으로 등록하여 공부하는 바쁜 생활을 해야만 했었기 때문에 교직에만 머물러 있을 수는 없었다.

칠십 팔세가 되었을 때에야 비로소 나는 일이 홀가분해졌고 글을 쓰기 시작했다. 그리고는 아명으로 책을 냈다. 몇 년이 지난 어느 날 아명인 혜성보다는 본명으로 책을 내야 하겠다고 마음을 먹는다. 그렇게 본명으로 책을 낸 3년 후 석우는 교보문고에 들렀다가 낯익은 이름의 저자인 내 책을 사게 되었고 귀국하는 비행기에서 책이나 읽으려 꺼냈다가 다시 확인하고는 나라는 확신을 가지며 비행기를 돌리라고 하고 싶을 정도로 내가 보고 싶고 너무 좋아 뛸 듯이 기뻤다는 것이다.

석우는 말한다. 이번 여행을 마지막으로 경기도 사립학교들을 돌면서 이제 포기해야 한다고 생각하니 선생님은 돌아가셨는지도 모른다는 생각이 들더란다. "선생님! 건강히 살아계셔 주셔서 정말로 감사합니다." 그는 애써 참았지만 계속 울고 있는 음성이 역력하게 들려온다. 그리고 자기가 큰 수술을 받으면서도 살아있어야 했던 이유도 이제 분명히 알게 되었다며, "선생님! 감사합니다. 감사합니다"를 몇 번이나 되풀이하고 있었다.

그 후에도 나는 한창 바쁘게 근무할 때도 '사랑의 전화'라고 하는 70년대 상당히 알려졌던 인생 상담소에 매월 하루 24시간씩 출장 근무를 하고 있었다. 병원 직원으로의 출장이므로 낮에는 의료상담을 6시 이후 밤에는 본격적인 인생 상담이었다. 그 뒤로 나는 그 일에 모든 정성을 다해 상담에 임했다. 그렇게 나는 인생 상담사가 되어 있었다. 가끔 그때를 회상하며 세상엔 진심이 통하지 않는 일은 없다고 생각한다.

"석우야 고맙다. 너만 나를 못 잊은 건 아니란다. 나도 네가 어떻게 살고 있을까 얼마나 궁금했는지 모른단다."

요즘도 동네 아파트나 성당 친구들까지도 마치 내가 자기들의 상담사인 양 이런저런 일을 의논해 온다. 그러면 나는 또 성심성의껏 상담해 준다.

오늘따라 그때 그 학생의 모습이 얼굴의 여드름까지 선히 떠오르며 그 또박또박 똑똑하게 그리고 빈틈없이 이야기하던 변성기 청년의 음성과 60년의 긴 시간이 지나버린 오늘의 그 굵직한 할아버지의 목소리가 오버랩 되며 나를 혼란스럽게 한다. 그리고 꽃들을 바라보며 고맙다. 내 동생 석우야! 그렇게 오랫 동안 나를 잊지 않고 찾았구나! 너만 나를 못 잊은 건 아니란다. 나도 네가 어떻게 살고 있는지 얼마나 궁금했는지 모른다. 고맙다. 고맙다. 나는 큰소리로 웃으며 울고 있다.

처음 본 그 학생 이름을 다정히 부르며 진심으로 그를 으스러지게 껴안았을 때 나는 분명 진정으로 울고 있었고 내 마음의 진실을 모두 담아 입을 다문 채 잠잠히 눈물로 대화하고 있었다.

그 순간 내 가슴은 이미 석우를 내 친동생으로서 꼬옥 안았던 것이다.

마지막 선택

나는 누구와 함께 어떻게 내 일생을 걸어왔는가?

돌이켜보면 내 생의 전환점에 맞추어 나타난 분이 바로 그분인 것 같다. 함께 오래 살아오는 동안 불행하다거나 고생스럽다는 그런 사치스러운 개념 같은 것은 상관하지 않고 지내왔다.

어릴 때는 그저 이 세상 누구보다 아버지만을 사랑했다. 이 다음에 키가 훨씬 커지면 아버지와 꼭 결혼하겠다던 어린 시절이 있었다. 사춘기를 지나 20세, 그때까지 나는 마냥 행복한 딸이고 손녀였다.

유복했던 어린 시절 아버지는 절대 부엌에 들어가지 않는 사람으로 알고 지냈다.

그 후 26세에 남의 호적에 오르면서, 오이도 거꾸로 먹는다는 시댁의 풍습에 적응하면서도 아빠가 부엌에 들어가는 건 아예 바라지도 않았다. 으레 숭늉을 쟁반에 받쳐서 가져다주는 원칙을 아무렇지도 않게 여기며 살았다. 어쩌다 급해서 냉수라도 부엌에 들어가 떠 마시는 걸 보면 상당히 미안하게 생각했을 정도였다.

어느 해 여름에 한 사람의 인연을 만났다. 이 인연이 내가 살고자 하는 일에 황금빛 줄을 이어줄는지…, 희미하게 그려진 줄이 보이는 것 같은 예감이 들었다. 그리곤 12월 초쯤 추위에 오버 깃을 여미며 찾아들어간 분위기 없는 커피숍! 이런저런 인사들이 오가면서 아! 그때 그 얼굴. 아 참! 그랬었지. 그런 일이 있었어!

어렵사리 말을 꺼냈다. 부끄럽게 벌거벗겨진 나를 내밀며 진실을 내어 보이면서 인생 상담을 털어놓으며 난 무슨 말들이 그리 많았을까. 창피한 것은 접어두고 아니 감추어 버리고, 찻잔을 비우며 감색 교복 주름스커트 베레모 흰 카라의 추억이 어제와 같이 그려지면서 아련히 얼핏얼핏 스쳐 지나간다.

똑같은 웃음, 똑같은 사람, 똑같은 날들…. 아무것도 변한 것 같지 않은 듯하다. 사십 년도 더 전의 일이다. 얼굴을 바라다보며 그런 생각을 한다. 너무 늦었구나!

몇 차례나 태평양을 오가며 그려보고 다시 그려놓은 그의 과감하고 용감한 계획을 다시 되새김하기보다는 차라리 행복한 동행이 되고 싶은 마음이 불현듯 그런 마음들이 늦었다는 개념을 덮으며 이상하리만큼 나를 끌어당긴다.

그렇게 나이 60에 새로운 인생을 설계하자고 마음먹을 때 부자가 되고 싶다는 것은 아니었다. 나의 바람은 그저 말년이 고독하지 않고 행복하고 건강하게 사는 것이었다. 관계의 질이 높은 세상에 단 하나뿐인 영원한 친구를 만들어 좋은 사이를 이어가는 것과 맑은 정신으로 서로 많은 대화를 나누며 추억을 만들고 소담하고 오붓하게 손잡고 거닐면서 행복한 노년을 보내자는 것 단 두 가지 뿐이었다.

그 와중에 30여 년 동안 해 보지 않았던 요리와 집안일이 은근히 염려되고 마음에 걸렸다. 엄마가 아버지께 부어주셨던 희생정신이 잊히지 않고 가슴에 남아있었다. 그래서인지 두 여동생 모두 다 남편을 하늘같이 대한다. 요즘에도 간장 고추장을 아파트에서 담가 먹는 살림꾼들이다.

뉴욕에 사는 친구 세미가 "너 몇십 년을 해 보지 않았던 부엌일인데 그것도 무시할 수 없다."라는 염려의 한마디를 보태준다. 하지만 그 사람은 그런 걱정은 염려 말라고 당부하며 둘이 함께 하면 된다고 장담한다. 난 그 말을 믿고 싶었다.

그러나 남편의 말은 말짱 헛말이었다. 남편은 함께는 고사하고 냉장고에 나란히 차려놓은 반찬 하나 꺼내 먹는 것도 하지 못한다. 하는 일이라곤 식탁 위의 나란한 차림을 집어 먹는 것뿐이었다. 하다못해 라면 하나 끓일 줄 모르고 사과껍질도 못 벗기는 사람이었다.

볼 일이 있어 외출할 때마다 이렇게 꺼내 먹으라고 간곡히 부탁하고 나가도, 혼자 집에 있으면 아예 굶어 버린다. 그냥 안심할 때는 좋아하는 빵이 식탁에 놓여 있을 때뿐이다. 그것도 하루 이틀이지 않은가. 당뇨까지 있는 사람이니 말이다.

착한 딸아이는 늘 이렇게 말한다. "엄마만 보고 모두를 다 버리고 온 사람이니, 참고 또 참고 최선을 다해서 잘해 드리세요."

하기야 아직도 성조기에 애착을 두고 모자나 옷에서도 선뜻 떼어 버리지 못하는 사람이 나의 옆지기 안 선배다. 영국에 사는 친구 아들 '훈'이에게서 날아온 성조기 배지badge를 애지중지 아끼는 사람이다.

나는 여러 가지 일로 바쁠 때는 짜증이 난다. 어디에 나가도 마음이 놓이지 않고 늘 불안해지기 때문이다. 옆자리에 태우고 나가야만 안심이 된다. 친구들에게 꽁지라는 놀림을 받을지언정.

어느 땐 차라리 아이들에게 "엄마를 부탁한다."라고 의지하며 그냥 살았으면 어땠을까 하나 마나 한 마음을 먹을 때도 있었다.

내가 철부지였던가. 나이 먹을 만큼 들어서 판단한 결과가 아니던가. 계모의 삶을 보고 재혼은 절대로 하지 않을 거라는 일념으로 서른 해를 살아온 내가 선택한 오늘이다. 하지만 이제 기왕 나의 마지막 선택을 멋있게 출발했으니 앞으로 우아하게, 화려하게, 보람 있게, 행복하게 후회는 만들지 말아야지. 이렇게 몇 번이나 마음을 다지고 또 다진다. 그러나 때때로 잘했다는 위로와 또 작은 후회의 반복으로 일관성이 없기는 하지만.

그는 나이를 더해가며 순간을 못 참아내고 '확'하는 급한 성격이 생긴다. 그와 잘 통하는 제일 친한 독일 친구가 한번 당해보고는 웃으며 늘 놀리지만 잠깐이면 풀어지니 겪어 보면서 이해하기 어려워도 이 모두를 즐거운 내조로 이기려 한다. 조금 아니 잠깐만 참으며 다스리면 되는 상황들이 아닌가? 앞으로 나를 옥죄는 그런 일은 없을 것이라 믿어본다. 어쨌든 내가 아파도, 바빠도, 귀가가 늦어져도, 맞은편 식탁 의자에 앉아서 말없이 날 기다려줄 사람은 그 사람뿐이지 않은가. 오직 외로움에서 벗어나려고 이 길을 선택한 것은 아니지 않은가. 크든 작든 내가 원했던 것을 채워주는 건 또 얼마나 많은가? 안동 상지대학에 강의를 다녀올 때도 그렇고, 원거리 여행에서마다 조수석에 앉은 그이는 아무리 피곤해도 단 한 번 잠을 잔다거나 졸거나 하는 일이 없다. 늘 운전을 함께하듯 참견해 주는 것조차 웃으며 고마워하는 내가 아닌가? 덕분에 그이와 동행할 때는 교통법규 위반 통보가 단 한 번도 없었다.

그이는 나를 사랑하고 있다. 언제나 별말이 없고 미더운 참 좋은 남편이라는 걸 자주 느낀다. 하다못해 은행이나 병원이라도 함께하자면 행복해하며 즐거운 얼굴로 따라나서는 그이가 좋다. 내일도 살아있을지 아무도 장담할 수는 없다. 과연 얼마나 남아있을까. 누구도 알 수 없는 시간인데, 이젠 정말 나 하나만을 위해서가 아닌 둘이 하나로 힘을 합쳐 오순도순 살아가야 하지 않을까. 그렇게 아름다운 동행으로 오래오래 건강하게 사랑하며 행복을 나누어야겠다.

서로 남은 정을 듬뿍 주고받으며 날마다 소담하고 행복하게 살다가 미련 없이 떠나고 싶다.

매일이 즐거워야 한다고 거듭 되뇌며 앞으로 어떻게 더 아름답게 살아갈까? 오직 그것만을 설계하면서 오늘도 하루를 그렇게 아웅다웅 살아내고 있다.

생각해 보라. 청춘의 아픔은 어디서 나누었는가. 노년의 아픔은 어디에서 나누고 있는가.

나의 마지막 선택이 살아온 동안 제일로 잘한 일이지, 후회스러운 선택은 아니라고 외치며…

우리는 건강하고 소박한 웃음이 넘치는 여생을 보내고 있다고 스스로에게 자랑해 본다.

70년 지기지우

그렇게 중년 팔자가 드세더니, 이제 좀 평탄히 살아 봐야 하는데, 왜 그 모양이냐?

4대 독자의 무남독녀로 태어나 얼마나 많은 사랑을 받고 자란 내 지기지우知己之友 인영이다.

수송초등학교 때는 우등생이었다는데 중고등학교 시절에는 공부에 취미가 없었다. 그러나 누가 보아도 인영은 모범 학생이었다. '얌전한 강아지가 부뚜막에 먼저 올라간다'라는 옛말이 틀리지 않는다. 그렇게 만인이 다 얌전하게 보는 인영이는 학교 공부보다는 다른 곳에 눈을 돌리고 있었다.

그녀는 여고생 때 서울고생들과 크리스마스 파티를 하는 등 그 시절엔 아주 드물었던 행동을 하며 어울려 다녔다. 그런 일들을 나한테만 슬쩍슬쩍 흘려주었다. 한번은 교실에서 마음 졸이며 초조한 눈빛으로 앉아있기에 또 극장 갔었느냐고 물었다.

"응, 동도극장. 〈누구를 위하여 종은 울리나〉 보러 갔어." 했다.

인영이는 한 사람씩 차례대로 교무실로 불려 가고 있는 것을 보며 벌벌 떨고 앉아있었다. 원래 프로는 안 잡히는 법이라는 말이 절대 진리인 듯 용케 잘도 빠져나갔다. 그렇게 공부를 안 하더니 결국 대학 입학 시험에 낙방했다.

그 후 어찌어찌하여 다른 대학에 입학했다고 하더니 어느 날 느닷없이 남자 친구를 소개한다. 그야말로 본격적인 연애를 하고 있었다. 공주의 부잣집 여러 형제의 맏아들이라는데 참 착해 보였다. 하지만 나는 걱정이 되었다. 솔직히 인영은 맏며느릿감이 아니라는 생각이 들어서이다. 그 남자는 인영 때문에 군대부터 먼저 다녀와야 한다며 입대했다. 하지만 그녀는 그가 군에 간 사이에 신발을 거꾸로 신어버렸다.

인영은 경산 자인에서 결혼식장을 하며 넓은 과수원을 경영하는 9남매의 맏이인 고대 졸업반 친구 김*영과 등산도 다니는 등 가까이 사귀는 눈치였다. 그들 사이가 수상하다 했더니, 얼마 지나지 않아 급기야 결혼하겠다고 했다.

훗날 인영의 옛 남자 친구가 나에게 찾아와 울면서 인영과의 관계가 틀어진 것을 매우 가슴 아파하였지만 이미 돌이킬 수 없는 일이었다.

아무튼, 나는 그녀의 결혼식에 참석하기 위해 경산시 자인면으로 내려갔다. 옆에서 새색시를 보려고 알찐거리며 왔다 갔다 하는 세 살짜리 여자아이가 막내 시누이라니 그야말로 9남매의 맏이라는 것이 실감이 났다.

얼마 후 연락이 왔다. 생전 가사 일이라곤 안 해 봤던 그녀는 종일 시어머니 꽁무니만 쫓아다녀도 힘들다고 했다. 내가 염려했던 게 바로 그거 아닌가? 그런 건 그래도 어쩔 수 없다고 하자. 문제는 결혼 5년이 지나도 두 사람 사이에 아이가 없다는 게 걱정되었다. 그런데 황당하게도 그새 남편이 술집 여자와의 사이에서 딸을 낳았다고 한다.

그런 어느 날 남편과 그 여자 두 사람이 놀러 가다가 고속도로에서 그만 사고가 나는 바람에 불륜 사실이 세간에 알려지게 되었다. 그때 인영은 얼마나 고통스러웠을까. 이런저런 일을 감내하느라 얼굴에 기미까지 새카맣게 끼고 건강도 나빠졌는데 결국 이혼 건으로 진행되며 엄청 속 썩고 있다는 말을 대구에서 군대 생활을 하던 제부로부터 전해 들었다. 참으로 안타까운 일이었다.

내가 둘째를 출산한 직후였다. 그녀의 남편이 고려당 빵집에서 만나 사과 한 상자를 보냈다는 이야기와 함께 아내가 산부인과 검사를 받았다고 전했다. 그런데 한쪽 난소는 완전 불임이고 다른 한쪽은 치료하면 임신이 가능하다고 하여 더 기다릴 거라고 했다. 그러나 일자를 소급해 보니 이미 작부에게서 딸을 낳았을 때였다. 이러니 어떻게 그 남자를 믿겠는가?

얼마 후 그녀의 시아버님 환갑이라는 연락이 왔다. 남편은 은수저 두 벌을 준비해서 다녀오라고 하면서 양쪽 이야길 잘 들어보고 충고도 좀 해 주고 일을 신중히 처리하도록 당부하고 올라오라는 말을 잊지 않았다. 멀리서 불행을 당한 친구를 배려해 주는 남편이 고마웠다. 두 아이를 동생에게 맡기고 내려갔다. 그런데 인영은 다음날 이혼 도장을 찍으러 간다고 언성을 높이며 집 밖으로 나가는 게 아닌가. 그녀의 뒤를 쫓아가 읍사무소 마당 차 안에서 모든 걸 서둘지 말고 침착하게 천천히 생각해서 처리해도 늦지 않다고 강력히 권했다. 그날은 내 말을 듣고 그냥 되돌아왔다. 하지만 그 얼마 후 그녀는 그 모든 걸 참아내지 못했다. 달포가 지나 재봉틀 하나 달랑 들고 서울로 올라오며 시집에서 나오고 말았다.

그 후로 나는 인영의 남편을 만나 담판을 보려 했지만, 여편네가 경상도 말로 토꼈는데 어떻게 사느냐고 내게 되물었다. 재결합은 정말 어려울 것만 같았다. 위자료로 목돈은 없고 월 4만 원씩 재가할 때까지 주기로 하고 부부 관계를 청산하기로 했다. 14년 동안의 부부 관계를 이렇게 간단히 끝낼 수 있다는 게 서글펐다. 나는 그에게 방 하나를 내어주고 백색전화를 달아주며 외제물건 장사를 하도록 주선해 주었다. 가까운 친구들에게 이 소식을 알렸다. 고객은 모두 우리 동창들이었다.

그 뒤 일 년이 지나 그녀는 싱가포르 대사로 발령이 난 이*옥 대사관저의 영양사로 취직이 되어 떠났다.

그리고 그 얼마 후였다. 70 고령이신 그녀의 아버지가 폐광인 가평 친구 집에서 사시다가 중풍으로 쓰러지셨다. 나는 내가 근무하는 병원의 임*규 실장과 비가 쏟아지는 날 가평 입구 현리 산길에서 자동차 바퀴가 빠지는 등 고생고생하며, 그녀의 아버지를 테레사Teresa 수녀가 운영하는 삼선교 사랑의 집으로 모셔왔다.

'사랑의 집'은 연고 없는 행려병자들만 들어갈 수 있는 곳이었다. 동생 리디아의 알음알음으로 2층 중환자실 격인 4인실 병실로 옮겼다. 나는 보호자 자격으로 한 주에 한 번 정도 가 뵈어야 했다. 수사님들이 너무 잘 봐주시어 고맙고 각 성당의 봉사자들도 자주 오셨다. 그중에는 고창순 박사 사모님도 계셨다. 아버지의 딸 인영이가 돌아올 때까지 한

일 년만이라도 더 사시길 간절히 기도했다. 그 방 환자들의 얼굴은 갈 때마다 바뀌어 다른 분이 또 들어오곤 하니 더 불안했다. 경기고보 출신이며 중앙청 관리로 계시던 엘리트이셨는데, 아버진 그래도 그 환경에서 잘 적응하시며 10년을 더 사셨다. 인영이 돌아오면서 나는 매주가 뵙는 번거로움을 면했다.

그녀는 우리 집에 기거하면서도 물 한 그릇 떠다 먹지 않고 일하는 언니만 시켜 가끔 나를 난처하게 만들곤 했다. 그러면서 친구들의 좋은 중매 자리를 모두 뿌리치고 전남편 외사촌의 친구와 나 몰래 만나고 다녔다. 처음 내가 그 사람 김*기를 반대한 이유는 위를 너무 많이 잘라냈다는 것과 다 큰 아이들이 셋이나 있다는 것이었다. 나는 우선 전남편과의 인연으로 엉키는 것도 싫었고, 아이가 차라리 어리면 고생하고 길러준 정이라도 있지 않을까 해서였다. 그러나 그녀는 그쪽을 선택했고 결혼 후에는 우리 형제들을 친정 식구라고 모두 초대했다. 술을 좋아하던 그녀의 남편은 환갑이 조금 지나 세상을 등졌다. 자살한 막내까지 결국 셋 모두 계모를 배신하고 떠나고 말았으니 모두 내가 염려했던 바이다.

며칠 전 가까운 친구에게서 전화가 왔다. 인영이가 친구들 모임에 왔었다며 생일은 제일 어린데 제일 늙었더란 말과 지팡이를 짚지 않으면 걸을 수 없이 꼬부라졌더라는 이야길 한다.

그런 말을 들으면 나는 인영이가 남 같지 않아 마음이 몹시 아프다. 지난해부터 우리 자매들과 식사를 같이하고 싶다며 몇 번이나 재촉하는 전화가 왔다. 코로나 때문이기도 했지만, 공연히 바빠서 차일피일하다 보니 만난 지가 꽤 오래되었다. 그래도 남편의 유산으로 외롭지만 풍족하게 살고 있으니, 한편으론 마음이 놓인다.

전실 자식들은 다 떠나가고 돌볼 자식도 없는데 아프지나 말았으면 좋겠다. 얼마 전 나에게 못난이 떡을 택배로 보내주어 받아먹었다. 인영인 언제나 남 같지 않은 자매 같고 형제 같아서 좀 넉넉한 걸 보면 정말 마음이 놓인다. 그래도 말년에 다행한 것은 지난달 동생 리디아의 알선으로 수녀님들이 운영하는 강북구 수유리 시니어 타운senior Town 에 정착하게 되었고 그곳이 공기도 좋고 분위기가 마음에 든다고 수녀님들과 함께 살게 된 것을 기뻐하니 내 마음도 좋다.

어제는 전화해서 이제 그곳 생활에 만족하며 아무 걱정이 없다고 한다. 우리를 위한 기도를 한다고 하면서 남편의 쾌유를 빌고 있단다. 목소리도 안정되고 평화스럽게 들리니 정말 한시름 놓인다.

그녀는 나의 70년 지기지우가 아닌가?

친자매처럼 정이 깊고 한결같은 사랑을 주고받는 친구 인영이다. 오래오래 건강히 노년을 행복하게 보내면서 자주자주 얼굴을 볼 수 있기를 오늘도 간절히 기도한다.

사랑한다. 6개월 언니 친구 인영아!

제4장

노인과 어른

유럽 여행의 여적餘滴

1995년인가? 동창회장을 맡고 있을 때였다. 어느 날 가까운 친구가 유럽 여행이 소원이라고 하는 말을 우연히 듣게 되었다.

그 후 오래도록 그의 말이 머릿속에서 맴돌았다. 마음에 맞는 친구들 이랑 유럽에 가보지 못한 친구들 몇 명을 모아서 함께 여행할 수 있도록 주선해 보면 어떨까 하는 생각이 굳어지자 그 친구에게 "그래, 한번 가보자꾸나." 답을 해 주고 추진하기로 했다.

거의 날마다 급한 일을 처리하려니 차일피일 미루고 있던 어느 날. 계명여행사 단체여행 담당 친구를 만나보고는 일을 일사천리로 진행 했다. 어떻게 모으다 보니 인원이 꼭 30명이었다. 15명당 한 명씩 파견 해야 한다는 담당 가이드도 내가 보조하기로 하며 비용을 줄였다. 여행 설명회를 마치고 마음이 들뜬 친구들과 ZOOM에서 차 한 잔씩을 나누며 준비물 챙기기 메모를 하는데 유럽에 대한 친구들의 질문은 끝이 없었다.

가이드 민군과 30명은 여행사와 긴밀한 연락을 하며 모든 절차를 끝내고 에어 티켓air ticket까지 구매하여 준비를 마쳤다. 드디어 떠나는 날.

나는 김포공항에서 여권을 모두 걷어 챙기며 다시금 놀랐다. 개중에는 다섯 살이나 더 많은 동기생도 있었다. 그런 사실을 여태 모르고 지냈는데, 내년에는 환갑 잔치도 차려주어야겠다고 마음먹었다.

여행의 백미는 관광에도 있지만, 오랜만에 만난 친구들과의 교감이었으니 우린 김포공항에서부터 재미가 쏟아졌다. 그들의 대부분은 공부 좀 했던 친구들이다. 그런데 그동안 피치 못해 가정에 충실하느라 여행을 뒤로 미뤄왔던 이들이다. 환갑이 다 된 고교동기생 30명은 왁자지껄 즐거워 어쩔 줄 몰라 했다. 떠나기 전날이라 잠을 꼬박 설쳤다는 친구, 두 시간 전에 공항에 도착했다는 친구, 고추장을 싸 가지고 왔다는 친구도 있었다. 이렇게 서로 다른 삼십오 년 전 10대들이 모였으니 어찌 조용하기만 하랴. 서로 얼싸안고 오랜만에 만난 기쁨과 여행에 대한 기대감으로 떠들고 웃느라 시끄러웠다. 하지만 여행안내를 받을 때는 일사불란했다.

한 친구는 김포공항을 떠날 때까지 내가 가이드인줄 알았다고 해서 또 웃었다.

공항에서부터 권순복이 웃음보를 터뜨린다.

"얘들아! 너희들 내 얼굴을 자세히 봐라. 하나하나 보면 얼마나 잘 생겼는지 모른다. 그런데 진열과 배열이 어긋나서 이렇게 미인이 안 되었다."고 말하면서 제 얼굴을 가리키고 있는 그 친구는 고등학교 졸업 후 바로 결혼하여 20여 년 동안 집에서 아이들만 기르다가 같은 환경으로 사는 절친한 친구이던 권승희 소식을 듣게 되었단다.

"그 친구 소식을 어떻게 알음알음 듣게 되어 서울역 앞 시계탑 아래에서 만나기로 했잖니. 그런데 내 말 좀 들어 봐."

두 사람은 약속된 장소에서 만나 서로 이름을 확인하였단다. 하지만 오랜만에 만난 중년의 두 아주머니는 서로의 얼굴을 보면서도 한참 존댓말을 쓰고 있었더란다. 그 말에 모두 박장대소하며 웃음보를 터뜨렸다.

세월아! 네가 멈춤 없이 가는 걸 어찌 우리만 몰랐으랴. 너는 우리를 오늘로 이렇게 만들어 놓았지만…. 우리들의 시계는 서서히 풋풋하던 여고 시절로 되돌아가고 있었다.

여행의 재미는 이제부터 시작이었다. 어느 공항에서인가? 다음 비행기에 탑승하기 위해 대기하고 있었다. 공항에 앉은 우리 일행 앞은 마치 저잣거리 같아 보였다. 눈앞에 백인 흑인 가리지 않고 왔다 갔다 했다. 그중 흑인을 두고 친구가 내게 한 마디 던졌다.

"얘, 명자야! 저 사람은 왜 저렇게 얼굴이 까맣게 되었는지 너 알아?"

"……."

"신이 인간을 제작할 때 굽는 시간을 지나쳐 버려 그만 저렇게 까맣게 타 버렸다는구나!"

"글구, 저 백인은 너무 일찍 꺼내 설익어서 하얗게 된 거라지? 아직도 덜 익은 냄새가 날걸!"

그러면서 우리 황인종은 적당히 익혀서 알맞게 만들어졌다는 것이었다.

여행은 이렇게 우리를 들뜨게도 즐겁게도 한다. 그런데 내내 코믹 웃음 익살로 일관하던 그 친구는 여행을 다녀와서 얼마 후 저세상으로 떠나갔으니 참으로 안타까운 일이다.

짜인 일정대로 움직이는 버스로 유럽을 도는 우리는 어디에서든 30명을 내려놓으면 상점에 들러 뭘 사는데도 시간이 꽤 걸렸다.

유로화도 없을 때이고 지금같이 카드가 보편화 되어있지 않을 때였다. 환전해 간 달러로 구매한 물건의 값을 치르다 보니 영국이나 독일, 프랑스 등에서는 계산이 여간 복잡하지 않았다. 게다가 쌍둥이 칼이면 칼, 바바리코트면 코트, 한 사람이 사면 너도나도 사겠다고 한꺼번에 사람이 몰려 계산하는 시간이 더욱 오래 걸렸다. 더블 바바리코트를 모두 샀다가 한 사람이 싱글을 사서 입고 나와 예쁘다고 하면, 우르르 다시 들어가서 바꾸곤 했다.

일행이 많다 보니 일정에 맞춰 움직이기가 쉽지 않았다. 관광지를 돌아보거나 매장에 들를 때마다 승차 시간을 미리 알려도 몇 명이 항상 늦게 와서 일정에 차질이 생긴다. 할 수 없이 늦게 오는 친구들에게 다음부터는 벌금을 물게 하자고 입을 모았다. 이 모두가 단체 행동의 어려움이겠다.

모임 장소에 어쩌다 늦은 한 친구가 첫 번째로 5불의 벌금을 물었다. 그 일로 그 친구는 종일 삐져서 나와 말도 섞지 않았다. 돈이 아까워서가 아니고, 자기는 그날 처음 늦었으니 억울하다는 변명이었다. 여행의 기쁨을 반감하는 일이 될지 모르겠지만 진행자로서는 어쩔 수 없는 조치였다는 것도 알아주렴.

나는 여행에 앞서 프랑스의 프랑, 독일의 마르크, 영국의 파운드 등 대표적인 화폐를 쓸 만큼만 환전하여 준비하고 떠났다. 그런데 버스 투

어의 경우 서유럽국가의 대부분은 화장실 갈 때마다 코인coin이 필요했다. 벨기에에서였던가. 어찌어찌하여 코인 하나를 얻었다. 그러니 코인은 하나뿐인데 조금 전 화장실을 다녀온 친구들까지 모두 쫓아 들어왔다. 할 수 없이 다른 방도를 찾아야 했다. 문을 열어놓고 계속 친구들을 들여보내고 나오면 또 들여보내고…. 누가 보았다면 아마도 낄낄 크크 웃을 일이었다.

어디에선가. 코인을 내지 않고 입장하는 커다란 규모의 공중화장실에서 물이 폭포처럼 벽을 타고 흘러내렸다. 지금은 도처에 그런 멋있는 남자 화장실이 많지만. 남자 화장실이라고 쓰인 게 보였다. 그런데 우리 일행 중 한 친구가 그곳에 들어가서 쪼그리고 앉아있는 것이 아닌가. 나는 기절할 듯 빨리 나오라고 소릴 쳤다. 그 나라의 남·여 글자를 구분 못 하여서였을까?

관광을 마치고 숙소로 정해진 호텔에 들어갔다. 수속을 하느라 라운지 커피숍에서 기다리는 동안 가이드가 일행에게 안내와 함께 설명을 해 주었다.

"이 나라는 맹물이 맥주보다 더 비싸니, 시원하게 맥주를 시켜서 마시는 게 좋겠습니다."라고 말했지만, 촌스러운(?) 우리 일행 중 단 한 사람도 그날 맥주를 마신 친구는 없었다.

각자 방을 정하고 지정된 방으로 올라갔다. 친구들 대부분이 카드 사용 방법을 모르니 분주히 다니면서 문을 열어줄 수밖에 없었다. 그때만 해도 호텔방문 카드가 일반화되지 않았을 때였다. 수도꼭지도 돌리는 법이 우리나라와 달라 여기저기서 불러 장강 대하처럼 바쁘기 끝이 없

었다. 관광이 아니라 나는 저들의 시중을 들어주려고 온 듯했다. 하기야 가이드를 자청했으니 기꺼이 봉사해야 마땅한 일이다. 샤워기를 틀지 못해 이 방 저 방에서 부리나케 전화가 온다. 정말로 즐겁고 행복하고 땀나는 분주가 아닌가.

로마에선 가구들을 보니 너무 갖고 싶은 게 많았다. 나는 가이드를 해야 하니 그런 걸 돌아보고도 살 엄두를 내지 못했다.

비엔나의 푸른 다뉴브강은 기대했던 것보다 너무 초라했다. 베네치아에선 세 명씩 배를 타는데, 도착하는 시간이 모두 달라 서로 배들이 닿을 때마다 오랜만에 본 듯 반가워하며 재미있는 제스처를 연기해 한바탕씩 웃어야 했다. 강가의 벤치에서 자연스럽게 안고 키스하는 연인들의 모습이 아름다운 한 폭의 그림처럼 부럽기만 했다. 그때 우리나라에선 아직 그런 모습을 볼 수 없었고 우리의 여행은 현재 진행 중이었다.

여행의 종착지인 김포공항에 비행기 바퀴가 땅에 닿아 구르기 시작했다. 그때 한 친구가 "이제야 안심"이라고 한숨을 몰아쉬었다. "왜?"냐고 묻는 내게 그 친구의 말이 "우리 부부는 비행기 사고가 나면 둘 다 지상에서 사라질 수 있는 걸 대비해서 함께 비행기를 타지 않기로 했다."는 것이다. 그 세심하고 철저한 친구의 이야기를 들으며 모두 짐을 챙기게 하고 트랩에서 내렸다.

꿈만 같고 신비했던 여행에서 현실로 되돌아온 느낌이었다.

김포공항에 내려 입국 수속을 밟기 시작했다. 가이드 민군은 아내가 첫 아이를 낳기 직전이라 빨리 집에 가 봐야 한다고 해서 도착하자마자 가보라고 했는데 친구인 손*자의 짐이 보이지 않았다. 짐을 찾아주고 가라고 그녀는 민군의 귀가를 거칠게 막아섰다.

이상한 일은 우리 팀의 짐 두 개가 분명한데 통과하기 직전에 짐 주인이 없어진 것이었다. 로마인가 비엔나에서 테이블보 등등 소품들을 많이 산 친구였다. 이것저것 가구까지 샀다가 물리기도 했다. 김*원은 많은 물건을 사더니 통관에 앞서 겁이 났는지 가방 두 개를 그대로 두고 집으로 가버린 것이다.

혹시 없어진 짐을 김**원이 바꾸어서 간 건 아닌지 알아보고 있는데, 손*자의 짐을 동경에서 찾았다는 연락이 왔다. 이제 짐 두 개만 남았는데, 다른 친구의 이야기론 분명 김*원 의 짐이란 것이었다. 분실한 것과 바뀐 것은 아니니 할 수 없이 민군과 내가 하나씩 맡아서 처리하기로 했다.

내가 맡은 가방엔 명품백이 두 개나 들어있었다. 여자인 관계로 그냥 통관되었으나 비싼 소품이 많았던 민군 쪽의 가방은 20만 원의 벌금을 물어야 되고 짐은 나중에 찾아가기로 하고 압수당하는 일까지 있었다. 손*자 남편은 대학교수라는데 아주 너그러운 분이었다. 내일 동경에서 오는 대로 짐 가방을 찾아가기로 하고 부인을 설득해 귀가했다.

여행은 이렇게 우리를 즐거움에 빠지게 하지만 삶의 현장은 전쟁터이기 쉽다. 하지만 여행의 추억은 책갈피에 남아 있어 즐거운 꿈속으로 인도하곤 한다. 프랑스 아틀리에에서 감상했던 반 고흐의 초상화와 고흐가 그린 카페의 주인 지누 부인, 붉은 포도밭, 고갱의 어두운 배경의 가난한 여인들, 나는 위대한 두 화가의 만남과 동거를 들으며 많은 생각을 떠올렸다.

어디 그뿐인가. 김금자의 오페라하우스에서의 멋있고 폭넓은 가창력은 소프라노 가수 못지않았다. 우람하고 넓은 스탠드의 콜로세움colosseum에서 울려 퍼지는 웅장한 시스템을 보며 우리는 그 옛날 로마인들의 끝없는 발전상을 다시 한 번 피부로 느꼈다.

또 이탈리아 중부 피사 시의 두오모 광장 피사대성당의 종탑은 마침붕괴 위험으로 보수작업을 하고 있었다. 안타깝게도 들어갈 수가 없어앞마당 잔디에서 사진만 찍어야 했다. 상상했던 것보다 작은 규모의 나폴리 항구와 푸른 다뉴브강의 초라함을 보며 실망했던 일 등도 오래도록 가슴에 남아 있다.

무엇보다 이태리 남부의 식당마다 아코디언 등 악기를 들고 와서 함께 춤추자며 신나게 칸소네Cansone를 부르던 신명 많던 이태리 남부 사람들. 그곳 둥근 아궁이에서 구워 나오던 심플한 피자의 맛은 지금도잊지 못할 추억이다.

그렇다. 추억은 아름답다. 더구나 친구들과 함께한 여행의 즐거움이야 무엇에 비하랴. 언제고 다시 한 번 그날의 추억을 되새기는 여행을하고 싶다.

그땐 꼭 나폴리 베베렐로 항구에서 배를 타고 이탈리아 소렌토 반도가 바라다보이는 카프리섬까지 가 봐야겠다고 다짐한다.

박지성 선수의 신혼여행지로 널리 알려진 카프리섬.

요양 보호

2022년 봄 어느 날. 절친한 친구 정*임에게서 전화가 왔다.

"요즘 외출도 못하고 세끼 끼니 해 대느라 얼마나 바쁘고 힘드냐?"는 내용이었다.

그는 내가 집안일엔 서툴다는 걸 잘 아는 친구이다. 우리 집 남편이 재작년 은행 입구에서 넘어져 허리를 다쳐 수술은 했지만, 지팡이를 떼어 놓은 지 얼마 되지 않았다. 나이 탓인지 대퇴골이 점점 나빠지면서 자세도 삐뚤어지고 걸음도 많이 못 걷는다는 소식을 누구에게 들은 모양이었다.

이런저런 이야기 끝에 장기요양등급 신청을 해 보라고 내게 권했다. 얼마 전에 박*숙도 신청하여 3급 판정을 받았다고 했다. 그러면서 요양보호를 받게 되어 요양보호사가 집에 오게 되면 집안일도 좀 도와줄 수 있을 거라는 말을 덧붙였다.

그녀의 말을 듣고 좀 생각해 보자고 했다. 그 후 관심 있게 지켜보았다. 그러고 보니 주변에 요양보호사의 도움을 받는 사람이 적지 않았다. 또 요양보호사 자격증을 소지한 사람도 꽤 있었다. 그런 사실을 나 혼자만 여태 모르고 지낸 것 같았다.

곧장 요양보호센터에 전화하자, 바로 전화가 오고 그날로 센터장이 우리 집을 방문했다. 그리곤 며칠 후에 보험공단에서도 방문하겠다는 통보가 왔다.

친구에게 그동안의 일을 이야기하자, 내게 여러 가지 주의 사항을 일러주었다. 방문하는 이가 요양의 필요성을 절감하도록 침대에 기저귀를 놓아두는 게 좋고, 걷기 어려운 것을 과장하기 위해 지팡이도 가져다 놓고, 정신상태가 정상이 아닌 양 행동을 하라고 일러주었다. 하지만 남편이나 나는 굳이 그런 연극까지 해야 하는지 의심스러웠다. 더욱이 남편은 그런 연극에 협조할 사람이 아니었다.

보험공단에서 사회복지사인 담당자가 방문하기로 한 날이었다. 침대 옆에 의자를 놓아두고 나는 밖에서 기다리고 있었다. 그런데 그는 의자를 번쩍 들고 나오는 게 아닌가? 그리곤 남편을 향해 이리 나오시라고 하며 식탁 의자에 앉더니 맞은편에 앉으시라고 권한다.

요양 보호를 받으려면 당연히 불편함을 보여주어야 마땅할 일이다. 하지만 남편은 그날따라 평소보다도 몇 배나 더 잘 걸어 나오는 것이 아닌가? 그리곤 식탁 의자에 마주 앉아 몇 가지 질문을 주고받는다.

방문 절차가 끝나고 담당자가 돌아간 후 나는 방문 내용에 대해 친구에게 자초지종을 털어놓았다. 이야기를 다 듣고 친구는 내게 "무슨 종이를 주고 가더냐?"고 물었다. 그러면서 그쯤이면 필경 요양 신청이 틀린 것 같다고 이구동성 결론을 내렸다. 그날 건네주지 않았다는 종이는 내가 미리 준비해 두었다 제출한 의사의 진단서였다.

그 일이 있은 다음, 두 주일쯤 지나 남편은 4급 장애 판정의 통보를 받았고 곧 요양보호사를 구해보겠다는 센터장의 전화가 왔다. 나는 보험공단에 구비서류를 제출하는 등 모든 준비를 마치고 요양보호사가 방문해 주기를 기다렸다.

그러나 평상시와 달리 요양보호사를 구하기가 힘들다고 했다. 코비드로 인해 요양보호사들이 방문일을 하지 않으려 해서 더 기다려야 한다는 것이었다. 그 후로도 한동안 소식이 오지 않았다. 한시라도 빨리 요양보호사가 와 도움을 주길 바랐지만, 사정이 그렇다 하니 달리 뾰족한 방도가 없었다.

때마침 약국집 남편이 계약한, 우리 집과 가까운 다른 요양센터를 소개받아 연락해 본다. 곧 센터장이 우리 집엘 다녀갔다. 다행히 그날에 맞춰 두 센터에서 요양보호사가 두 명이나 다녀가며 다음 날부터 요양보호를 받게 되었으니 참으로 지난한 과정이었다.

남편의 요양 보호는 두 시부터 다섯 시까지 세 시간으로 약속이 되었다. 이윽고 60을 갓 넘긴 상냥한 요양보호사가 방문했다. 한 시간 산책하고, 한 시간은 스트레칭이었다. 나머지 한 시간은 목욕을 도와주기로 했다.

처음부터 우리는 그렇게 약속했다. 집안일은 컵 하나 닦아주지 않아도 되니 남편에게만 최선을 다 해달라고 부탁했다. 그러나 문제는 둘이서만 마음대로 늘어놓고 지내던 집에 타인이 시간 맞춰 온다는 것, 먹고 싶지 않아도 점심을 제시간에 꼭 해야 한다는 것 등 그날부터 내 생활은 훨씬 더 힘들면서 바빠졌다. 가끔 볼일을 보러 나가거나 병원 예약으로 출타하는 일이 있어도 두 시까지는 반드시 귀가해야 하는 어려움이 뒤따랐다.

코로나가 한창 유행할 즈음이었다. 하루에도 수많은 사망자가 한꺼번에 쏟아져 나온다는 뉴욕 발 뉴스가 대서특필 보도되었다. 화장장이 만원이라 냉동된 시체를 한 구덩이에 넣는 충격적 뉴스도 있었다. 강아지를 장사 지내는데도 몇백만 원씩 드는 세상이 되었는데 사람 목숨이 개만큼도 못한 대우로 마지막 길을 가게 해서야 되겠는가? 외출도 못하고 집콕으로 지내며 만나고 싶은 친구, 가까운 식구조차도 만나지 못하는 감옥살이가 계속되었다.

매일 아침 한 움큼씩 약을 먹으면서 건강을 지키려 버텼다. 그런데 팬데믹이 도래한 것 같을 때 남편의 증세가 종전과 달라 보였다. 나의 불안도 점차 심해져 갔다.

건망증인가. 아침 샤워를 하고 옷을 갈아입으러 들어가더니 잠옷으로 정장한 듯 바꿔 입고 나왔다. 소뇌가 작아지면 인지능력도 감퇴한다고 하는데…. 그래서 미리미리 정신건강에 좋다는 것들을 고가로 주문해 왔다. 아침저녁 빈속에 먹고 있는 공진단이 있는데 저녁 분을 점심 식후 미리 먹어버리질 않나, 단추를 잘못 끼우는 건 다반사였다. 하기야 나도 냉장고 앞까지 가서 뭘 가지러 왔지 하며 서성대고 있을 때가 있지 않은가 하며 의미를 축소하기도 했다.

친구가 날 위로해 주는 말을 한다. 의사가 하루에 5,000보를 걸으라 했는데 물건 찾으러 다니느라 4,000보를 더 걷는다고.

이 모두가 가는 과정일까? 지는 것이 두려워 피지 않는 꽃이 없다지만, 이것이 꽃이 떨어지는 길이라면 피할 길이 없단 말인가? 그렇게 현명하던 사람에게도 피할 수 없는 하나의 과정이라면 어쩌겠는가. 머릿속이 복잡해 왔다. 파리에서 치매에 걸린 윤정희를 구박했다고 친정 쪽에서 백건우를 고발했던 기사도 문득 떠올랐다.

만감이 교차했다. 불안감은 시시각각 나를 괴롭혔다. 이 모든 일이 혈압 높은 사람의 치아를 오래 건드려서 발생하는 일시적인 현상이었으면 얼마나 다행이랴 싶었다. 그렇게만 된다면 어찌 고마운 일이 아니겠는가.

처음부터 나의 바람은 부자나 명예가 아니었지 않은가. 젊음이 버겁고, 젊은이라는 권리조차 깨닫지 못하고 살 즈음에도 먼 훗날의 노후를 설계할 때마다 나의 바람은 늘 그러했다. 맑은 정신으로 같이 늙어가면서 오직 뜻이 같은, 이 세상에서 하나뿐인 좋은 친구만이 나의 기대요, 소망이었지 않은가. 내게 있어 내일의 남은 날들이 바로 그런 날이길 바랄 뿐이다.

늘그막에 내게로 힘겹게 찾아온 나의 히어로hero 나의 옆지기가 아닌가.

회신回信이 없어도 좋다

　오랜만에 만난 친구가 내게 말했다. "너 무슨 일 있었어? 왜 그렇게 폭삭 늙었니? 또 얼마 전엔 11년 만에 만난 지인이 걱정스러운 표정을 지으며 물었다. "왜 이렇게 뚱뚱해지고 키가 작아지셨어요?" 나는 두 번 다 대답할 말을 잠시 잃어버렸다.

　나 역시 얼마 전 좀 포장된 말이기는 하지만, 거울속으로 나를 가만히 바라보고는 "세월은 거슬러 오를 수가 없는 거구먼! 세월을 당할 사람은 없지."라고 중얼거렸다. 그 말 뒤에 "그놈의 나이는 속일 수가 없겠더라. 그래, 너도 이제 어쩔 수 없이 늙었구나!" 라는 말을 다듬어 생략한 것이리라.

　이 모두가 맥락관통하는 이야기 아닐까. 당연한 이야기들이지만 다소 표현이 틀리고 어렵고 조심스러워 그리 말하는 것일 텐데 기왕이면 친구라 해도 인사치레로 좀 다르게 말해주면 좋을 텐데. 그래도 그렇지 꼭 면전에서 그렇게 직설적으로 그런 말을 해야 할까 싶다. 좋은 말만 해도 모자랄 아까운 시간에 그렇게 꼭 꼬집어 말해야 했을까? 인생에서 가장 큰 선물은 친구라는데, 친구를 만나 모처럼 즐거울 시간인데,

단 5분 만에 기분을 잡치고는 다시 만나고 싶지 않게스리 그런 말을 듣고 말았다. 늘 나이만큼 늙고 나이만큼만 아프길 바라는 처지에 오가는 말 한마디가 마음을 더 상하게도 한다.

좋은 친구는 만나기도 잃기도 어렵다. 귀중한 소지품은 잃어버리면 다시 사면 되지만 좋은 친구를 잃는 것은 영원히 만나 볼 길이 없을 수도 있으니, 친구를 잃어버리는 것은 인생에서 큰 손실이 아닐 수 없다. 그러니 친구를 잃어버릴 상처를 주는 그런 말은 삼가야 하지 않을까 싶다. 옛날 같지 않아서 모임도 행사도 많아 새로운 친구를 만날 기회가 늘어난 요즘은 학교 친구만 알았던 옛날과는 다르긴 하겠지만.

여럿이 식사하고도 번번이 우물쭈물 지갑을 안 여는 친구, 주변에 적이 많은 친구, 큰 실수를 하고도 절대로 사과를 안 하는 친구 등등 개성도 다양하다. 실수를 저지르고 사과하는 마음은 용서와 화해를 이루어 내는 마음이리라.

칠십부터의 인생은 어차피 덤이라 한다. 그러하니 마음을 확 비우고 살아야 할 것이다. 내가 남한테 베푼 것은 언젠가 내게 다시 돌아오는 법이다. 그리고 내가 잘못한 것은 언제고 내가 그 보답을 받는 것이라고 한다. 친구와 헤어질 때 그 뒷모습을 바라보고 서서 혹시 뒤돌아볼까 기대하면서 등 뒤에다 웃어주고 싶은 마음이 생긴다면 다시 좋은 친구가 될 사이일 것이다.

예로부터 부드러운 혀를 가진 사람은 다툴 일이 없다고 했다. 가깝게 지내던 언니로 꽤 잘 나가던 선배가 있다. 며칠 전 요양병원에 들어갔다가 나왔다며 이야기해 준다. 그곳에서의 사람 기준은 학벌, 전직, 재산이 아무 소용이 없더라고 전하며, 하지만 똑같이 환의를 입고 병상에 누워있는 처지에도 계급 비슷한 것이 있더라고 했다. 그중엔 안부 전화 자주 오고 간식이나 필요한 물건들을 많이 받는 사람, 그래서 그곳에 함께 하는 이들에게 나누어 줄 수 있는 사람이 으뜸이라고 한다.

그는 또 과거에 어떻게 살았던 건 아무 소용이 없고, 오늘이 제일이 더라고 말한다. 그러니 이제부터는 모든 이에게 베푸는 보험을 들어두는 게 가장 현명하게 사는 방법이라고 하면서, 하나 더 바랄 게 있다면 말년에 손을 잡고 대화하며 웃어줄 친구가 있는 그런 사람이 행복한 사람이라고 했다.

백세시대라 하지 않나. 옛날같이 자식들 주욱 옆에 앉히고 유언하며 운명하는 시대는 이미 지나갔나 보다. 대개 병원병상이나 중환자실, 양로원에서 외롭게 일생을 끝낼 확률이 높아진 세상이다. 걸어 다니며 움직일 수 있을 때 진심 어린 인간보험을 조금씩 쌓아 채워두는 것이 가장 바람직하다. 이 보험이야말로 가장 든든한 노후대책이 되지 않을까 생각해 본다.

나그네는 갈 길이 많이 남아 있을 때 행복한 법이다. 이제 갈 길이 멀지 않은 사람들 아닌가? 인생에 적용되는 경로란 말이 있다. 경로를 이탈한 인생이 없듯 세월을 비껴갈 자가 있겠는가? 만족滿足이라는 한자가 보여주는 말의 뜻처럼 발목까지만 따듯이 차올라도 웃을 수 있는 지혜롭고 풍성한 오늘에 늘 만족할 수 있었으면 좋겠다.

지난주에 가까운 친구가 갑자기 다시 돌아오지 못할 길로 갔다는 충격적인 이야길 듣고 며칠째 황망한 마음, 텅 비운 채 우울하다. 통화한

지 두어 달밖에 안 되는데, 아프다는 소식도 못 들었는데 어이없게 가버렸다. 한자에 사람 '人'자의 뜻을 그려보며 실감을 한다. 나와 등을 맞댄 사람을 놓치면 나도 넘어지고 만다는 사람 人자를 다시 생각하게 한다.

코비드로 얼굴 본 지 오랜 친구들에게 문자 몇 자로라도 안부 전하고, 목소리 잠깐 듣고 싶은 친구에게 한마디 전화를 해야겠다. 회답이 없어도 회신이 없어도 좋다.

그냥 내 마음가는 대로 사랑을 전하고 내 마음 편하면 되지 않을까.

『에세이포레』, 2023-봄호

당선 소감

　예쁜 꽃도 바람이 불어와 살짝 흔들리면 조용히 서 있는 꽃보다 얼마나 더 아름답고 생기 있고 발랄해 보이겠는가.

　아파트 놀이터 샛길에서 샛노랗고 귀엽게 피어 자기의 존재를 자랑하다 밟혀버리고 마는 민들레의 하소연이 들리던 날도, 바람 한 점 일지 않고 삭막하고 아무 인적 없는 길섶에 홀로 피었다가 보아주는 이 하나 없이 조용히 지어버리고 마는 꽃. 설사 이름 있는 예쁜 꽃이라 할지언정 생각만 해도 가련하지 않은가?

　하물며 내가 상상하고 지어내어 그려보고 정성들여 써낸 글을 동감하며 읽어주고 함께 울고 웃어도 주고 슬퍼해 주는 이가 있다는 것은 얼마나 축복받는 일이며 행복하고 기뻐해야 할 일인가? 더욱이 그 글들이 활자로 인쇄되어 세상에 나와서 나를 모르는 어떤 이들이 나를 상상하며 즐겁게 읽어주고 칭찬도 촌평도 악평도 보내준다면 그 아니 즐겁겠는가?

　이 엄청나고 끈질긴 코로나바이러스로 온 세계가 긴장되어 있는 이 불안한 시기에 어느 날 잠깐 떠오른 생각으로 그려본 몇 장의 문장이 훌륭한 선생님들로부터 인정받아 '아름다운 문장의 상'으로 칭찬을 받았으니, 더욱 감사한 일이며 보람 있는 일인 것 같아 마음 흐뭇하다.

앞으로도 많은 것을 기억 속에서 찾아내어 재미있고 가치있는 에세이를 펴내서 다양한 독자층을 갖고 싶고, 또 많은 이들의 마음을 기쁘고 슬프게 설레게 해 주고 싶다. 외롭고 가난한 사람들에게 한 소쿠리의 풍성한 이야기 복을 담아 가슴을 열며 즐겁게 해 준다면 행복도 한 아름 채워주는 일이 되는 것이겠지.

옛말에 추억이 많은 사람은 마음이 가난하지 않다고 하지 않았던가? 날마다 좋은 추억을 만들어 큰 부자가 되고 싶은 마음이다. 읽기도 쓰기도 긴 책보다는 에세이를 써 보려 한다. 오래전이지만 처음 등단하며 받은 상에 다시 한번 감사한다. 그때 찍은 사진을 보면서 나보다 옆지기 안 대사가 더 좋아했던 모습이 새롭게 떠오르며 웃음 짓는다.

남편은 미국에 40여 년을 살면서 가는 곳마다 「한국일보」, 「조선일보」에 칼럼을 쓴 사람이다. 외국 생활을 오래 하다 보니 혹시라도 한국어를 잊어버려 실수할까 염려되어 한국에서 초등학교 1학년부터 6학년까지의 교과서를 공수해서 익혀가면서 쓴 사람이니 대단히 철저한 사람이다. 신문사에서 말한다. 오자 없기로 유명한 사람이었다고.

함께 의논하며 글도 쓰고 이런저런 이야길 나누며 지내다 보면 좋은 테마나 아이디어도 나올 테고 훌륭한 글도 떠올라 함께 이야기를 끌어내 쓰면 좋으련만, 남편의 정신력이 전 같지를 않은 게 안타까울 때가 종종 있다. 매일 약 먹는 시간부터 소소한 것을 잊어버리는 정도지만. 본래 메타인지metacognition가 잘 되던 사람이었으니 부분적 인지가 잘 안되는 문제는 나이 탓으로 돌리고 현실을 부정할 수밖에 없다.

오래전 어른들께서 들려주신 이야기가 있다. 나이가 들어 머리가 하얗게 희어짐은 멀리서부터 어른을 알아보라는 것이고, 늙어서 정신이 깜빡거리는 건 지나온 오랜 세월을 다 기억하면 머리가 복잡해지기 때문이라고 했다.

이제 더는 화려했던 옛날 일들은 생각지 말기로 한다. 오늘이 가을이라고 여겼던 생각을 겨울이라고 바꿔보려고 한다. 이제 초겨울이니 앞으로 쳐들어올 혹독한 추위를 참고 견디고 펑펑 쏟아 내릴 눈도 반갑게 맞이하며, 함께 즐기면서 지내보려고 다짐을 해 본다. "인내로 극복해 보자"라는 말이 있다. 인내라는 말은 극복하라고 있는 단어 아니었던가?

겨울에 피는 은은한 향기의 천사 나팔꽃을 올해엔 볼 수 있으려나 모르겠다. 설령 못 본다 해도 그냥 이렇게 둘이 함께 손잡고 살아가며 웃을 수 있음에 그것만으로 감사할 뿐이다.

19세기 스펄전 목사 설교에 이런 말이 있다.

"촛불을 보고 감사하라.

그러면 하느님은 달빛을 주실 것이다.

달빛을 보고 감사하라.

그러면 하느님은 햇빛을 주실 것이다.

햇빛을 보고 감사하라.

그러면 하느님은 일곱 날의 빛을 주실 것이다."

행복한 삶을 약속하는 열쇠는 감사일뿐이니, 내 삶에도 다른 사람의 삶에도 모두 감사할 거리가 있다면 그건 모두 축복이 되겠지. 친구에게도 남편에게도 감사하는 말을 많이 하는 삶이 되자고 약속하고 싶다.

실망으로 늙어가는 사람이 아닌 희망을 품고 젊어지는 사람이 되겠으며, 마음을 비워 행복하고 나를 낮추어 아름다운 사람이 되어야겠다.

행복은 결국 내 마음속에 있을 테니까 마음 아파하며 아쉬워하며 살지 않고 그냥 행복하게 살고자 한다. 좋은 사람, 미운 사람, 모두 다 함께 사랑하면서.

그렇게 기쁘고, 즐겁고, 우아하게.

노인과 어른

전철 안이다. 붐비는 전철에서 한 젊은이가 나를 보고는 선뜻 일어나며 자리를 양보한다. 그 마음이 고맙다.

아니에요! 어서 앉아요.

미안하지만 사양한다. 나는 피곤한 젊은이에게 자리 양보를 강요하거나 대우받기를 바라는 노인이 아니다. 평범한 노인보다는 나이가 들수록 아름답게 성숙해지고 여물어 가며 여린 모습을 보이지 않는 노인이 되고 싶었다.

아니, 또 젊은이가 보기에 의지가 굳어 자약하지 따듯한 겨울밤. 소리 없이 내려앉은 하얀 눈이 동녘 해가 떠오르면 스르르 녹아 사라지듯, 주위 사람에게 늘 아쉬운 여운을 남기는 그런 존경받는 노인이 되고자 한다. 삶이 윤택하고 또 엄하듯 차갑고도 따스한 매력을 지닌 그런 노인으로 살고 싶은 바람은 바로 내가 어릴 적 지향하던 나의 미래 모습이 아니던가. 젊었을 때부터 지녔던 나의 노년 얼굴이었고 꿈으로의 소원이라면 소원이었다. 정녕 오늘 난 그렇게 살고 있을까.

아무 생각 없이 달력 넘어가는 대로 쌓여 가는 나이 숫자와 늘어나는 주름만 한숨 쉬며 세고 있는 노인보다는 익어가는 거울 속 내 모습을 슬퍼하지 않고 스스로 젊어지려는 마음으로 노심초사 하지 않는 그런 어른으로 그렇게 나이 들어가고 싶다. 세월이 간다고 슬퍼할 것도 없다. 가고 없는 게 어제이고 반드시 오지 않는 날이 내일일진대 오늘이면 족하지 또 무엇을 개의하겠는가?

부서진 세월의 슬픔을 알기에 조각난 심장을 치유하려고 애쓰진 않겠다!

그래! 진정 세월에 넘어져 지나간 날들만 그리워, 되새겨가면서 무의미하게 늙어가는 평범한 늙은이가 되지 않았으면 고맙겠다. 무언가 끊임없이 개척하고 노력하는 멋쟁이 어른인 그런 노인이 되었으면 좋겠다.

사람들이 그럴싸하게 불러주는 어르신, 시니어, 실버 등의 표현으로 포장만 해놓은 데 겨우 맞춰 나이 들어가는 어른이 아니고 그런 늙은이가 아닌 세월이 갈수록 성숙해져 속이 차고 언제나 의욕적으로 배움에 대처하고 자신만의 아름다움을 끊임없이 추구하며 노력하는 어른, 그런 노인이 되고 싶다. 세상에 태어나 살고 있는 모든 사람은 반드시 언제고 어른이 되고 노인이 될 것이다. 그들 모두가 내면의 충만을 즐거워하며 만족하고, 나이 들어가는 모습의 성숙을 목표로 활발하게 전진할 수 있다면 젊은이들에게 모범이 되는 것, 이 모두는 노년에 바라는 바가 아닐까. 여기에 생각이 미치니 나 스스로에게도 다짐하며 기원해 본다.

또한 주위 주변 모든 상대에게 이해와 사랑을 베풀 줄 아는 어른으로 주위를 배려하고 나에게 충실하며 존경받는 노인이 되고 싶은 마음이다. 그리하여 이웃에 아낌없이 나눠줄 줄 아는 멋진 어른이었으면 더욱 좋겠다.

나의 소망은 그뿐만이 아니다.

주위에 늘 좋은 친구들과 항상 웃음으로 대화하며 살아가는 것이 나의 소망이지만 그건 거저 얻어지거나 그냥 이루어지는 것은 아닐 것이다. 건강도 가족도 주변의 모든 여건도 함께 따라주어야 가능할 것이다.

황혼에 열정적인 사랑을 나누었던 괴테는 노년에 대해 유명한 말을 남겼다.

"노인의 삶은 상실의 삶이다.

사람은 늙어가면서 다음 다섯 가지를 상실하게 된다.

건강, 돈, 일, 친구, 꿈."

살아있는 사람이면 누구나 맞이하게 될 노년. 나는 다시금 괴테의 말을 음미한다. 괴테는 그래서 풍요로워지고, 그래서 인생은 미완성이라고 하지 않았을까? 늙음 앞에 좌절하지 않았던 여성 편력의 괴테도 그러했는데, 하물며 우매하고 외로운 가슴을 지닌 나 같은 노인에게는 종종 고독이 허무로 엄습해 와서 온몸 가득 슬퍼질 때가 더 많지 않을까 염려되기도 한다.

이탈리아 영화배우 안나 마니냐가 늙어서 사진을 찍을 일이 있었다. 사진을 찍기 전에 그녀는 걱정스러운 얼굴로 사진사에게 조용히 이렇게 부탁했다고 한다.

"사진사 양반, 절대로 내 주름살을 수정하지 마세요."

사진사가 그 이유를 묻자 그녀는 이렇게 대답했다.

"이걸 얻는데, 평생이 걸렸거든요."

나는 그녀의 이야기를 듣고 그녀의 삶을 떠올렸다. 그리고는 뜨거운 눈물을 흘렸다. 내가 만난 꿈을 이룬 어른들은 모두 자신의 나이를 숨기지 않았다. 주름이든 상처든 흰머리든 모든 것에 자신이 치열하게 살아오며 꿈꿔온 모든 기록이 거기에 담겨 있기 때문이었다.

꿈을 가진 어른만 이해할 수 있는 이야기다. 꿈을 갖지 않은 어른의 인생은 물을 혐오하는 수영선수와 같다. 아주 간절한 마음으로 기억하고 싶다. 꿈은 '명사'가 아니라, 당신의 인생을 움직이는 동사라는 사실도 기억하면서….

안나 마냐냐는 "눈물이 없는 눈에는 무지개가 뜨지 않는다."고 하였던가.

오늘 하루도 존경받는 어른, 꿈을 진행하는 노인, 과연 나는 양켠 어느 쪽 삶일까?

내가 바라던 삶으로 오늘을 살아내고 있는지? 되돌아본다.

『에세이포레』, 2023-여름호

스트레스

정신의학에서는 오스트리아 빈 출생의 캐나다인 한스셀리Hans seyle 라는 내분비학자를 스트레스stress의 대가로 꼽는다. 그는 1958년 스트레스에 관한 연구로 노벨의학상을 수상했다. 그가 밝힌 최고의 스트레스 해소법은 감사하는 생활appreciation이었다.

평생 스트레스를 연구했던 그의 결론은 '감사'였다. 정화제이자 치유제인 감사하는 마음속엔 미움, 시기, 질투가 없다. 우리 마음을 평온하게 만드는 감사. 감사하는 마음을 가지는 순간 사람의 몸을 건강체로 만들어주는 행복 호르몬이라는 '세로토닌'이 나온다.

늘 별것 아니라고 생각했던 평범함에 감사함을 느낀다는 것도 조금은 어려움이 따르겠지만

"아름다운 세상을 볼 수 있음에 감사

즐거운 노래를 들을 수 있음에 감사

몸을 자유롭게 움직일 수 있음에 감사

아침 식사를 할 수 있음에 감사

작은 일에도 감사

휴식할 수 있음에도 감사"

모든 일에 감사하는 것이 스트레스 해소법이란다. 그렇다. 감사할 일을 찾아보면 사방 천지에 널려 있다. 스트레스 해소제인 감사가 우리를 행복하게 만들어주고 마음의 평온과 건강까지 얻게 한다면 이렇게 고마운 일이 어디에 또 있겠는가?

지금 내가 제일 괴로워하고 생활에 지장을 받는 건 메니엘 증후군이다. 이는 1861년 프랑스 의사였던 메니엘이 밝힌 증후군으로 갑자기 심한 어지럼증이나 귀 울림, 난청이 가라앉았다가 다시 반복되는 경우와 같은 노이로제neurosis 증상이다.

메니엘 증후군meniere disease은 목등뼈의 이상에도 있다. 스트레스로 인한 자율신경의 문제가 잠재적으로 늘어날 수밖에 없다. 이런 증후군이 있는 환자의 배경엔 경추의 이상을 살펴보라는 걸 알긴 알면서도 내가 바라던 적절한 치료를 못받고 아직 이런 병으로 고생하고 있다.

내 옆 가장 가까이에서 사랑, 행복, 즐거움 등 많은 것을 주면서 스트레스도 함께 주고 있는 사람은 내 옆지기 남편이다. 어쩌면 모두가 완전한 행복을 추구하려는 나의 예민한 성격 탓인지도 모른다. 이젠 좀 둔하게 살아야 하겠다고 결심을 하지만 작심삼일이다.

저녁에 잠들 때나 아침에 눈뜰 때마다 나에게 다짐한다. 이제 서로에게 스트레스를 주지 말고 좋은 이야기만 하고 재미있는 일만 만들면서 살자. 삼식이도 고마워하고 운동 안 하려 하는 그의 마음도 그냥 어리광으로 받아들여 보자 그렇게 마음은 먹는데 그게 왜 이렇게 어려울까? 3개월분 처방을 받아 지어온 이비인후과 약에도 스트레스와 혈액

순환 약이 대부분인데, 이젠 내가 건강하게 살기 위해서라도 스트레스를 받지 않도록 최대한 노력해야겠다.

심한 스트레스가 중증 우울증의 핵심증상이지 않은가. 이런 우울증이 스트레스 리스stressless라는 침대까지 선전할 정도로 이미 보편화되어 버렸지만, 20년 전만 해도 우리 귀엔 아주 생소한 단어가 스트레스였다.

평소엔 존재조차 의식하지 않고 있다가도 더러는 힘겨울 때가 없지 않다. 그럴 때면 오랜 세월 그윽한 정을 나누던 친구가 생각난다. 그는 언제 만나도 스트레스를 받지 않아서 좋다. 많이 보고 싶다.

하지만 까다롭고 뾰족한 성격을 가진 친구는 만나기만 하면 스트레스를 받고 헤어지면 괴로운 마음만 남게 된다. 한 마디 말도 없이 나를 멀리 떠난 절친이 있다. 그렇게 떠난 그 친구를 떠올리면 서운함보다 우선 보고 싶은 마음이 먼저 들면서 그리움에 감사하면서 스트레스를 풀어간다. 스트레스에 대해 나의 옆치기와의 사랑으로 덮개covering가 될 수 있다면 그 또한 감사해야 할 일이지 싶다.

요즘 또 나는 엄청 스트레스를 받는 일이 있다. 적반하장이라던가? 방귀 뀐 놈이 성낸다는 말에 꼭 들어맞는 일을 당하고 있다. 이렇게 스트레스를 받으니 일찌감치 포기했어야 옳은 일인데, 설*환이란 그 사람에게 너무 큰 배신을 당한 것이 괘씸해서 그렇게 못하고 지낸 지 6년이다.

30년 전 내가 근무하던 병원에 환자로 와서 가까이 마음이 통했던 다섯 사람을 꼽는다면 그 안에 들었던 사람이랄까? 남영동 근처에서

소*사라는 출판사를 하고 있다고 했다. 인상이 허여멀겋고 인격이 훌륭해 보이고 점잖은 사람이었다. 본인 말로는 서울의대를 다니다 데모로 잘렸다고 했다. 그것도 이젠 믿을 수 없지만.

6년 전 긴 수필을 써놓고 교정해 줄 사람을 물색하던 중이었다. 어느 날 갑자기 출판사를 하던 그 사람 생각이 떠올랐다. 옛날 내게 건네줬던 책에 적혀 있는 전화번호로 통화가 되어 만나게 되었다.

출판사가 불경기라 회사를 닫은 지 얼마 되지 않았지만, 김 실장이란 분에게 교정을 부탁해 주겠다는 확답을 듣고 임시로 인쇄했던 책을 File 대신 건네주고 교정비도 전달했다. 그때 김 실장이란 사람을 만났어야 했는데 그것이 실수였다. 그런 사람은 애초부터 없었던 것 같다. 중간에 또 얼마의 돈이 필요하다고 해서 편의도 봐주었으나 일주일만 쓰겠다던 돈을 2년 이상이나 미루고 미루다가 아주 어렵게 돌려받았다.

내가 사람을 잘못 본 것이었다. 사업을 하는 사람은 신용이 있어야 하는데 그는 약속을 지키기는커녕 오히려 내가 전화하면 다섯 시에 전화하겠습니다, 하며 전화를 끊는다. 6년 동안 지키지 않을 약속을 수도 없이 하고 약속을 지키지 않고도 먼저 전화하는 일은 단 한 번도 없었다.

며칠 전엔 소송하라며 자기 말만 하고 전화를 끊더니 전화를 아예 꺼 놓았는지 통화가 되지 않는다. 나는 이런 사람일 줄 정말 몰랐고 스트레스를 받은 건 이루 말할 수 없었다.

이럴 때도 감사하라는 건지 한스셀리 씨에게 묻고 싶다.

몇십 년 전부터 기독교인이라고 자랑삼아 이야기하던 그 사람은 매주 무슨 제목의 기도를 할까? 그것이 궁금하다.

입을 좀 벌리셔야죠

시설이 우수한 요양원이다. 요양보호사가 환자에게 밥을 먹이기 시작한 지 한 시간이 지났다. 말도 통 안 하고 입을 벌리지 않아 혹시 죽이라도 먹이면 수월할까 싶어서 죽을 가지고 밀당을 주고받은 지도 꽤 오래다. 한 공기의 죽이 아직 반이 더 남아 있었다.

"난 죽고 싶습니다. 나는 살고 싶지 않습니다."

이곳에 옮겨온 지 한 달여 동안 거의 10kg이나 빠진 그는 속으로 이렇게 절규하고 있었다.

지금부터 73년 전쯤이다. 전라도 어느 시골에서 알음알음으로 추천을 받아 올라온 까무잡잡하고 촌티가 줄줄 흐르는 소년이 있었다. 그의 직책은 급사였다.

여기저기에서 상관들이라고 불러대며 자기들이 해도 될 일까지 시켰다. 이른바 갑질이었다. 하지만 그는 뭐든 다 들어 줘야지, 그래야 서울 바닥에서 견디어 내며 더불어 살 수 있으리라고 결심하고 꾹 참아냈다.

그러던 어느 날부터인가. 그가 잠자는 숙직실에는 그와 닮은 사내아이 한 명이 함께 밤을 지내고 있었다.

어찌어찌 그렇게 바로 밑에 동생부터 하나씩 세 동생을 모두 서울로 끌어올렸다. 목표는 고등공민학교와 야간중학이었다. 먼저 서울에 올라와 자리를 잡은 그는 나중에 일어난 일이지만 네 자식과 어머니까지 버리고 간 아버지가 미웠지만 첩의 자식 중 한 명인 남동생까지도 서울 사람으로 만들어 출세시킨다.

어느덧 시간은 흘러 야간 중·고등학교를 나온 그는 야간대학에 진학했다. 얼마 후에 그를 인정한 사장은 그를 사무직으로 승진시켰다. 그러나 직원들은 아직도 그에게 잔심부름을 시켰다. 어느 날 사장이 출근하다 보니 얼굴이 시뻘겋게 되어 하이힐을 번쩍 들고 여직원을 때리려는 그를 떼어내 말린 일도 있었다. 너무 무시당한 그가 그만 화를 못 참은 것이다.

그 후 그는 대학을 나오고 유수 국영기업체의 미 고문관실에 입사했다. 독학으로 영어 회화를 기어이 해내고야 만 것이다. 그는 문화촌 산마루턱에 판잣집보다 훨씬 나은 집을 장만했다. 그러니 그는 집까지 마련해 놓은 신랑감이었다. 정작 그 작은 집은 결혼할 때는 방을 하나 더 내어 달아야 했다. 그 방은 작은방이어서 포마이카formica 두 쪽짜리 장롱은 대문이 낮아 간신히 눕혀서 겨우 통과는 했으나 신혼 방에 들어가지질 않아 천정을 뜯어 올려 고치고서야 들어 앉혔다.

맞선을 보면서 아버지가 계시지 않다고 했지만, 청첩장에는 신랑 아버지의 이름이 인쇄되어 있었다. 결혼식장에도 아버지가 참석했다. 그런데 결혼식이 끝나고 나서 아버지는 그만 눌러앉을 듯했다. 가난에 찌들어 산 시어머니는 교회에 열심히 나갔다. 며느리가 마늘 한 접을 사

오면 다음 날 아침엔 반접이 으레 가난한 교회로 건네져 갔다.

성공한 아들은 젊은 어머니와 자식 넷을 다 버리고 새 여자를 얻어 나가서 산 아버지를 거기까지만 인정하고 냉정하게 내려가시라고 했다. 아버지는 둘째 여자와 시골에 내려가서 살기보다는 출세한 아들과 서울에서 살고 싶은 마음이 컸지만, 아들의 말을 거역할 수가 없어 마지못해 고향으로 내려갔다.

문제는 그 후에 일어났다. 밤마다 어머니는 문화촌 산비탈 작은집 마당 달빛 아래 조그마한 툇마루에 걸터앉아 아랫녘을 내려다보며 깊은 한숨을 쉬기 일쑤였다. 오랜만에 잠깐 와 있던 남편을 그리워하는 한줄기 순수하고 따뜻한 마음을 갖은 단순하고 가련한 모친이었다. 이를 외면할 만한 배짱이 없는 효성스러운 아들에겐 고민이 이만저만이 아니었다.

아내와 의논하여 아버지의 사정을 알아보았다. 둘째 여자와 이미 갈라서기로 마음먹은 아버지는 효성스런 아들이 어머닐 위해 선택한 아버지로선 이해 안 되는 권유로 그쪽에서 낳은 아들 하나만을 데리고 상경하여 합류해 정착하게 되었다. 그러나 평생 술에 찌들어 살아온 그의 아버지는 여전히 거리에 즐비한 술집을 그냥 지나치질 못했다. 아들 며느리 이름을 걸고서라도 동네 여러 술집에 외상거래를 하는 게 다반사였다.

그러구러 그들 부부는 아버지이고, 시아버지인 데다, 가련한 시어머니의 주름진 얼굴의 미소 값으로 대치하며 참고 받아들여야 했다.

그렇게 지내던 어느 날 아버지가 행방불명이 되고 말았다. 실종신고를 한 지 한 달여 청량리역 부근에서 새벽 두 시 뺑소니차에 치여 사망한 사람의 DNA 검사 결과가 그의 아버지로 판명되었다. 자식들은 아버지의 황당한 죽음에 허무한 장례식을 치르게 되었다.

이후 부부는 신림역 근처 새로이 개발되는 언덕바지에 집터를 사서 새집을 짓고 이사를 했다. 어머니의 소망인 전도로 근처에 큰 교회에도 열심히 나가며 봉사도 하고, 장로와 권사의 직분도 받았다. 노쇠하신 어머닌 가족 등 50여 명에게 전도하고 진실한 신앙인으로 살며 오랫동안 노환으로 고생하시다 돌아가셨다. 부인에겐 오랜 시모의 병시중으로 고생했다고 미국 서부 여행도 시켜주었던 자상하고 따듯한 그리고 효성이 놀라운 남편이었다.

직장에서 AID 차관업무로 가난한 나라, 영국 치하에 있던 방글라데시에 가서 3년간 근무하며 살다가 오는 등 아이들에게도 영어권 생활에 익숙하게 키웠다. 이젠 아이들도 결혼해서 기반을 잡고 손녀들도 하버드대를 장학생으로 입학하는 등 우수하고 자랑스럽게 성장하고 있다. 본인도 행복한 은퇴 장로로 교회 일에 봉사하는 등 즐겁게 살고 있다. 그런 어느 날 가벼운 교통사고가 난 것이 발단이 되어 몸져눕게 되었다. 여러 동생도 모두 성공해서 잘살고 있고 이제 존경받으며 지내야 하는 즐거운 날만 남았는데….

자기를 닮아 세상에 둘도 없는 효자 아들도 두었고, 가는 곳마다 자랑할 만한 손녀들, 내 생애에도 이런 날들이 왔는데…. 집에서 2년 병구완을 받다 효자인 아들이 어머니가 너무 힘들어 안 되겠다며 가족회의 끝에 요양원으로 옮기기로 하고 입원한 지 두 달이다.

"난 여기서 이렇게 연명하며 생을 마치기엔 너무 억울한 사람입니다. 나에게 입을 벌려 밥을 먹으라고 하지 마세요. 당신 요양보호사들이 내 마음속 기막힌 사연을 어찌 만분의 일이라도 알겠어요?"

그는 이렇게 넋두리처럼 속말을 뱉었다. 친구는 요양원으로 보낸 남편을 후회하기도 하면서 잘 적응하며 지내주면 감사하겠다는 일관된 기도로 자리를 지키며 오늘을 지내고 있다.

좁은 골목으로 올라가 언덕바지에 친구를 내려주며 만감이 교차한다. 잠시 들어갔다가 가라는 친자매 같은 절친, 그의 말을 떨치고 시동을 건다. 차창 뒤에서 멀어져가는 그를 보이지 않을 때까지 백미러에서 눈을 떼지 못하고 배웅하며, "자야! 너를 어떡하면 좋으니? 제발 마음 편하게 건강 지키며 지내다오.""

내 가슴이 미어지며 뜨거운 눈물이 뚝뚝 흘러내린다.

라이센스 license

오랜만에 컴퓨터로 시험을 본다고 생각하니 적지 아니 긴장된다. 지난해 11월 어느 날쯤이었던가 아파트 같은 동에서 가장 가깝게 지내는 목사의 사모가 내게 심각하게 제안을 해왔다. 요양보호사 자격증을 취득하려는데 함께 하자고…. 하지만 나는 한마디로 거절했다. 그동안 살면서 취득한 수많은 라이센스들…. 허가증이나 면허증 등이 얼마나 많은가. 그들 중 몇 장이나 내 삶에 도움이 되었을까.

그런 라이센스들 모두가 지금은 내게 있어 그저 휴지조각에 불과하다. 사용하지 못한 허가증이나 면허증들이 장롱 서랍 한 귀퉁이에 쓸모없이 공간만 차지하고 있다. 단숨에 "안 할래. 안 할 거야" 대답해 놓고는 잠시 후 망설인다. 이제 더 그런 자격증에 집착하느라 많은 시간을 낭비하는 건 나에게 남은 시간이 아까워서라는 생각이 들어서였지만. 다른 한편 그것이 남편을 위해 조금이라도 필요하다면 라이센스를 한 장 더 받는 건 아까운 시간을 낭비함은 아닐 것 같아서이다.

지난해 봄의 일이다. 살림을 안 해 보던 내가 너무 힘들어하는 걸 본 친구가 나를 좀 도와줄 겸 제안한 방안이었다. 친구의 권유로 절차를 밟아 남편은 4급을 받게 되었다.

　그 후부터 산책, 스트레칭, 목욕 등을 위해 주 5일 하루 세 시간씩 요양보호사가 방문한 지도 벌써 일 년이 넘었다. 그 요양보호사가 오기 시작한 처음부터 부탁한 것이 있었다. 오직 불편한 남편만을 위해 최선을 다해 달라. 내 개인적인 일이나 부엌일은 사양하겠다고. 그렇게 해오면서 우린 아직 아무 불만 없이 서로가 잘 지내고 있다. 주위 사람들이 남편과 산보하는 것을 보고는 이제 오래되어서 자꾸 요령을 부리니 한 번쯤 바꿔보라고 권했지만 나는 원래 가정부를 써도 큰 결점만 없으면 10년 이상 한 사람만 고집하던 사람이다. 구관이 명관이란 말도 있지 않나. 며느리도 곰보다는 여우가 낫다는 옛말도 있다. 그 말마따나 요령을 피운다는 나쁜 점도 있기는 하지만 그건 또 그만큼 능숙하고 약삭빠르게 여우같이 비위맞추며 모든 일을 잘 처리해 나간다는 말이 아니겠는가? 그리고 남편이 괜찮다는데 굳이 바꾸어 볼 일인가 말이다,

　지난 연말 12월 31일. 요양보호사가 오지 않는 토요일이었다. 날씨도 좋고 하니 운동 좀 하고 오라고 권했더니 피치 못해 아래 주차장을 걸어보고 오겠다고 나간 남편이 이내 귀가하지 않았다. 잠시 후 연락이 왔다. 지하 주차장에서 걷다가 앞으로 넘어지면서 허리를 다쳐서 꼼짝을 못 하고 경비실에 누워있다는 것이었다. 황급히 경비실로 내려갔다.

　남편의 상태가 심상치 않았다. 급히 119를 불렀으나 근처 병원 응급실엔 들어갈 곳이 없어 돌고 돌아 한림대 강남성심병원 응급실까지 갔다. 늑골 다섯 개가 금이 가고 폐가 짓눌리는 사고라는 진단이 나왔다.

자칫 폐렴으로 전이될까 불안했다. 나는 운동 좀 하라고 권한 것이 또 후회막급이었다. 응급실에서 밤을 지내고 2023년 정월 초하룻날 아침 호흡기내과 병실로 옮겼다. 정월 초하룻날이라 간병인을 구할 수 없었으나 이틀 지나서부터 24시간 간병인의 도움을 받게 되었다. 그러다 보니 요양보호사의 할 일이 없었다. 한 달 후 퇴원하게 된다 해도 늑골이 정상으로 붙을 때까지 앞으로 두어 달은 운동을 못 하게 될 것 같다. 자연스레 요양보호사의 일이 내 일인 부엌일로 전환되었다.

그럭저럭 얼마가 지나 이젠 조금씩 운동을 시작하게는 되었지만, 아직도 몇 달은 더 지나야 늑골에 금 간 것이 완전히 회복될 모양이다. 그때쯤 되면 그토록 하기 싫어하는 브레이스를 착용하고 다니는 일은 그만해도 되지 않을까.

처음 퇴원할 때는 가정용 산소호흡기까지 처방받고 병원 침대까지 대여하는 등 온통 집안이 병실 같았다. 상황이 그렇게 되니 내 무슨 정신으로 요양보호사 강의를 줌으로 들을 수 있었겠는가. 또 컴퓨터를 열어놓고 들으려 한들 머리에 들어가겠는가. 아침 9시부터 밤 10시까지 거의 3개월을 2부로 나뉘어서 하는 줌 강의인데, 한 시간도 들을 시간이 없었다.

남편은 늑골만 부러진 게 아니었다. 요추 1번에 압박골절이 와서 척추 전문병원으로 옮겨 입원했다. 경피적 척추성형술콘크리트 시술인 허리뼈에 석회를 넣는 시술을 받고, 대퇴부 인공관절 삽입은 큰 수술이라 체력이 없어서 예약만 하고 잠시 보류한 채 일단 퇴원했다. 다친 사람이야 말할 것도 없이 아프고 괴로웠지만 간호 또한 보통 일이 아니었다. 일주일에 한 번씩 함께 다녀야 하는 외래진료며 한의원치료 등 바쁜 일정으로 내 몸도 견디기 힘겨워 점점 지쳐가고 있었다. 하는 수 없이 허리통증이라도 치료하려고 일주일에 두 번씩 30년 전 개업할 때 함께 근무하던 남 원장을 찾아 화곡동까지 가서 한방 침치료와 추나요 법을 받으러 다닌다.

그러는 중에도 시간은 어김없이 지나가고 시험 날짜는 일주일로 다가왔다. 이젠 정말 요양보호사 양성표준교재라도 읽어봐야겠다고 밤잠을 줄이며 읽기 시작했다. 그런데 범위가 생각했던 것보다 상당히 넓지 않은가.

요양보호사개론, 기초지식, 각론, 현장실습에다가 내용에 들어가니 물리치료사, 간호사 시험에나 나올 것 같은 문제부터 그야말로 장난이 아니었다. 약 일주일 남은 동안만이라도 열심히 하는 수밖에 도리가 없다고 다짐하며 교재를 대충 보고 이틀 동안 문제집을 푸는 중이었다.

그런데 또 다른 복병이 찾아온 것이다. 다음 날 아침밥을 먹으며 남편의 얼굴을 보니 구안와사 즉 삼차신경마비가 심각하게 와 있는 게 아닌가? 물을 마실 수 없이 줄줄 흘러내린다. 집안 온도를 거의 26도로 해놓고 있었는데, 밤에 너무 더우니까 이불을 걷어차고 잔 게 아니었던 가 싶다.

우선 집 근처 한방병원을 소개받아 침을 맞고 약을 지어왔다. 종합병원 이비인후과에 예약해 놓고 개인 병원 이비인후과에 가서 스테로이드steroid로 염증을 집중적으로 줄이려는 처방 3일분의 약을 받아와 복용했다.

일주일 후 어김없이 시험 날이 돌아왔다. 컴퓨터 앞에 앉은 나는 수험표와 신분증을 책상 위에 놓고 알쏭달쏭한 오지 선다형 문제들을 읽어 내려갔다. 이렇게 해서 내겐 80이 넘은 나이에 어렵사리 또 한 개의 라이센스가 추가되었다. 잘한 일인지 잘못 한 일인지는 모르겠지만, 차분히 앉아 공부는 못 했어도 얼마나 신경을 쓰며 책을 옆에 끼고 지냈는가.

어쨌든, 그 덕분에 나는 가정에서 필요한 의료상식 등 많은 것을 알게 되었다. 그동안 잊고 있었던 가정 의료상식 외 새로운 분야를 공부한 셈이니 조금 더 유식해졌다고나 할까.

이 모두가 남편의 치료에 조금이나마 도움이 되었으면 하고 바라는 마음뿐이다.

제5장

그리운 마음 영원한 불꽃으로

일본을 제대로 알아가고 싶은 노년의 꿈

레트로 문화 시기의 문학소녀 감성

요즘 한국이나 일본에 레트로retro가 유행이라고 한다. 레트로 일본문화라고 하면, 1970년대~1990년대의 문화가 아닐까 싶다. 지금은 레트로, 복고復古적 문화가 되었지만, 나는 이 시기에 일본을 직접 경험한 바있어 그때의 일본을 떠올리게 된다. 일본처럼 단절을 별로 경험하지 않은 나라는 옛것이 지금까지도 이어지는 경우가 많아서이다.

벌써 20여 년도 넘은 옛일이다.

나의 아버지는 항상 책을 많이 읽으셨다. 이승만 정부 때 그러니까 1950년대의 10년간은 일본과의 모든 왕래가 단절되었으니 당시 아버지의 일본어 실력이 어느 정도인지 전혀 가늠할 수가 없었다. 집에선 일본 책을 구경할 수도 없었고, 공직에 계셨던 아버지는 한 번도 일본 책을 드러내 놓고 읽지 않으셨기 때문이다.

그 후 1960년대 일본과 수교가 되고 10여 년이 지난 1970년대가 되었다. 나는 업무와 관련된 세미나 참석으로 일본 출장을 자주 다녔다. 1970년대 내 눈에 비친 일본은 우리나라보다 20년 이상은 앞선 나라였다. 역사적인 감정이 복잡하게 얽혀서인지는 몰라도 경제적으로 부유한 일본이 얄미우면서도 상당히 부러웠다. 제2차 세계 대전에서 패한 일본은 어떤 과정을 통해 경제 강국이 되었을까? 우리나라가 배워야 할 좋은 점들은 무엇일까? 이런저런 궁금증은 일본을 좀 더 알고 싶은 마음으로 이어지며 일본의 정치 경제 역사 문학과 문화를 깊이 탐구해 보고 싶어져서 늦은 나이에 대학공부를 시작하며 방통대 일본학과에 학사편입하게 되면서 일본학을 전공하게 된 것이다.

일본학을 공부하면서 아버지와 많은 대화를 나누었는데, 알고 보니 아버지는 일본 역사와 중세 문학에 관심이 많으시고 지식도 풍부하셨다. 아버지와 심도 있게 이야기 하면서 나도 점차 일본 중세 문학과 문화에 매료되었다. 마침 어릴 때부터 문학소녀를 자칭하며 많은 감성을 지니고 책을 즐겨 읽었던 영향도 있었을 게다.

일본은 동북아시아 끝에 기다랗게 위치한 섬나라에 불과하지만 미국 다음으로 세계 속의 경제 강국이라는 힘보다 이미지가 더 강하다. 그때 나는 세미나 등 일본 출장을 다니면서 일본 사람들의 소심하고 내성적인, 좋게 말해서 꼼꼼한 성격을 피부로 느낀 적이 한두 번이 아니었다. 일본 문학과 문화 등 일본에 대해 폭넓게 알고 계시는 아버지의 영향을 받아서인지 일본이 여러 분야에서 발전하게 된 것은 중세의 문학과 문화의 힘이라고 여겨졌다.

평범한 것 같지만 평범하지 않은 일본인

1980년대와 1990년대의 일본은 여러 방면에서 반듯하게 정리되고 깨끗한 나라, 책을 많이 읽는 독서 강국의 이미지가 강했다. 당시만 해도 지하철을 타면 일본인 대부분이 문고판 책, 잡지, 신문을 손에 들고 있었다. 특히 지하철에서 신문을 읽을 때도 옆 사람에게 방해가 되지 않도록 읽는 면만 조심스럽고 작게 접어서 읽고 있는 일본 사람들의 모습이 퍽 인상적이었다. 그때의 우리나라는 먹고살기에 바빠서 그런 여유는 없었던 것 같다. 평소 알고 지내던 일본 사람에게 왜 일본 사람은 지하철 안에서 남녀노소 불문하고 모두 책을 읽고 있느냐고 물어보았더니, 일본 지식인은 반문하는 것이었다. 지하철에서 책을 안 읽고 무엇을 바라보고 있어야 하느냐고. 그러면서 그 일본인은 지하철에서 평소 좋아하는 책, 신문, 잡지, 만화 등을 보는 게 당연하다고 말하는 것이었다. 정말 생각과 달리 지극히 평범한 대답이라 어안이 벙벙해지면서 동시에 일본인이 무심하게 던진 그 답변에 묘한 감정이 일었다. 의외로 내가 아주 소소한 일로 이 나라 사람들을 너무 의식하는 건, 한참 부러워서가 아닌가 하며 부끄럽게 생각했었다.

당시 일본에 대해서 두 번째로 받은 인상은 조심스럽거나 겸손해 보이는 사람들이 많다는 것이었다. 가능하면 상대방 앞에서 기분 나쁘게 말하거나 화를 내는 모습을 보지 못했기 때문이다. 상대의 의견에 동의하지 않을 경우 '아아, 소우데스카, 소우데스네!(아아, 그렇습니까? 그렇네요)' 혹은 '나루호도(그렇군요)' 등의 반응을 보일 뿐이다. 감사하는 마음을 표현하는 '아리가토우 고자이마스', '도우모(대단히 감사합니다)'. 그리고 폐를 끼쳐 미안하다는 마음을 표하는 '스미마셍(죄송합니다)' 등을 주로 많이 사용하고 있었다.

이 몇 마디 말이라도 제대로 외워 사용하면 일본에 가서 사람들과 원만하게 지낸다는 소리가 있을 정도니까. 일본 사람들은 형식을 중시하며 섣불리 책임질 말을 삼가거나 면전에서 '아니요', '안 돼요', '싫어요' 같은 말을 직접 안 한다는 것이다.

또한, 일본 사람들은 전반적으로 개인의 이익보다는 자신이 속한 회사나 단체의 이익을 중시하는 경우가 많다고 한다. 하지만 이러한 성향이 너무 극단적이어서 과거 젊은 군인들이 가미카제 특공대로 미국의 진주만 공격에 참여해 목숨을 바친 비극적인 근현대역사도 있었다. 우리로서는 이해하기 힘든 부분이라고 할 수 있다. 모르는 것이 많았던 어린 시절에는 일본 사람들의 희생정신을 그저 감동적인 것으로 생각했으나, 일본학을 공부하면서 생각이 많이 바뀌었다. 국가가 꽃다운 개인의 목숨보다 소중할까. 국가를 위해 유능하고 꽃다운 젊은이들이 꼭 그렇게 죽어야만 했을까. 무의미한 죽음이 아닐까라는 생각을 하게 되었다.

일본학을 공부할 때 일본 역사를 깊이 들어가며 다시 한번 느꼈다. 일본 사람들은 대개 자신이 몸담았던 조직을 배신하지 않고 의리를 지킨다는 것이다. 이를 잘 보여주는 대표적인 일본 작품이 헐리우드 감독들에게 많은 영감을 준 것으로 유명한 구로사와 아키라 감독의 〈7인의 사무라이〉다. 충성을 중시하는 사무라이들의 이야기를 다룬 영화다.

일본 무사들은 일생을 한곳 즉 한 주군만 모시며 명예를 중시하고 그에게 목숨을 거는 것은 역사 속에서도 많이 나온다. 한번 모시던 주군을 위해서라면 목숨을 바칠 수 있다는 뜻의 이른바 일소현명一所懸命이라고….

당시 일본에 대해 받은 세 번째 인상이라면 진정한 용서를 구할 때는 무릎을 꿇고 용서를 빈다는 것, 즉 자기보다 나은 상대는 확실히 인정한다는 것이다. 역사적으로 봐도 일본은 서양의 문물이 일본의 문물보다 앞선 것을 알았을 때 나가사키에 작은 인공 섬을 만들어 서양 사람들과 무역해 좋은 것을 많이 배우고 또 받아들였다. 1945년 8월 6일과 9일 히로시마와 나가사키에 원자폭탄이 떨어져 두 도시가 폐허가 되고 자국민들이 심각한 피해를 보았으나, 일본은 미국에 적개심을 표현하기보다는 오히려 미국 사람들에게 배울 것은 철저하게 배워 일본을 성장시키려고 노력했다.

이때 생긴 슬로건이 '일본을 황폐화시킨 미국을 물리치자'가 아니라, "따라붙자, 미국!. 추월하자 미국!"이었다. 이러한 슬로건을 바탕으로 일본은 미국의 좋은 점을 배우려고 노력해 미국에 이어 경제 강국이 되었다. 어떻게 보면 섬뜩할 정도로 철두철미한 면이라고 할 수 있다. 그렇게 원자폭탄 투하는 일본을 폐허된 두 도시와 75만 명의 인명피해로 역사가 흔들리고 정신적으로는 또 얼마나 어마어마한 피해를 안겨주었는데, 그런 미국과 친하게 지내며 많은 것을 주고받는 일본. 이를 한국인의 의식구조로는 어떻게 납득하고 설명할 수 있을까?

국제사회에서는 국익과 힘이 우선이다

자칫 차가운 합리주의로 보일 수 있는 일본의 이러한 태도는 우리 국민의 정서와는 잘 맞지 않지만 기이하다고 이상하게 여겨 외면하기보다는, 일본을 제대로 이해하기 위해 분석해 볼 만하다.

이제 한국도 계속 일본을 적으로 생각하고 증오만하고 있을 때는 아닌 것 같다. 그렇게 적대시하고 미워만 하고 있어서 우리에게 득이 되는 것이 무엇일까? 이제 우리도 힘을 합쳐 열심히 노력하여 잘 사는 경제 대국이자 문화 콘텐츠를 수출하는 나라가 아닌가. 언제까지 과거의 감정으로 계속 일본에 얽매일 필요가 없다고 생각한다. 합리적으로 판단해 버릴 것은 버리고 얻을 것은 얻고 서로 양보도 하고 이해하며 폭넓게 살아가면 좋겠다. 과거 우리 역사 속에서 당파싸움만 일삼았던 틀어지고 혼란스러웠던 무능한 정치 등을 돌이켜 보면 화가 난다. 지금 우리나라도 진보와 보수가 단지 당리당략을 위해 모인 집단 같은 정권을 유지하기 위한 이들은 국가와 국민을 위한 것이 아닌 자신의 권력을 유지하는 데에 있는 작금의 정치도 이제 세계 선진국이 되기 위해서는 시대에 맞는 태도와 전략을 갖춰야 하지 않을까.

　자원 등 가진 것이 별로 없어 조건은 같았던 일본. 조선이 문호를 꼭 닫아걸고 쇄국정책으로 일관했던 때에도 일본은 쇄국하면서도 다른 한쪽 문을 열어놓고 그 당시 세계 강국이었던 포르투갈, 네덜란드 등과 교역하며 문호를 개방하고 받아들여 빠르게 성장했다. 패러다임이 바뀌던 19세기에는 혼란스럽고 새로운 태도가 필요했다. 일본은 서양 열강들의 거대한 전함과 활보다 빠른 소총과 대포의 위력을 알고 우리나라보다 빨리 서양 문물을 받아들여 선진국의 반열에 들어서는 계기가 되었다.

　제국주의와 식민지배가 정당한 것은 아니지만 당시에 우리나라는 우물 안 개구리처럼 문을 닫아걸었다. 왕실에서는 뜻이 서로 다른, 쇄국

정치를 고집하던 대원군, 고종, 민비 등은 세력다툼만 일삼고 있다가 우리보다 못하다며 왜놈들이라고 얕잡아봤던 일본에 강점당해 나라를 그냥 내어 주고 35년간이나 식민지로 백성들이 고통 속에서 수탈당한 불행한 역사의 상흔을 안고 있다.

그러나 현대를 살아가는 우리에게도 상처가 된 이러한 과거 역사에 대해 탓하고 원망만 하고 있어서는 안 되겠다. 당시는 서세동점西勢東漸, 약육강식弱肉强食 같은 서양 열강들의 논리가 통하던 냉정한 시대였다.

일본은 이를 간파해 서양 열강처럼 지배하는 위치가 되기를 선택했다. 지금도 크게 달라지지는 않았으나 국가주의가 강했던 당시 국제사회는 개인과 달리 도덕과 윤리보다는 국익과 힘을 우선시하는 제국주의 국가였다. 현재 선진국이라 일컫는 미국, 영국, 프랑스, 독일, 일본 등 강대국들은 국익과 힘을 우선시하는 제국주의 국가였다. 그런 역사와 현상을 보면 무엇이 옳은지 잘 모르겠다. 하지만 과거에 발목이 잡혀 살아서는 안 된다. 좋든 싫든 우리나라의 지리적 위치를 바꿀 수는 없다. 일본은 지리상으로 가까운 이웃 나라이자 배울 것도 많고 무시할 수 없는 강국이다.

일본이 미국을 어떻게 활용했는지 잘 들여다보며 아시아에서 공존과 협력을 해야 하는 일본과 어떻게 지내야 하는지를 잘 생각해야 할 것이다.

지금까지 과거사에 대해 진심으로 사과하지 않는 일본의 태도는 비판받아 마땅하다. 앞으로도 과거사에 대한 진솔한 사과는 요구하되 일본과의 협력은 강화해 나가야 한다.

우리나라가 더 당당하고 미래지향적인 나라가 되었으면 좋겠다. 대한민국이야말로 통이 크고 무엇이든 열심히 하는 우수한 나라가 아닌가? 오천 년을 강국들 사이에서도 국가를 지켜온 우리 민족이다.

방글라데시에서 얻은 교훈

1970년대 말 원조AID 차관에 관한 업무로 방글라데시에 가서 살다 온 친구가 이런 말을 했다. 영국의 지배를 받았던 방글라데시는 아직도 바다에서 그물로 물고기를 잡는 사람들이 많고, 공항에서는 빈대가 나오며, 부잣집 잔치에는 식사 한 끼라도 때우려고 백 명도 넘는 사람들이 줄을 서서 기다리고 있다고 한다. 영국인들이 방글라데시를 지배하면서 국민에게 연필 한 자루 만드는 기술도 안 가르쳐 주어서 방글라데시는 지금까지 이렇게 발전하지 못하고 있다고 했다. 영국이 밉기도 하고, 방글라데시가 너무 무능해 보이기도 하고, 여러 복잡한 감정이 교차하면서 씁쓸했던 적이 있다.

요즘 국내 미디어에서는 한일외교가 연일 이슈다. 한일 관계는 복잡해서 단번에 풀리지 않는 문제가 많다. 한국과 일본은 인적교류와 물적 교류가 얽혀있어서 조심스럽다. 그렇기에 감정에 사로잡히지 말고 어떻게 하면 한국과 일본이 서로를 존중하고 협력해 갈 수 있을지 고민해야 한다는 생각이 요즘 부쩍 든다. 나이 80이 넘은 나도 우리가 현실에 만족하며 너무 안주하는 것이 아닌가 하는 생각을 하게 된다.

이제 한국과 일본은 지리적으로도 가장 나라이며 문화 경제적으로도 동등한 관계의 이웃 국가이다. 한국과 일본이 서로의 장점을 배우며 협력할 수는 없을까? 일본과 해외의 젊은 세대를 끌어들이는 트렌디 trendy한 매력이 있는 한국은 요즘 세계의 주목을 받고 있다. 아무리 감정이 좋지 않은 상대라도 국제사회에서는 그 위상만큼 대접을 해주어야 하는 것이다.

동등하게 공존과 협력을 모색하자

이제라도 늦지 않다. 그동안 우리가 열심히 노력한 결과 전자산업과 철강, 조선 등 일본과 비슷하거나 일본을 앞선 분야들도 있다.

그러나 그 결과를 인정하되, 부족한 부분은 배워가겠다는 겸손함도 있어야 한다. 나는 한 분야에서 완벽함을 추구하는 일본의 장인정신은 배울 점이라고 생각한다. 이제 일본, 중국, 유럽 등과도 경쟁할 수 있는 한국이 되었고, 이를 받쳐주는 인재들도 많다.

일본과도 협력하고 경쟁하는 나라가 되었으면 좋겠다. 한국이 대범하게 긍정적이고 강하고 멋진 나라가 되면 일본도 앞으로 잘 지내자며 필요할 땐 도움을 청하면서 스스로 사과의 손을 내밀지도 모른다.

일본을 다양한 시각으로 보는 사람들을 정치 프레임frame에 가둬 '친일파'나 '매국노' 같은 극단적인 말로 비난하며 국가 분열을 일으키지 말고, 일본을 제대로 알고 한국과 일본이 동등하게 공존하며 서로 협력발전할 길은 무엇인지 모색해 보자는 목소리가 더 많이 들렸으면 좋겠다.

일본학을 연구한 사람들이 앞으로 해야 할 일의 몫이 많을 것 같아 어깨가 더 무거워진다.

비밀

이런 친구의 이야기는 지켜줘야 할 비밀임을 잘 안다. 하지만 나만 알고 있는 이 탄생의 미스터리는 그 시대의 비극이기 전에, 우리나라가 근세에 겪어야 했던 굴욕적이고 수치스러운 역사이기에 그냥 묻혀버린다면… 이 건 또 얼마나 슬픈 비극으로 남아 감춰지며 사라질 것인가? 이 같은 생각에 미치자 누구에게라도 알리려면 이렇게 글로라도 써보아야겠다는 쪽으로 마음이 기운다.

친구가 언젠가 나에게 심각하게 말을 건넨 일이 있다.

"성아! 내 얼굴을 자세히 들여다봐 줄래? 내가 중국 사람 같아 보이니? 아님? 일본 사람? 혹시 만주 사람 같니?"

"글쎄, 그 모두 비슷한 얼굴이지 않나?"

내 대답은 그저 시큰둥했다. 그러자 그 친구가 심각하게 이야기보따리를 풀어놓기 시작했다.

열아홉 살의 여자가 만주 땅에서 부모를 잃고 처녀 고아가 되었다. 당시 그곳 역시 전시戰時였고. 그녀는 세상에 홀로 남아 살면서 힘들 때마다 왜정倭政 치하에 있는 고국에라도 들어오고 싶었다고 한다. 하지만 들어갈 길이 막막하였다.

어쩔 수 없이 이집 저집 막일을 해 주면서 살았다. 모두가 가난할 때였으니 입에 풀칠하기도 어려웠다. 여자 혼자 몸으로, 더구나 다 큰 처녀이니 더욱 살길이 막막했다. 목구멍에 밥을 넘기려고 몸을 판 것은 아니었다. 젊은 여자 혼자 제대로 거처할 곳도 없이 돌아다니다 보니, 어느 땐 캄캄한 광속을 찾아 잠자다가도, 논두렁에서도, 수수밭에서도 자연스레 이 사람 저 사람 만날 수밖에 없었다. 이름도 성도 없고 국적도 모르는 사람들이었다.

그러다 어느 날 덜컥 임신이 된 걸 알았다. 아이를 떼어내려고 그날부터 밥도 안 먹고 언덕에 올라가 몸을 굴렸다. 높은 곳에서 뛰어내리기도 하였고, 별별 위험한 짓을 죽지 않을 정도만큼, 아니 어느 때는 죽을 각오로도 해 보았지만 아이는 떨어지지 않았다. 한 달 두 달이 지나자 배가 불러왔다. 남의 집 허드렛일도 할 수가 없게 되었다. 그녀의 행색은 영락없는 거지꼴이었다.

그러구러 어느 인정 많은 가난한 만주 사람을 만났다. 그의 집에서 허드렛일을 도와주며 살다가 아이를 출산하게 되었다. 국적도 성도 없는 아이였다. 하지만 엄마라는 여자는 아이를 기르기엔 역부족이었다. 누가 좀 데려갔으면 하고 여기저기 수소문했다. 그러나 전시인 데다 모두가 가난해서 부탁하는 집마다 거절당했다. 한두 달이 지나고부터 아이를 업고 다니면서 별의별 일을 다 했다.

아이가 서너 살쯤 되었을 때이다. 어느 한국 아저씨를 만났다. 그는 그녀들에게 아주 친절하게 잘해 주었다. 아이도 예뻐했다. 그가 "고향이 어디냐?"고 물었다. "함경도 함흥 근처인데 부모님이 모두 돌아가셔서 혼자 고향엘 찾아갈 수가 없다."고 하자 "그럼 남쪽으로 가자."라고 하면서 "나도 지금 서울로 들어가려고 한다."고 했다.

그때부터 그녀는 그 아저씨에게 온 정성을 다하며 가까이 다가갔다고 한다. 다음 해에 그 아저씨 가족들이 서울로 남하하는데 멀리서 그 뒤를 따라 서울을 목적지로 한 달을 더 걷고 또 걸어 내려왔단다.

처음 밟아본 서울은 삭막한 땅이었다. 살길이 막막했다. 아저씨의 주선으로 모녀는 서울 변두리에 자그마한 구멍가게를 차렸다. 아저씨는 그때부터 아예 두 집 살림을 시작한 것이었다. 이미 아이는 그 아저씨를 아버지라 부르고 있었고 그의 성으로 호적에도 올렸다. 독립된 가정으로 한 세대를 구성했다. 아버지는 회사 일로 출장이 잦아지고 어쩌다 그녀의 집에 잠시 들리곤 했다. 그러다 해방이 되었고, 그다음 다음 해엔 아이도 초등학교에 입학하게 되었다.

평화로운 시간은 그리 오래가지 않았다. 어느 날 학교에서 돌아오니 잘 정돈되어 있던 가게가 난장판이 되어있었다. 엄마는 울고 있다가 딸을 보고는 도둑이 들어 왔었다고 서툰 변명을 했다. 그날 밤 아버지는 일찍 집에 와서 주무시고 가셨고, 엄마를 많이 토닥거려주는 것 같았다.

그때부터 가게는 가끔 그와 같은 수난을 당해야 했다. 그는 철이 들면서 모든 사실을 어렴풋이나마 알게 되었다. 행패를 부린 사람들이 아버지의 본처와 딸이라는 것. 그 모녀는 가끔 엄마에게 손찌검도 불사不辭했다. 첩년이라는 욕설을 듣는 건 다반사였다. 그렇게 불안하고 우울한 날을 겪으면서도 시간은 쉬지 않고 흘러갔다. 딸은 상업학교를 지망해 중학교 3년을 다녔다.

그 후 그녀는 세칭 일류학교라 칭하는 C여고에 합격하는 영광을 안았다. 그렇게 주위의 부러움을 사고 똑똑하다는 칭찬을 들었지만, 친구들이 납기 안에 공납금을 내는 것이 얼마나 부러웠는지 모를 정도로 그녀의 집은 늘 가난했다.

아버지는 본처와의 불화 탓인지 그녀의 집에 오는 횟수가 점점 드물어졌다. 아버지도 차츰 나이를 먹으면서 경제적 어려움이 따르고 본처와 다툼이 잦아 많이 힘들어하는 모습이 보이더니 어느 때부터인지 아예 발길을 끊어버렸다.

그 후 어렵사리 고등학교를 졸업한 그녀는 친구의 소개로 소방공무원을 알게 되었고 얼마쯤 지나 그의 프러포즈를 받으며 결혼했다. 그리고 그녀는 엄마와 함께 아버지의 그늘에서 벗어나게 되었다. 착한 남편의 사랑을 듬뿍 받으며 난생처음으로 행복이 무엇인지를 알게 되었다.

첫딸을 낳고 이어 아들을 낳았다. 남편의 기쁨은 그녀의 기쁨이기도 했다. 그다음 해 셋째로 아들을 낳던 날. 그날은 남편이 비번이어서 쉬는 날이었지만 비상근무로 출근했다. 그런데 이게 무슨 날벼락인가. 하필 그날 영등포 시장 대형 화재로 불 속의 아이를 구하러 들어갔던 남편이 화마에 휩쓸려 나오질 못했다는 비보가 날아왔다. 태어난 아들의 얼굴도 보지 못한 채 남편은 돌아오지 못할 길로 영영 떠나고 말았다. 막내가 세상 빛을 본 사흘째 되는 날이 아버지의 장례식이었다.

남편의 사망 후 박정희 대통령의 하사가 내려졌다. 응봉동 산꼭대기

에 방 두 칸짜리 시영 아파트였다. 그녀는 엄마와 세 아이를 데리고 새 아파트로 이사했다. 당장 가족들 입에 풀칠이라도 하는 게 급선무였다. 여기저기 이력서를 내 보았지만 이미 결혼한 사람이라 외무사원 말고는 다른 직장을 구할 수가 없었다. 생각다 못해 청와대에 탄원서를 냈다. "갑자기 남편이 순직했다. 나는 좋은 고교를 졸업했고 아이가 셋이나 딸려 있지만 아직은 젊은 나이다. 일을 해야 하는데 외무사원밖엔 일자리가 없다니 사정을 봐주십시오." 간청하는 이 특이한 탄원서가 받아들여진 것이다.

여러 정황이 참작되어 그녀는 모 보험회사에 사무직으로 취직이 되었다. 그렇게 2년쯤 다니고 있었다. 어느 날부터인가 사무실 근처 주유소에 젊은 월급쟁이 사장 한 사람을 알게 되어 인사를 했다. 점심 식사 후 가끔 차를 마시며 이런저런 이야기를 나누는 사이가 되었다. 그녀보다 네 살이나 연하인 총각이었다. 그녀는 언감생심 쳐다보지 못할 상대라 생각했는데 그는 계속 그녀에게 호감을 보이며 다가왔다. 차마 아이가 셋이나 있다는 말을 할 수 없었다. 그러던 어느 날 막내의 사진을 보여주니 "참 귀엽다"고 하며 자기는 아이를 좋아한다고 했다.

그다음 얼마가 지난 후 만날 때는 둘째의 사진을⋯. 또 그 후엔 큰딸아이의 사진을 보여주었다. 그러면서 그날 그녀는 눈물을 펑펑 쏟아냈다. 정말로 염치없는 여자가 아닌가? 그녀에겐 아이가 셋이나 딸린 데다 중풍의 어머니까지 모셔야 하는 처지였다. 그런데 네 살이나 연하의 총각에게 무슨 짓을 하려는 것이냐고 스스로에게 묻고 있었다.

한참의 시간이 흐른 뒤 그로부터 만나자는 연락이 왔다. 아마도 이별의 선언이려니 생각했다. 그냥 가슴 아픈 사연을 모두 들어 줘서 고맙고 미안하다는 말이라도 해야겠다고 생각했다. 마음을 정하니 홀가분하게 나갈 수 있었다. 그녀는 남자를 만나기 위해 기약도 희망도 없는 발걸음으로 만남의 장소로 나갔다. 그런데 그는 앉자마자 웃는 얼굴로 입을 열었다. "나는 그대를 내 인생 반려자로 택하려고 마음먹었습니다."하는 것이다. 그 말이 환청처럼 아련히 멀리서 들려왔다.

"그러나 제게는 부모님과 형님들이 계시니 당분간은 가족들에게 비밀로 하고 우선 약혼식부터 해야겠습니다. 그래서 이야기인데 여하튼 준비를 서둘러야 하겠습니다."

그녀는 어안이 벙벙하여 할 말을 잃었다.

아무 말도 못 하고 앉아있는 그녀에게 그는 아주 충격적인 사실 한 가지를 더 보탰다.

"얼마 있으면 우리는 이민을 합니다. 식구가 모두 미국 동부로 이민할 절차를 마쳤고, 형님은 이미 거기에 가 계십니다. 우리 함께 미국으로 갑시다."

너무나 뜻밖의 이야기였다. 그의 폭탄 같은 이 말은 그녀의 혼을 모두 빼앗아 간 듯했다. 기쁘다기보다는 이 일을 어떻게 감당해야 하나? 앞이 캄캄하고 정신이 나간 사람처럼 멍하니 앉아 있다가 문득 울컥 걱정이 앞서며 온몸이 얼어붙은 것 같이 얼이 빠져서 꼼짝할 수가 없었다.

집에 돌아와서도 그녀는 꿈을 꾼 것 같기도 하고 무엇에 홀린 사람같이 한참을 멍하니 있었다. 그러나 이렇게 생각 없이 앉아만 있을 시간이 없었다. 이젠 복잡한 머릿속을 정리하고 일의 진행을 해야 한다고 생각했다. 약혼식을 해야 한다니 걱정이었다. 키가 훌쩍 커버린 큰딸 아이에게 먼저 이야기하고 싶었지만 잘 받아들여지지 않을 것만 같았다. 그런데도 그녀는 지금 또 하나의 철없는 생각으로 머릿속에선 약혼식에 데려와 앉힐 한참 어려 보이는 결혼하지 않은 친구를 찾고 있었다. 약혼식은 일사천리로 진행되었다. 신랑은 며칠 내에 동부 시카고로 떠나야 한다고 했다. 한 달 내에 돌아오겠다는 약속이었다.

그가 떠나고 난 후 하루가 여삼추—日如三秋처럼 애태우며 지나갔다. 그가 영영 돌아오지 않을 것 같은 생각이 점점 굳어갔다. 그런데 3년보다 더 긴 한 달이 지나간 다음 날 그는 떠날 때보다 훨씬 초췌해진 얼굴로 돌아왔다. 그녀는 마치 불가능이 가능으로 이어진 것 같은 마음으로 그를 맞이했다. 반신반의했던 그의 귀국이었다. 그가 돌아왔다는 것이 정말 믿어지지 않았다.

형님이 시카고에서 얼마 전부터 규모가 꽤 큰 마트를 인수해 경영하게 되었다고 한다. 믿고 맡기고 일할 사람이 필요하니 하루빨리 수속을 마치고 와 달라는 요청을 받아 응낙하고 왔으니 아이들 모두 데리고 서둘러 이민을 하자는 것이었다. 당신 아이들 셋을 기르며 살면서, 내 아이는 안 갖겠다는 다짐까지 하는 그를 바라보면서 비록 일시적 감정에서 하는 말일지언정 믿고 싶었다. 그의 따뜻한 마음이 너무 감격스럽고 한없이 고마워서 무슨 말을 해야 할지 몰라 마냥 멍하고 있었다.

그날부터 이민에 따른 제반 서류를 준비하느라 동분서주했다. 결혼 수속을 마치고 아이들 셋을 모두 자신의 자식으로 소급 절차를 받은 다음 가족 초청으로 이민을 신청했다. 그 과정에서 큰 딸아이와의 충돌이 몇 번이나 있었다.

　미국엘 가지 않겠다는 것과 그 사람을 절대로 아버지로 받아들이지 않겠다는 것이다. 이중삼중으로 그녀의 머리는 무거웠다. 중풍을 앓고 있는 어머니, 펄펄 뛰는 딸아이, 아무것도 모르는 어린 두 아들. 이 모든 현실이 무거운 짐으로 가슴을 짓누른다.

　그녀는 어느 것 하나도 자신이 없었다. 그냥 그를 믿고 그에게 모두를 맡겨두는 수밖에 할 수 있는 일이 없었다. "그래! 여기까지 왔으니 이제 저 사람을 믿고 의지하고 사랑하며 평생 은인으로 받들고 살아가는 일, 그 길만이 내가 해야 할 길"이라고 작정했다. 그런 결심을 하고 보니 그녀도 뭔가 할 일이 있을 것만 같았다. 그날부터 그와 모두를 의논하며 함께 일을 진행했다. 더욱 감사한 일은 그가 그녀의 어머니께 매일매일 쏟는 정성 어린 간호였다.

　몇 달 후 그녀는 남편의 형님이 마트를 하는 시카고에 이민을 가게 되었다. 그곳에서 그녀의 가족은 거처를 마련하게 되었고 남편은 형님의 마트에서 매니저로 일하게 되었다. 딸은 여전히 불만이 많았다. 막내만이 새 아빠를 따르고 쫓아다녔다. 그런대로 모두 낯선 외국 땅에서 적응하느라 바쁘게 지내고 있었다. 그러나 차츰 얼굴들이 익혀지며 한국인이 많은 사회이니 말들이 많아지고 "저 아이들은 다 누구냐는 질문과 아무개가 데려온 여자의 아이들인데 하나도 아니고 셋씩이나"라는 소문이 소문을 낳아 그녀의 귀에까지 들려왔다. 남편은 그런 그녀에게 조금만 참으라고 따뜻하게 위로해 주었다.

얼마 후 그녀의 가족은 동부남쪽에 있는 SC 주로 다시 이사를 하게 되었다. 그곳에서 자리를 잡기까지는 말할 수 없는 고역이 뒤따랐다. 우여곡절 끝에 남편은 자그마한 구둣가게를 열었고, 그녀는 바로 옆자리에 칸을 막아 세탁소를 운영하게 되었다. 세탁소 경험이 전무했고 바느질에 영 소질이 없던 그녀는 손님의 드레스를 망쳐버려 물어주어야 하는 등 수 없는 시행착오를 겪었다. 반면 남편은 착실하게 구둣가게를 운영했다. 나중엔 구두수선까지 하며 그녀가 저질러 놓는 일까지 끊임없이 막아주었다. 손재주가 없는 그녀는 흑인 재봉사를 두어 어느 달엔 가게 세를 내고 제봉사 봉급을 주면 남는 돈이 한 푼도 없었다. 그럼에도 남편은 큰 사고만 내지 말고 조금씩 경험을 쌓아가라고 위로하였다. 얼마 후 그들은 그곳에 하나밖에 없는 한인 성당에서 영세를 받고 1년 후에는 한인회 부회장까지 맡게 되었다.

시나브로 강물이 서서히 흘러가듯 세월도 흘러갔다. 그녀의 남편은 변함없이 세 아이에게 사랑의 정을 쏟아부어 길러주었고 그녀를 살뜰히 보살폈다.

몇 년 전인가 성당에서 점심을 먹고 신자들과 이야길 나누다가 집으로 돌아갔다. 그런데 그만 조그만 손가방을 성당에 두고 온 것이었다. 시민권이 들어있었다. 남편은 그 먼 거리를 되돌아가 그 가방을 찾아왔다. 그리곤 "여보! 아무도 안 열어 봤어!" 하는 것이었다. 누구 것인가 하고 누구라도 열어 보았다면, 그녀가 싫어하는 연상연하 커플이라는 사실이 드러났을 일이기 때문이다. 여자가 꺼리는 자그마한 것까지 그처럼 세심하게 많은 것을 신경 써주며 그녀의 마음 모두를 이해해 주는 배려심이 많은 남편이었다. 그녀가 그에게 받은 은혜는 죽을 때까지 갚아도 다 못 갚을 만큼 높고 깊게 쌓여가고 있었다.

그런데 이게 무슨 청천벽력이란 말인가! 이런 천사 같은 남편을 남겨 두고 자신이 먼저 세상을 떠나야 하다니! 이 야속한 사실을 정말 믿어 야 하는가? 얼마나 어렵게 살아온 세월이던가. 이제 그에게 받은 사랑 의 빚을 갚아야 할 날들만 남아 있는데. 자신 앞에 불어닥쳐 온 폐암 4 기라는 진단에 그녀는 할 말을 잃었다.

미국의 여성작가 제인 로터는 본인이 쓴 부고에 "나는 삶이란 선물을 받았고 이제 그 선물을 돌려주려 한다."고 했다. 그리고 남편에게는 "당 신을 만난 날은 내 생에 가장 운 좋은 날이었다. 정말 당신 때문에 나는 행복했다."라고 하지 않았던가.

그녀의 삶 또한 이와 같지 않았을까. 비밀을 많이 가진 내 친구. 그 이름을 밝힐 수 없는 친구! 그녀에게 주어진 삶의 선물이 그러했었다.

얼마 전 그녀의 남편에게서 연락이 왔다.

살던 집을 팔고 NY로 왔다고…. 아마도 그를 처음부터 아버지로 믿 고 따랐던 막내 부부의 주선으로 Senior Town으로 들어간 것 같다. 그 래요! 잘하셨어요. 당신은 그곳에서 편히 지내다가 친구가 자리 잡아 놓은 좋은 곳으로 갈 자격이 충분히 있는 사람이에요.

"이제 친구는 잊어버리고" 그곳에서 다른 많은 사람과 사귀면서 즐겁 게 여생을 보내세요.

지금 나는 그를 도와줄 게 하나도 없어 안타깝다.

세상이 텅 비어 있을 그 고마운 이에게.

그의 평안과 건강을 위한 기도밖엔.

그에게 건네줄 아무것도 내겐 없으니, 친구야! 미안하다.

멋진 인생 마지막 엽지기

　서리처럼 내린 하얀 머리칼엔 수많은 사연이 새겨져 있고, 이마랑 입가 등 깊은 주름 안엔 포기라는 걸 모르고 달려온 용감한 눈물의 인생사가 그려져 있다.

　구부러져 휘어진 허리는 그토록 열심히 살아왔다는 증거를 낱낱이 다 보여주길 꺼려 애써 버티고 있음이 역력한데 누가 감히 나더러 선택을 잘못했노라고 말할 수 있겠는가.

　이렇게 매사에 신중하게, 힘든 역경이 가져다준 눈발을 헤쳐 가며 어려운 삶을 살아온 나에게 누가 나서서 돌을 던져 나무라겠냐고 다시 묻고 있다.

　전등을 모두 끈 캄캄한 잠자리에 누워서 생각에 잠긴다. 젊은 시절 늘 잠이 부족해 아쉬웠던 나는 한숨도 못 자고 밤을 꼬박 밝혔다는 옛 노인들의 말이 부럽기도 하고 미덥지도 않던 일인데 난 요즘 그런 일을 거듭 겪고 있다. 기가 막혀 눈물이 앞을 가리는 일로 마음속에서 결론이 나지 않을 때는 요즘 나도 고스란히 밤을 밝히면서 시원한 해답을 찾아내려고 애를 쓰고 있으니 말이다.

고등학교 1학년 여름방학 전 한 친구로부터 Vine Club 회장이라고 소개받았다. 그 친구는 "안*구 선배는 인상도 좋고 IQ 150은 더 됨직한 우수하고 현명한 분"이라고 했다. 나는 소개한 친구에게 쓸데없는 말을 보태서 한다고 핀잔을 주며 흘려버렸는데 지금 생각해 보니 정말 깔끔하고 패기 넘치는 모습은 말 그대로 수재였다. 전년부터 진행하고 있는 공립학교 친구들 모임에 비집고 들어갔으나 영어 실력도 짧은 데다 키도 자그마한 축에 들었던 나는 주눅이라도 들까 전전긍긍戰戰兢兢하며 지내고 있었다.

그는 당시 유명한 서울고의 밴드부에 소속돼 있었으며 마스터로서 트럼펫 연주를 하면서 AFKN을 알아들을 정도로 영어를 능숙하게 잘 구사했다. 나보다 한해 선배인 그는 당시 정말 다재다능한 수재였다. 게다가 세 살 위의 형님은 연세대 영문학과에 재학 중이라고 하니 외국어 능력이 우수한 DNA를 물려받은 집안이라는 생각이 들면서 내가 혹여 책이라도 잡힐까 은근히 마음이 쓰였다. 그래도 매주 등사판으로 밀어 오는 '오늘의 공부'는 무난히 따라갈 수 있어서 다행이었다. 그러나 다음 해 고3이 되면서부터 안 선배도 대학입시 준비로 본교에서 하는 과외 등 시간에 쫓기는지 열심히 해오던 그날의 과제 진행이 조금씩 느슨해지는 느낌이 들었다.

그렇지만 안 선배가 나에게 베풀고 있는 정성은 가히 칭찬이라기보다 감사를 넘어서 주위의 눈치 빠른 몇몇 친구는 이성으로서의 감정표현이 묻어난다고 감으로 알아챌 정도였으니.

내가 어떻게 받아들이고 있었던 간에…

얼마 후 그가 서울대에 합격했다는 소식을 듣게 되었다. 이 소식은 그리 반갑지만은 않았다. 고등학교가 집과 같은 방향이고 집도 비교적 가까운 거리여서 가끔 만났는데 이제 우리 만남의 기회가 줄어들 것 같은 계기로 다가왔기 때문이다.

게다가 얼마 후 우리 집은 아버지의 사업 실패로 살고 있던 서대문 집이 경매에 넘어가고 말았다. 우리 식구는 청량리 밖 논바닥으로만 이어져 끝이 보이지 않던 아주 생소한 답십리 끝자락으로 이사를 하였으니, 자연스레 숨어버리는 형국이 되고 말았다.

나는 아직 3학년 재학 중이었으니 학교로 연락을 취할 수 있는 친구와의 길도 일부러 막아 놓았고 하굣길에서 나를 기다리는 그를 피해 다른 길로 돌아다니면서 숨어 지내고 있었다.

피하는 것도 한계가 왔을 즈음 나는 다른 친구를 통해 대학에 합격하면 그때 만나자는 짧은 몇 마디 메모를 세 번이나 보냈다. 그는 직접 만나서 약속하자는 쪽지를 연거푸 두 번이나 보냈지만 내년에 보자고 고집을 피우며 우기니 수긍한 듯 나의 대학합격만 기다렸을 것이다.

엄마를 선산에 모시고 온 날 받아 쥔 대학 합격증을 해져 닳도록 읽다가 네 동생들을 위해 살기로 마음먹었다. 19년 성장의 삶과 종이 쪼가리를 맞바꾸듯 찢어버리며 기울어진 우리 집을 궤도에 올리기까지 가까운 친구나 그 어떤 누구에게도 연락을 끊고 지내자는 결심을 했다. 하지만 너무 힘든 삶이 길어지면서 지칠 대로 지쳐 안*구라는 이름조차 까맣게 잊고 산 날들의 연속이 되었다.

그의 친구 김덕산이라는 분은 의료원장의 소개로 우리 방에 내려온 중풍 환자였는데, 약 6년여 재활치료를 받다가 퇴원 후엔 외래로 내원하고 있었다. 점심을 한번 같이하자는 연락을 여러 번 받고도 이어지는 바쁜 생활로 몇 달을 미루다가 겨우 약속을 정한 날이었다.

미국에서 가까운 친구가 왔는데 함께 나가도 괜찮겠느냐는 전화를 받고 그러시라고 하고는 약속 시간 조금 전 여의도 친구 아파트 주차장에 차를 두고 김 사장의 차를 타려고 광장아파트 앞에 서 있었다. 차에 오르니 뒷좌석에 이미 그가 타고 있었지만 가볍게 인사를 나누고서도 나는 그가 누군지 알아보지 못했다. 그러나 그는 차를 타려고 밖에 서 있는 나를 차창으로 보고는 금방 누구인지 알아보았다고 한다. 그러니까 나는 그를 열일곱에 헤어진 후 42년 만에 처음 다시 만나게 된 것이다.

차는 문산 반구정 장어구이 집을 향해 달렸고 그는 내가 자기를 알아보기를 기다렸으나 장어가 두어 판 구워져 나오도록 몰라보니 참을 수 없어 아는 체를 한 것이다. 그는 많이 변해 있었다. 그러나 나는 자기가 이렇게 나이 들어 있을 거라고 상상한 그대로였다고 나중에 말해준다.

우린 그렇게 극적으로 재회를 했다. 42년 만에 처음 만난 그는 1976년에 부인이 아들을 출산하다가 하늘나라로 갔다는 안타까운 과거를 털어놓았고 나도 역시 같은 해에 남편을 보냈다는 사연을 이야기하기에 이른다.

그때 나는 한국어사랑 회장을 맡고 있었다. 외국에 살고 있는 한국인 1.5세 또는 2세들이 어떻게 한국어를 접하고 있는가 파악해서 그들에게 정확한 한국어 보급 방법들을 마련하고자 이곳저곳 외국을 드나들 때였다. 그 후 미국 동부에서 한국일보와 조선일보에 칼럼을 쓰고 있는 그 사람으로부터 많은 도움을 받으며 계속 이메일로 연락을 주고받게 되었다.

그러다가 얼마 후에 그 사람은 다시 한국에 나온다. 뜬금없이 결혼하자는 제의를 해 왔다. 당시 나는 두 자녀를 출가시켰으나 둘째가 아직 미혼이었으므로 전혀 내 마음을 허락할 수도 없었거니와 삼십 년 동안 재혼이라는 건 단 한 번도 생각해 보지 않고 살고 있었으므로 갑자기 어떤 결정도 할 수 없었다. 그렇다 보니 그의 청혼에 확답할 수는 더욱 없었다.

그러나 자주 귀국하여 끈질기게 졸라대는 그의 뜻을 계속 무시할 수만은 없어서 둘째가 장가를 가면 그때 다시 생각해 보겠다는 답을 주고 그를 간신히 미국으로 돌려보낼 수 있었다.

다음 해 늦은봄 둘째가 결혼하면서 더욱 옥죄오는 그의 제의에 깊이 생각하게 되었고 정말 용기가 안 나는 그 결론의 답이 코너에 몰리면서 어느 쪽이든 결정하지 않으면 안 되는 지경에 놓이면서도 또 많은 시간이 지났지만 난 여전히 결론을 못 내리고 있었다.

그러던 어느 날 문득, 그래! 이렇게 생각해 보자!.

우리 효성스런 아이들의 부담을 좀 덜어주자. 여기에 생각이 머물자 많게는 그동안 하고 싶었던 사소한 일까지, 적게는 가까운 친구도 자기 남편을 경계하는 것 같았던 눈초리까지 떠올리며 이것저것 서글퍼 한 없이 외로웠던 일들이 주마등처럼 스치며 지나갔다.

그래, 중년 운명이 같은 동시대의 사람끼리 늘그막에 함께 마트도 다니고 잔잔한 호숫가도 거닐고 이곳저곳 여행도 다니며 오순도순 살면 우리 아이들 마음의 부담도 책임감 같은 것도 덜어주는 일이 되지 않을까? 핑계 같지만 이런 마음속의 결론을 다시 정리하기로 했다.

우선 큰아들부터 만나 의논하면서 엄마의 마음을 전하고 그 후 둘째, 셋째도 따로따로 만나 차근차근 앞으로 엄마의 남은 생을 너희들의 힘을 좀 덜어주고도 싶어 결심했다는 의사를 전했다.

이때까지는 미국에 가서 살기로 마음먹었고 시카고에 체류하며 집을 사려고 여러 곳을 다녀보았지만, 마음에 드는 집을 구하지 못했다. 한국에 다시 들어와 내가 늘어놓은 생활의 터전 정리가 복잡해서 줄여보려고 몇 년 왔다 갔다 했다. 차라리 그이가 한국으로 오는 편이 어떨까 의논하며 그것이 낫겠다는 합의를 하고는 이쪽에 주저앉기로 하기까지 꼬박 3년이 넘게 걸렸다.

그리고는 나에게 영세를 주신 잠원동 성당 장대익 Ludovico 신부님의 집전 미사로 논현 성당에서 관면 혼배를 올렸다, 고맙게도 친구 박익순 관장 부부가 증인을 서 주었다.

마침내 42년 정든 강남에서 관악산 밑자락으로 터전을 옮겨 종일토록 하늘의 비행기와 구름과 산자락의 나무들만 보이는 조용하고 자그마한 아파트에 나이 60의 초로들 둘은 조촐하고 아름다이 살림을 꾸린다.

아이들이 남편 생일선물로 끊어준 새벽 6시 GYM 운동부터 바쁜 하루가 시작되면서 나름 일정이 빼곡히 늘어섰다. 살아갈 날이 산 날보다 적은 우리에게는 가고 싶은 곳도, 가야 할 곳도, 하고자 하는 것도, 해야 할 일도 많은 분주한 생활의 날들이 펼쳐졌다. 우리는 호주, 일본, 독일, 미국, 외도 등 국내외 여행을 하면서 즐겁게 지냈다. 그렇게 십오 년이 훌쩍 지나가 버렸다.

그러던 중 갑자기 불어닥친 세계적인 전염병 Covid-19는 우릴 절망에 빠지게 하며 집안에 가둬놓았다. 몇 달이면 끝날 줄 알았던 잘못된 계산은 누구도 상상할 수 없는 새로운 이름으로 계속 발생하며 감옥 같은 늪에서 헤어나지 못하게 했다. 6차 유행 코로나19 후유증인 롱코비드long Covid 증상, 거기에 금년2023부터는 무서운 독감까지 예방주사를 무색하게 만들며 시간이 얼마 남지 않은 우리를 초조하게 붙잡아 놓은 채 괴롭히고 있었다.

운동은 물론 문밖 출입도 전혀 못 하면서 마스크를 안 쓰면 화장실도 못 갈 정도로 마스크 착용이 일상이 되어버렸다. 결혼식장 신랑·신부까지도 마스크를 쓰고 기념사진을 찍는 등 웃지 못할 기이한 현상이 수도 없이 뉴스를 장식했다. 얼마 동안 아이들이 배달시켜 준 물건으로 생활하며 바깥출입을 못 하고 살아왔다. 세계적으로도 많은 변화가 있겠지만 우리나라도 사는 방식이 상상할 수 없을 정도로 바뀌면서 쿠팡 같은 배달회사 재벌도 생겨나고 배달의 민족이 아닌 배달의 세상으로 바뀌었다. 빙수, 냉커피까지도 식탁에 앉아 주문해 먹는 갑작스레 바뀐 현실은 상상도 못 했던 세상이 되었다. 그러한 오늘에 억지 적응하고 있는 중에도 뉴스에서 Covid-19가 느슨해진다 하면 공항이 북적이고 확산된다 하면 다시 잠잠해지는 등 뉴스 정보에 우왕좌왕 매우 민감한

세상으로 변해가고 있는 오늘날의 기이한 현상에 어리둥절 지내고 있었다.

얼마나 남았을지 모를 우리의 살아갈 날이 아까워 초조해지고, 대부분 계획을 보류 중지시켜야만 했고 주변의 노인들은 코로나로 인해 하나하나 사라져갔다. 노인 한 명이 죽으면 도서관 하나가 불타버리는 것과 같다던 그 지식 보고인 노인들. 김동길 교수를 비롯해 어찌나 많은 아까운 인재 노인을 저세상으로 보냈는지 모른다.

앞으로도 얼마나 많은 사람을 하늘나라로 보내고 끝날지 모르는 이 기상천외한 전염병. 이것이 비록 나 하나만 겪는 억울함이겠는가.

이런 와중에 나는 또 하나의 인생 벼락을 호되게 맞았다. 머리를 들어 가눌 수도 없이 감당 안 되는 일이 일어나고 있다. 그렇게도 명석하던 사람이 자주 기억상실과 망각으로 일관하며 나를 어지럽게 하고 있는 게 아닌가. 이러한 인지 감소 현상을 나이 탓으로만 돌려야 될 것인지….

남편의 건강 상태는 허리 대퇴부 등이 퇴원하고 나와서 내 판단으로도 조금씩 더 나쁜 쪽으로 변해가고 있는 것 같다. 나는 일련의 과정을 조바심으로 안타깝게 지켜보면서 마음 아픈 날들을 보내고 있다. 한 달 두 달 지나면서 느끼지 못할 정도로 서서히 달라지는 모습, 어디로 갈 것인지 어느 정도인지 가늠할 수가 없다. 어디까지 가서 어떻게 어떤 모양으로 나를 놀라게 만들어 놓을 것인지. 나는 또 그 힘든 과정을 끝까지 함께 지켜봐야 하는지. 여기까지 만으로 진정 남편과 나의 노력으로 그저 오늘같이 이대로 지내며 행복하게 하루하루를 살아갈 좋은 예감을 가져 본다.

　누구와 비교하면서 살지도 않았을뿐더러 자기 자신을 믿지 않는 사람을 늘 불행하다고 여겨왔으니까.

　아이들이 불안하다고 112신고 위치 추적 목걸이를 걸어주었지만, 그는 자꾸 잊어버린다. 하기야 젊은 사람도 외출할 때 종종 잊는 그 목걸이 걸치는 일쯤 어떠랴. 인지도, 섬망, 알츠하이머, 우울증, 그 위에 더 얹히는 괄약근으로 인한 인간의 마지막 본능, 수시로 찾아드는 나 자신과의 나약한 마음과 불안함을 상상하며 그런 모습을 커버하려고 난 오늘도 그를 웃기고자 노력한다. "당신 코미디언이 될 걸 직업을 잘못 선택한 것 같아!" 요즘 그가 가끔 나를 가리켜 웃으며 하는 말이다.

　남편은 이제 보험공단에서 4급을 받아 요양보호사가 집에 오기 시작한 지도 17개월이 되었다. 그가 와서 하는 일은 운동시켜 주고 가까운 앞산 정자까지 함께 걸어 올라갔다가 내려오고 샤워시켜 주는 일이다. 그가 안 오는 날을 위하여 내가 그 요양보호사라는 자격증을 갖추게 된 것도 6개월이 되어 가는데, 큰 도움은 못 되지만 그 지식도 동원하여 나는 최선을 다하고 있다.

　아직 약도 치료 방법도 없고 멈추지도 않고 진전만 있다는 이 알츠하이머라는 병. 이 병의 검사를 난 그에게 아직 본격적으로 받아 보게 하지 않았고 거의 거부해 오고 있다. 정밀검사 후 자세한 병명이나 수치가 확인된다 해도 아무 소용이 없는 것 아니겠는가? 그래서 난 그걸 꺼리고 있다.

　빙빙 돌아서 어디까지 도달할지 모르는 이 불확실한 현실 앞에 어떻게든 이겨보려고 정성을 다 하고 있다.

　남편의 형님에게 전화했으나 안 하느니만 못한 섭섭한 대답을 듣는다.

　가만히 집에 누워있는 형수는 그래도 관리가 될 수 있지만, 밖으로 나다니는 사람은 당할 수 없으니 요양원으로 보내라는 것이다. 그 말을 듣는 순간 왜 그리도 섭섭하던지 하나밖에 없는 형님인데, 어떠한 일이 있어도 자기 부인을 요양원엔 안 보내겠다고 5년여를 수발한 사람이 하나밖에 없는 동생을 요양원에 보내라는 소리가 어쩜 그렇게 쉽게 나올 수가 있단 말인가?

　큰 사고가 있었던 것도 아닌데 말이다. 전화한 걸 후회하며 남편이 너무 불쌍한 마음이 들고 가슴이 아파서 몰래 눈물을 훔친다.

　오늘을 무사히 넘기며, 누구도 장담할 수 없는 내일이 오늘과 같기를. 그리고 그날도 오늘처럼 잘 지나가기를 바라며.

　나의 마지막 선택이 후회 없는 믿음의 사랑이 되게 해 주시기를….

　오늘도 주님께 간절히 바라고 또 바라면서 기도한다.

그리운 마음 영원한 불꽃으로

온 집안이 텅 비어 있지 않은가?

내 가슴도 동공같이 텅텅 비고 뻥 뚫려 아무것도 없다.

난 어느 쪽으로 발길을 돌려야 할는지 모르겠다.

언제 어느 곳에 가더라도 모두 그이와 같이했던 자리만이 있으니.

앞산 정자도, 정자를 오르는 길목도, 병원도, 약국도, 은행도, 마트도, 밥집도, 빵집도 그와 나란히 앉았던 의자들만 그이 없는 빈자리에 변함없이 그대로 놓여 있다.

엊그제는 우리가 다니던 병원에 예약이 있어 갔다. 복도 저쪽에서 오래전 그에게 세미나에 발표할 영어 원고를 고급 문장으로 부탁했던 의사 이**가 나를 보고 앞으로 다가오며 안 대사님은 어디 계시느냐 묻는다. 차마 돌아가셨다는 말이 안 나와 저쪽을 가리키며 피해 나와 버렸다.

병원에서 그이를 진찰하던 의사는 언제나 나를 불러 옆에 앉게 했다. 나의 담당 의사도 그가 안 보이면 그이를 찾았고 그의 얼굴을 쳐다보면서 상의하듯 문의했고, 약 처방을 쓸 때도 둘을 번갈아 보았다.

우리 둘이 나눈 정은 세상에서 가장 따스한 어느 겨울의 난로보다도 따뜻했고 오고 간 대화 역시 휘게hygge[7] 그 자체였는데 그 모두가 순식간에 차디차게 얼어 버렸으니 이 일을 어찌 감당해야 좋단 말인가?

엊그제까지 맞은편 의자에 앉아 정담은 눈을 맞추고 이야기 나누며 차를 마셨던 다정한 그 사람은 갑자기 어디를 갔는가? 우리는 커피를 즐겨 해서 자기 전에도 짠하고 부딪히며 마시고도 쿨쿨 잘 자는 사람들이었다. 창문 밖으로 아래층 길가가 보인다. 같이 산책하던 저 사람들은 그대로 저 길 위를 잘 걸어 다니고 있는데 당신은 무엇 하러 어디에 가 있는 건가요?

이젠 아침마다 운동가야 하니 빨리 일어나라고 누구에게 성화하면서 깨울 것이며, 또 누구에게 오늘은 선선하니 이 옷이 어떻겠느냐고 이것저것 번쩍 들어가면서 물어볼 것이며 아침밥 반찬은 무엇이 먹고 싶고 과일은 어느 것으로 꺼내줄까 아침마다 물어보던 즐거운 잔소리를 이제 어디다 대고 늘어놓을 것이냐고요.

네타냐후 이스라엘 총리는 가자지구에서 민간인 희생을 적게 하고 무장 정파 하마스를 멸망시켜 전쟁을 끝낼 수 있을 것인가? 미국의 바이든 대통령은 과연 인질 석방에 성공할 것이며, 우크라이나 원조 문제에 대해 어떻게 하원의원들을 설득할 수 있을까? 다음 미국의 대통령은 누가 될 것이며 미국의 선거는 왜 그렇게 알 것 같으면서도 모르겠더라고 다시 물으며 어느 당이 정권을 잡아 누가 당선되어야 우리나라

---

7) hygge: 휘게, 아늑하고 기분 좋은 상태, 가까운 사람들과 함께 하는 소박한 일상을 중시하는 덴마크와 노르웨이식 생활 방식

에 유리할 것인가? 이제 이런 문제들로 가벼운 토론을 벌이며 국내외 뉴스를 속 시원히 털어놓고 나의 무식한 치부도 드러내고 대화할 수 있을 것인가?

또 글을 써놓고 문장이 어색할 때마다 이런저런 의논도 하며, 독자들 관점에서 글 내용이 이게 좋은지 저렇게 고쳐야 좋은지 판단해 달라고 몇 번이고 읽어주면 그때마다 경청하고 냉정하게 말해줄 사람을 이제 어디에서 찾느냔 말이다. 우리 그인 친구의 생일, 집들이, 마트, 약국, 체육관, 하다못해 미장원까지도 늘 같이 다녔다. 그래서 내 친구들은 '꽁지'라는 별명까지 붙여 주었다.

가끔 피곤해 보일 때는 참! 오늘은 내가 침을 맞으러 가는 데, 치료할 동안 오래 기다리기 지루할 테고, 요즘 계속 나다녀서 힘도 들 테니 집에 있는 게 어떠냐고 물을라치면, 오히려 나더러 보호자 없이 당신 혼자는 위험해서 못 내보낸다고 부지런히 옷을 챙겨 입고, 외출준비를 서두르던 모습. 그 마음이 고맙고 갸륵하고 미더웠었는데.

내가 운전할 땐 나도 열심히 보고 있는 신호를 보조석에서 "멈췄다가 라! 이제 출발하라" 밉지 않게 참견하던 잔소리들. 이렇게 모두가 생생하게 머릿속에 그려지는데 언제나 잊혀질는지.

오래전 혼자되신 교수가 3년만 버티라고, 못 이기면 쫓아가더라고 하면서 산 사람은 살아야 하지 않겠느냐고 하던데 내가 3년을 참아 낼 수 있을지.

이제 허허벌판에 덜렁 혼자 누워있는 나. 이 암울한 현실에서 삶이 그저 허무할 뿐, 원망과 분노 허망한 슬픔이 가슴으로 조여 오면서 우울증과 고혈압, 귀에서는 전쟁이라도 난 듯 윙~ 온갖 벌레 소리가 다 들리고 거기에 대인기피증까지….

누구에게 전화가 와도 받기 싫다. 무슨 말을 어떻게 한단 말인가.

집안은 헝클어져 엉망인데 그이의 옷 등 아무것도 정리가 안 된다. 버리는 것만이 정리라는 걸 모를까 마는 당신의 양말 한 짝도 버리지 못하고 망연자실 앉아있는 나를 본 한 친구가 1년쯤 지난 후에나 버리라고 말해주는데 그 말이 어찌나 고마운지!

일본은 죽은 사람의 옷을 버리지 않는데 우리는 왜 모두 버리는지.

이 절간 같은 집에서 시끄럽게 큰 소릴 내줄 수 있는 건 TV뿐이다. 마침 치매에 대한 프로그램이 방영된다. 치매에 걸릴 제일 위험한 순서 그 1위는 혼자 사는 사람, 2위는 60세 이상의 노인, 그다음 3위가 여성이란다. 남성보다 배가 많은 70%나 된다고 하니 그럼 나는 100% 해당 1순위가 아닌가? 갑자기 불안이 엄습해 오며 TV에서 치매가 옮겨 오기라도 할까 봐 얼른 꺼 버린다.

나는 이제 이 공허함을 무슨 수로 채우면서 어떤 일에 취미를 붙이고, 내가 살아있는 동안 당신에게 미안해하며 머릴 들고 어떻게 살아낼 수 있을까. 아니 살아가야 하는가. 혹자는 술에 취하면 외로움을 잊을 수 있다고 한다.

얼마 전 동생 팔순 잔치를 호텔에서 조촐하게 차린다. 둘째 헌의 차에 실려 가서는 당신의 빈자리를 보며 공허한 마음을 채울 길 없어 양주를 주는 대로 받아 마시고, 몸을 못 가누게 되었는데도 정신은 더 또렷해지면서 당신 떠난 자리가 더욱 커지던데. 뭐? 술로 망각하라고? 누가 그런 말도 안 되는 거짓말을 했다는 것인지.

당신 몸 좋아지면 마신다고 넣어두었던 'Gold Label Hungary White Wine'은 이제 누구와 마셔야 할 것인가?

좋은 곳에 초대받아 갈 때 입자고 아껴두었던 멋쟁이 셔츠는 언제 어떻게 없애야 할 건지. 당신 생일마다 아이들에게 선물 받았던 지갑, 장갑, 혁대 그 숱한 소지품들. 사람은 기쁘거나 즐거운 일이 있어도 그때그때 즐기지 못하고 뭐라도 아끼고 다음으로 미루는 나쁜 습성들이 많이들 있다고 내가 가끔 말했었는데, 내가 지금 그 모두를 어렵고 수습하기 힘들게 당하고 있는 그런 모양새가 아닌가? 미래의 희망을 설계만 하다가 놓치고, 실망만 하는 나는 오늘만 설계하고 내일을 몰랐던 바보였다.

또 한 번의 인생이 온다면 아끼지도 말고 넣어두지도 말고 오늘 쓰고 오늘 입고 오늘 먹고 해야지. 귀한 그릇, 값비싼 옷, 왜 그렇게 아꼈을까? 현재보다 미래에 더 큰 행복이 있을 거라는 희망을 품었었기 때문이겠지. 내일은 장담할 수 없고 오늘이 제일 행복한 날날이라는 걸 왜 잊었을까.

더 기쁘고 더 행복한 날이 오려니 하고 내일로 미뤘더니 소리 없이 날 이리 혼자 버려두고 홀연히 그리 급하게 가버렸으니 이 얼마나 허망하고 황당한지 아무리 이해하고 적응하려고 해도 내 의지로는 정말 감당할 수 없다.

당신 무엇이 그리 바빠서 그렇게 급히 허둥대며 내 가슴 속에 돌덩이만 한 후회와 검게 타버린 큰 재 덩이만 덩그러니 남겨주고 사라져 버렸는지. 이렇게 같이하고 싶어 당신과의 끈을 놓지 못하고 이리도 크게 부르며 울부짖고 있는데.

태어날 때는 자기만 울고 가족 모두가 웃었는데 돌아갈 때는 왜 그렇게 많은 사람을 슬피 울리고 떠나가는지. 당신은 왜? 정말 나 혼자만 적막강산에 눈물과 함께 남겨두고 훌쩍 가버렸는지? 날 얼마나 울리려 하는 것인지.

안고 살고 싶은 것들도 많은 사람이고, 그리운 사람이 있다는 것도 행복이라고 말하며 지금까지 큰소리치며 살아온 내가 아니었던가?

고독은 낭만이고 외로움은 추억이라 했는데 당신과의 아름다운 추억들은 외로움을 고독으로 승화하여 왜 내 몸 전체를 슬픔으로 덮어 삶의 의미를 잃게 하고 있는지?

"옜다" 이만큼 살았으니 고만 살고 깨끗하게 그 사람을 따라가 버릴까? 자꾸 그런 마음이 나를 사로잡는다.

안 되겠다. 그만 쓰고 한숨 자고 나와서 다시 써야 할까 보다.

그이가 응접실 소파에 앉아서 손짓한다. 나더러 자기 옆에 와 앉으라고…. 소파에 앉아 본다.

옆 빈자리를 쳐다보다가 다시 일어나 그의 책방 탁자로 가서 앉는다. 그이가 잘 먹던 과일들이 큰 접시에 가득 놓여 있다. 샤인 머스캣이 탐스럽다. 한 알 떼어내 그의 입으로 넣어 주려 팔을 뻗어 보다가 찔끔 놀라, 베란다 넘어 관악산 자락을 올려본다.

당신 진정 나를 이렇게 혼자 남겨두고 가버린 거예요? 나는 어제도 오늘도 혼자서 이런 메아리 없는 대화로만 일관하며 살고 있다.

이십 년도 더 넘은 옛일이지만 어느 날 나는 혼자 생각했다. 정녕 42년 만에 우연히 만난 이 사람은 아마도 하늘나라에 있는 아빠가 둘이서도 힘든 아이 셋을 삼십 년 동안 혼자 기르느라 아등바등 힘들게 사는 나를 고생이나 외로움의 구렁텅이 속에서 건져 주기 위해, 아니 측은히 여겨, 인제 그만 자기를 향한 그리움 지워버리고 노후에 말벗하며 남들처럼 재미나게 한번 살아보고 오라고 태평양 건너 미국 동부에서 외롭게 지내는 그를 데려온 것이 아닐까. 같은 세대이고 머리 우수하고 착하니 마음 트고 소통할 수 있으며 아름다운 대화를 이어갈 수 있는 상대이자 옛 친구이고 하니 나의 비전과 역량을 잘 맞추어 엄선하여 찾아내 보내준 사람은 아닐까…. 그렇게 자기 합리화까지 해보았는데.

그래서 나는 이 사람을 만나 함께 하기로 마음 정한 첫날 남편의 산소엘 갔다. 그를 혼자 올려보내고는 아래에서 기다리며 둘이 하고 싶은 대화를 모두 다 하고 내려오라고 했다.

선배에게 감사하다는 인사를 하고 자신 있게 혜성이를 앞으로 30년 행복하게 해 주겠다고 장담했다고 하더니, 왜 30년을 못 채우고 나를 혼자 남겨두고 그렇게 훌쩍 혼자 떠나가 버렸으니, 그리움만 잔뜩 내 가슴속에 쌓아놓고 떠난 야속한 사람.

우린 노망으로 서로 얼굴을 알아보지 못하고 꼬부라질 때까지 살아도 시간이 부족한 사람들인데…. 당신 이러면 안 되잖아요? 식탁 맞은편 며칠 전까지 앉아있던 당신 자리에 지금 당신이 어제와 똑같이 앉아있어야 하지 않느냐고요. 그럼 정말 얼마나 좋을까요?

참! 잊었었군요. 당신에게 감사하단 말 할 게 하나 있어요. 하기야 그 사람의 바람이었겠지만. 당신 덕분에 아빠를 잊어버린 것 정말 고마웠고 그래서 행복했던 것도 다 당신의 무한했던 사랑이라고 생각하고 살고 있었어요.

정약용이 노년 유정에 관해 쓴 심서가 있다.

"밉게 보면 잡초 아닌 풀 없고 곱게 보면 꽃 아닌 사람 없으니 그댄 자신을 꽃으로 보시게"

당신은 나에겐 꽃 같은 남자였고 마음이 언제나 아름다워 품어내는 향기 그윽하고 드러내 놓지 않고 은근히 따스한 정을 품은 좋은 사람이었지요.

정녕 당신은 조용하고 어디에 내어놓아도 부족하지 않은 사람이었어요. 훌륭하고 현명하고 착한 사람이었고 나에겐 너무 과분한 사람이었어요.

내가 당신을 이렇게 죽고 싶도록 보고 싶어서 매일 우울해 있으면 "여보! 당신!" 소리 한 번 못 들어보고 하늘나라로 간 아빠 마음이 안 좋을까 하는 생각도 안 해본 건 아니지만, 지금 진솔한 마음을 숨길 생각은 하나도 없어요. 그리고 그 사람은 이해하리라 믿어요. 아주 넓은 사람이니까.

처음에 남편을 보내고 나서 퇴근하면 거의 매일 송추에 있는 산소엘 갔는데 어느 날 산길에서 의식 잃고 쓰러져있는 나를 의정부 응급실로 업어갔던 고마운 그 동네 이장 아저씨는 그 후 저녁마다 어두워지면 그 골짜기를 올라가 보는 게 습관처럼 되었다고 만날 때마다 늘 말씀하시더니, 돌아가셨는지 어느 날부터인지 안 보이셨어요. 벌써 50년 전

이야기니까.

미안해요! 당신에게 더 좋은 말만 하고 더 많이 잘 해줬어야 했는데. 이제 와서 이런 후회를 하고 있다니 세상에 이런 바보가 또 어디에 있겠어요.

너그러움은 사람을 따르게 하고 깊은 정은 사람을 감동케 하나니. 마음이 아름다운 그대여 그대의 그 향기에 세상이 아름다워지리라.

'가슴에 내리는 비'가 생각나는 오늘 같은 날. 아직 검은 새벽엔 혼자 외로이 허전함과 함께 응접실 공간을 넓게 더 넓게 돌기도 하고, 해 뜬 날 밝은 낮엔 당신과 함께 자주 올랐던 앞산 정자엘 올라가서 당신 이름을 수도 없이 부르고 오는 나를 하늘에서 당신은 내려다보고 있겠지요.

에필로그

윤보영의 시를 되뇌면서 난 오늘도 소리 없이 울고 있다.

내리는 비에는 옷이 젖지만

쏟아지는 그리움에는 마음이 젖는구나.

벗을 수도 말릴 수도 없이 비가 내리는군요.

내리는 비에 그리움이 젖을까 봐

마음의 우산을 준비했습니다.

보고 싶은 그대여 오늘같이 비가 내리는 날은

그대 찾아 나섭니다. 그립다 못해

내 마음에도 주룩주룩 비가 내립니다.

비 내리는 날은 하늘이 어둡습니다.

그러나 마음을 열면 맑은 하늘이 보입니다.

그 하늘이 당신이겠지요.

빗물에 하루를 지우고 그 자리에 그대 생각을 넣을 수 있어.

비 오는 날 저녁을 좋아합니다.

그리움 담고 사는 나는 늦은 밤인데도

정신이 더 맑아지는 것을 보면

그대 생각이 비처럼 내 마음을 씻어주고 있나 봅니다.

비가 내립니다. 내 마음에 빗물을 담아

촉촉한 가슴이 되면 꽃씨를 뿌리렵니다.

그 꽃씨는 당신입니다.

비가 오면 우산으로 그리움을 가리고

바람 불 때면 가슴으로 당신을 덮습니다.

비가 내립니다. 빗줄기 이어 매고 그네 타듯 출렁이는

그리움 창밖을 보며 그대 생각하는 아침입니다.

내리는 비는 우산으로 가릴 수 있지만

쏟아지는 그리움은 막을 수가 없군요.

폭우로 쏟아지니까요….

내 마음을 대신해 주는 이 시를 셀 수도 없이 읽고 또 읽어 뇌이며 이제 얼마를 더 살아야 당신을 향한 '그리운 이 마음 영원한 불꽃으로' 승천할는지.

또 하고프고 더 쓰고픈 말이 있다.

한 해가 저물어온다. 옛날엔 12월은 새해를 얻기 위해 묵고 나쁜 것을 버리는 썩은 달이라고 하였으니 이제 11월 한 달밖에 안 남은 마지

264

막 달 서른 날을 잘 마무리해야 하겠다. 백세시대라고 하지만 80년을 더 살았으니 적지 않은 날들을 산 셈이다. 한 여자가 많은 후회와 회한을 남기며 숙명처럼 살아온 날들을 메모 한 줄. 쪽지 한 장 없이 오직 머릿속 기억만을 더듬으며 엮어본 글들을 격절칭찬擊節稱讚으로 아낌없이 격려해 준 독자들 덕분에 계속 책을 쓸 수 있었다.

진심으로 고맙고 감사한다.

봄, 여름, 가을, 겨울이 어떻게 지나가는지도 모르고 느낄 사이도 없이 바빠 살아 내며 걸어온 날들. 한편의 짧은 필름처럼 느껴지는 이십여 년. 한숨의 눈물로 하루를 토해내듯 그이와 산 날들을 애달피 기억하지 않고 묻어둔 채 가기엔 너무 아쉽고 아까워 이렇게 몸부림치며 그대 안종구 대건앤드류Jong Koo Ahn Andrew Taegeon와의 안녕을 위하여 늦사랑 아름다운 추억을 담아내고 있다.

내 사랑! 안녕이라고….
그 어디에서도 사랑을 이길 수 있는 건 없습니다.

에세이 출판 직전에 하늘나라로 가신 그이에게 서두르지 못해 완판을 못 보신 부분 미안한 마음으로 진심 사과드리면서 이 책을 당신께 바칩니다.

문명자라는 친구

손공자

　고등학교 시절 문명자와 문화자 두 친구가 있었다. 두 사람 모두 똑똑한 친구였다. 인물도 언변도 무게도 있었다. 미숙한 내가 보기에는 10대가 저렇게 원숙할 수 있을까 하는 친구들이었다.

　몇 학년 때인지 국어시험에 문명과 문화의 차이를 쓰라는 시험문제가 나온 일이 있다. 나는 두 단어를 깊이 찾아본 적이 있어 쉽게 풀 수 있었다.

　단적으로 말하면, 문명은 인류가 이루어낸 물질적 발전이고, 문화는 정신적 발전, 더 나아가 문명까지를 포함할 수 있는 단어라는 것을 알고 있었다.

　왜 이 이야기를 서두에 꺼내 놓을까?

　사람은 이름이 그의 인상을 대신해 줄 때도 있을 만큼 중요하다는 것을 말하고 싶어서이다.

친구 명자에 대한 내 기억은 학교 행사에 꼭 빠짐없이 참석하는 친구
라는 점이다. 한번은 청와대에 불려가 이승만 대통령 애창곡인 〈메기
의 추억〉을 불렀던 적도 있었다. 그래서 조회 시간에 교장 선생님과 나
란히 학교 대표로 서 있던 기억이 난다. 학교의 얼굴 같은 존재였다.

그러더니 졸업 후 10년 이상을 고교 동창회 회장으로 장기 집권하며
동창회 살림을 도맡아 했다.

인물이 좋아 어디 내어놓아도 빠지지 않는 친구였다. 외모도 출중한
데다 멋을 아는 친구여서 가끔 볼 때마다 신세계 이병철 회장 3녀 이명
희 여사와 닮았다고 생각되었다.

멋도 인물도 뛰어날 뿐 아니라, 대인관계가 넓고 인지도가 있어 모르
는 동문이 없을 정도로 저명인사였다.

자서전에도 밝혀진 것처럼 일찍이 남편을 여의고 삼 남매를 맑고 반
듯하게 키워 이렇다 할 자리에 심어놓았고, 시집 장가도 모두 흡족하게
보냈다. 손자, 손녀 여섯 명까지 훌륭히 보고 있는 친구여서 아무 부러
울 것도 없는 여장부 같은 친구이다.

요즘 같으면 시집도 안 갔을 젊은 나이, 그러니까 남편이 병환 중일
때 재활의학이란 단어 자체도 생소하고 대중화되지 않았던 시절 재활
의학에 뒤늦게 뛰어들어 공부하더니 경희대 부속병원이 개원하면서
입사했다.

경희대 물리치료실 일원으로 TV 방송과 라디오 출연 등 많은 활동으

로 이름을 알리더니, 1980년대엔 개인병원 부속실을 개설하여 종로에서 제일 많은 환자를 치료하고 감당했다는 사실을 종로 보건소장을 지낸 동창 이성세에게 듣고, 다시 한번 이 친구의 능력에 놀랐다. 경제적 자립은 물론 재테크에도 뛰어난 친구로 말하자면 부족함이 없는 친구였다.

특히 나이 육십에 제2의 인생을 개척해 나가는 용기를 높이 평가한다. 주미 대사를 지낸 서울고 출신 남학생, 고등학교 때 5대 공립 남녀 학생들이 모임을 만들어 영어 공부를 했는데 그때 리더였던 그와 40년 만에 다시 만나 청소년기의 사랑을 키워 재혼했으니 놀라울 따름이다. 아들, 며느리, 사위까지 지극히 효자 효부여서 어머니로서도 홍복을 누리는 정말로 큰 복을 지닌 친구다.

그런데 어느 날 코로나 직전 자서전을 쓰고 있다고 좀 봐 달라고 한다. 동문 중 국문과 출신이 나뿐이란다. 국문과를 나왔다고 글을 다 잘 쓰는 것은 아니지만, 이 친구가 나를 가끔 초대하여 벗해 준 뜻이 깊으니 다시 고교 시절부터 회상하게 되었다.

오래전이지만 남편의 병상일지를 『여성동아』라는 잡지에 쓴 글을 보고 정말 효부로구나! 거기에 문장가여서 책을 써도 될 친구라고 생각했는데…. 자서전을 쓴 것을 보니 두께도 내용도 장난이 아니듯 싶어 "해 냈구나." 옛날에 글 실력이 있다고 봤는데 낭중지추囊中之錐였나. 결국은 일을 저질렀구나! 다시 한번 놀라며 감탄한다.

이 친구가 쓴 〈어머니〉란 글을 읽은 적이 있다. 한 마디로 감동이었고, 문장도 유창하고 아름다웠다. 자기 인생을 완벽하게 일궈내는 친구들은 이미 떡잎부터 알아볼 수 있었던 거구나! 감탄이 저절로 나왔다.

개인의 삶은 다양하지만, 적어도 자서전을 쓴다는 마음가짐과 출판까지 이룬 친구들은 남을 위해 가족이든 동료든 사회봉사든 헌신적인 삶을 살아온 사람이 할 수 있는 일이라고 생각한다.

가깝게도 아주 멀게도 지내진 않았지만, 간헐적으로 서로 소식을 주고받고 만남이 있었기에 친구의 글을 더 잘 이해할 수 있지 않나 싶다. 친구가 수필집을 내면서 말미에 자신에 대한 글 한 편 부탁하는데 거절할 리는 없다.

자진해서 추천서를 써주고 싶은 친구는 흔치 않을 것이니.

500여 명 동창 중, 두 명이 자서전을 썼는데 우연히 두 작품에 관여하면서 학교 모범생은 역시 사회에서도 열심히 사는구나! 호랑이는 죽어 가죽을 남기듯 똑똑이는 역시 한편의 글이라도 훌륭히 남기는구나! 하는 부러움을 갖게 되었다.

써놓고도 자랑할 게 못 된다고 스스로 평가하며 출판 못 하는 바보도 있는데, 자신의 삶을 떳떳이 내놓는 친구가 부럽기도 하고 대견하고 자랑스럽다.

백년도 못사는 인생. 산다는 것 자체가 아름다운 것 아닐까? 거기에 자신의 인생과 가족사를 정리해 본다는 것은 잘났든 못났든 학문이 있는 지적인 인간만이 해 낼 수 있는 일일 것이다.

문명자! 그 이름처럼 자랑스러운 친구다. 80이 넘은 나이에 눈도 손도 젊지 않은데 최고의 지성만이 해 낼 수 있는 일이며, 지적 소유자가 아니면 불가능하다.

이번에 자서전 재판이 나왔고 수필집까지 발간한다니 놀랍다, 노화를 극복하고 그 긴 문장에 정신력을 집중하고, 가다듬어 컴퓨터를 두드린다는 것은 대단한 일이다. 그래서 졸필이지만 벽돌 하나 얹는 맘으로 이 글을 써서 친구 문명자에게 바친다.

202년 12월 8일 고교 동문 손공자

[작품 평설]

시간의 가역반응可逆反應, 존재인식의 가로지르기
-문명자의 자전에세이 『문소리』의 수필 세계

한상렬 | 문학평론가

1. 프롤로그 – 자기 얼굴 그리기

문명자의 자전 에세이 『문소리』를 펼친다. 하얀 백지 위에 작가의 얼굴이 하나하나 드러난다. 그가 짓는 시간의 가역반응, 팔순이 넘은 작가의 진면목眞面目이 서서히 기지개를 켜며 일어선다. 누구나 살아가는 인생 역정이지만, 그만의 세계가 성채城砦처럼 다가온다. 시간의 가역반응이자, 존재 인식의 가로지르기이다.

수필 문학은 자기 얼굴 그리기이다. 이는 수필이 자기 관조와 자기 고백의 문학임을 이르는 말이겠다. 여기서 자기 관조는 우리들의 일상이라는 삶 속에서 자연히 유로流露되거나, 특성화되거나, 아니면 자연 그대로의 모습의 투영일 것이다.

우리는 한 편의 수필에서 그 작가의 인생관과 철학을 읽는다. 이 경

271

우 작가 체험의 진폭이 깊고 넓을수록 독자는 작가의 미적 감수성에 탐닉하게 되며, 내적 감각을 통해 자기화의 희열을 감득하게 된다. 그래, 수필 문학은 자신의 초상肖像으로 보이기 쉽다. 자기 얼굴 그리기, 여기에 수필의 자리가 놓여 있다고 하겠다. 한마디로 작가 문명자의 작은 담론들은 그의 초상화다.

훌륭한 초상화는 우리들에게 의미심장한 하나의 표상을 보여준다. 그렇기에 독일의 철학자 지멜Simmel Georg은 "타인에 대한 해석, 타인의 내적 본질을 분석하는 것을 억제하기란 쉽지 않다."라고 말한 바 있다. 그 때문에 의미 있는 초상화를 볼 때마다 우리는 그 표정 뒤에 어떤 속내가 숨겨져 있는지 알고 싶어 하는 독심술과도 같은 유혹에 속절없이 빠지게 된다. 그러나 비평가 곰브리치Gombrich가 이미 갈파했듯, 이런 경우 정확한 표정을 포착하기란 그야말로 '악명 높을 정도로' 어렵기까지 하다.

수필 문학이 자기 얼굴 그리기라는 언술의 배면에는 장르의 성격상 작가의 개성이 진솔하게 노출된다는 데에 있다. 여기 작가의 인격 문제가 대두된다. 왜냐하면, 수필 문학은 다른 장르와 달리 자아 성찰과 자기 투영의 문학이어서 수필적 자아인 작가 자신으로부터 출발하기 때문이다. 그러므로 개성의 노출은 바로 작가의 인격과 등식에 놓인다.

수필만큼 글쓴이의 인격을 필요로 하는 문학 양식도 없을 것이다. 흔히 "문文은 인人이다"라는 말이 있다. 이는 문장이 곧 인격의 표현이며, 고매한 인격에서 깊은 글이 나오고 천박한 인격에서는 얕은 글이 나온다는 말이겠다. 곧 글이란 혼魂의 울림이요, 영靈의 외침이어야 한다는 말이다.

2 '문소리', 그 의미에의 추적

수필작가 문명자의 자전 수필집『문소리文召里』를 일별하면, 그 표제어가 지닌 투박하면서도 순수한 모습을 동시에 떠올리게 한다. 작가의 외모에서 발산하는 이미지와 겹쳐 작가의 격格을 먼저 떠올리게 한다.

표제 수필인 〈문소리〉는 한자표기를 '文召里'로 하고 있다. 여기 '문'은 '門'과 '文'의 동음이의어로 음차하면 "달밤 창호지 드리운 여닫이문이 열리며 들리는 파장의 여운"에서 보듯 출입문出入門이요, '문학'을 지칭하는 '문文'이다. 그런가 하면 '문소리'는 이를 'Moon Sorry'로 표기함으로써 마치 '소야곡'과도 같은 그 문소리가 좋아 표제로 삼았다고 변호하고 있다. 이런 중의적 언어 부림은 다분히 상징적이고 의도적이다. "'Moon'은 달을 뜻하지만, 'Sorry'는 '미안未安하다'의 뜻만이 아니지 않는가? '아쉽다', '섭섭하다', '안 된', '안스러운', '애석한', '유감스러운', '남부끄러운' 등등. '미안한', '미안해요', '뭐라고요?', '후회한다' 외에도 여러 가지 의미가 들어 있다." 이런 작가의 언어적 해석은 작가와 상관관계를 이룬다. "명자明子. 혜성惠聖보다는 소리召里가 더 어울린다고 문소리文召里로 불러주시던 하늘나라에서 보고 계실 선배님!"이라는 언사에 담긴 의미를 추적하게 한다.

문명자의 자전에서 보여주는 이런 전제는 글자 그대로 그의 수필의 원류가 '자전自傳'에 있음을 보여준다. 수필이 1인칭의 자기 관조와 성찰과 맥을 같이 한다는 점에서 그의 수필은 일종의 '자전적 에세이'라

칭해도 좋겠다.

그가 수필 문단에 데뷔한 것은 최근의 일이다. 하지만 그는 등단 이전에 이미 Life Essay인 『명자꽃』을 상재하였으며, 최근에는 『그래도 그리운 그날들』을 펴내어 문학적 역량을 잘 보여주고 있다. 그의 해적이[8]에서 보여주는 약력은 화려하다. 그런 만큼 그의 자전은 여러 삶의 현장에서 보여주는 존재 인식과 깊은 관계를 형성하고 있다. 인간학이라 불리는 수필로서의 자전적 요소가 보여주는 실존, 내적으로 승화한 육화肉化된 진지한 삶에 동감하게 한다.

그리하여 그의 자전적 에세이는 팔순을 넘긴 생활인의 시간의 가역반응, 존재인식의 가로지르기라 하겠다. 특히 안 대사와의 결혼 생활을 통해 체험한 세계의 진실은 그로 하여금 진정한 자연인으로서의 '인간의 길'을 보여준다. 이런 작가적 체험의 자기화가 명징한 언어적 미감과 어울려 인간화의 길을 보여줌으로써, 하이데거의 언명에서 보듯 '언어로 짓는 집'을 통해 충실한 의미 전달과 언어적 성찰 또는 미감에 사로잡히게 한다. 그의 자전이 보여주는 생애의 진실한 목소리 때문일 것이다.

문명자의 수필은 시간을 가로지르는 가역반응可逆反應이요, 존재인식의 가로지르기다. 제1부 '문소리', 제2부 '이 또한 지나가리라', 제3부 '마지막 선택', 제4부 '노인과 어른' 등 전 4부, 35편이 배열된 『문소리』 안에 담긴 작가 문명자의 사유의 세계는 그저 안두[9]에서 조립한 누각

---

8) 해적이 : 지나온 일을 햇수의 차례에 따라 적어 놓은 것.
9) 안두 : 案頭 책상의 한쪽 자리.

이 아니요, 작가의 오늘이 있기까지의 고단한 노고, 인간적 고뇌의 강을 건너는 진솔한 삶의 현장을 보여준다.

3. 시간의 가역반응可逆反應

인간은 무언가를 기억하지 않고서는 살아갈 수 없는 존재이다. 그렇기에 인간에게 기억은 어디까지나 이성적인 힘의 원천으로서, 자기를 인식하는 준거점 혹은 '기억하는 나' 자신의 정체성을 형성하는 존재론적 근거로 파악된다. 문명자의 자전은 회고적 수필이 그러하듯 과거로의 귀환이자, 미래 살기다. 이를 화학 용어로 말하면 가역반응이라 하겠다.

문명자의 삶은 파란波瀾하다. 금수저는 아니라도 상급은수저 정도로 태어난 그의 꿈은 명의名醫였다. 하지만 꿈과 현실의 괴리는 화자로 하여금 존재인식의 계기를 마련하게 한다.

금수저까진 아니나 고급은수저 정도를 물고 태어나 행복하게 지냈던 19년. 나는 존경받는 명의, 이념 확고한 정치가, 나만의 스타일을 가진 훌륭한 전문인이 되고 싶었다. 그런 그 꿈 많던 어린 시절이 내게도 있었다. 그런데 대학 진학의 문 앞에서 아버지의 사업 실패와 의지했던 어머니마저 잃고 폭풍같이 찾아온 불행 앞에 속수무책 졸지에 소녀 가장이 되고 말았다.

-〈이 또한 지나가리라〉 중에서

화자에게 불시에 찾아온 현실은 그의 꿈같은 건 무용지물이었다. 여섯 식구의 소녀 가장. 행운의 프러포즈에 이은 결혼마저 병마와 싸우던 남편을 떠나보내야 했고, 삼십 넘어 혼자 몸으로 가족을 부양해야 했다. "세상 떠나신 시아버지의 가문에 누가 되지 않도록 세 아이를 잘 키워내야 한다는 과제. 오직 그것만 보고 살았다."라는 기억의 반추는 화자로 하여금 신산辛酸한 고통 중에서도 이를 이겨내야 한다는 굳은 의지를 일깨우게 하였으리라. 그리하여 〈이 또한 지나가리라〉는 언술에 담긴 의미에 천착하게 하였을 것이다.

문명자의 자전적 에세이는 역逆시간의 여행인 회고적 정서의 몰입을 통해 시간을 거슬러 기억 저편을 꿈꾸게 하는 이른바 시간의 그림자를 가로지르는 기법을 통해 현상의 치환으로 수필이 그저 쓰는 글이 아니고, 철저한 사전포석事前布石 아래 진행됨을 보여준다. 더구나 그의 수필이 현재에서 과거를 가로지르면서 자신의 삶의 지향점인 선善지향을 목표로 하고 있음은, 그의 수필의 건강성과 함께 무의식의 밑자리를 효율적으로 드러내고 있다. 특히 자신을 낮추면서 인간적 욕망을 비워나가는 그의 정신세계의 일단을 그의 수필은 보여준다. 이는 삶에 애정을 키워가는 작가정신으로 보아 일종의 경외감마저 느끼게 하는 자기 정체성 찾기일 것이다.

문명자의 수필 〈회신回信이 없어도 좋다〉의 서두는 이렇게 시작된다.

오랜만에 만난 친구가 내게 말했다. "너 왜? 그렇게 폭삭 늙었니?"

라고. 또 11년 만에 만난 지인이 내게 물었다. "왜? 이렇게 뚱뚱해지고 키도 작아지셨어요?"라고. 나는 대답할 말을 잠시 잊었다.

　　　　　　　　　　　　　　　　　　　　－〈회신이 없어도 좋다〉에서

"꼭 면전面前에서 그런 말을 해야 할까 싶다. 좋은 말만 해도 모자랄 아까운 시간에 그렇게 꼭 꼬집어 말해야 할까?"라는 화자의 언술에 담긴 의미가 자아성찰의 계기가 되고 있다. 말 한마디로 천 냥 빚도 갚는다고 하지 않았던가. 언어적 성찰에 빗댄 화자의 사유가 우리 자신의 말 씀씀이를 돌아보게 한다. "칠십부터의 인생은 어차피 덤이라 하지 않는가. 그래 마음을 비우고 살아야 한다. 내가 남한테 주는 것은 언젠가 내게 다시 돌아오는 법이어서다. 친구와 헤어질 때 그 뒷모습을 보고 서서 혹시 뒤돌아볼까 하는 기대를 하면서 등 뒤에다 웃어주고 싶은 마음이 생긴다면 다시 좋은 친구가 될 사이가 아닐까?"라는 존재인식이 명쾌하다.

　루카치가 예단한 바 있듯, 우리는 지금 문학이 총체적 인간의 진실을 담아내지 못하는 우울한 시대에 살고 있다. 그렇기에 문학작품 속에는 이렇게 따스한 서정의 감미로움과 때로는 벽을 뚫는 비평의식이 있어야 하고, 유모나 서정 어린 섬광閃光이 있으면 더욱 좋을 것이다. 진정한 글쓰기가 얼마만큼 우리의 감정을 순화하고 잠든 영혼을 깨우는가를 보여주는 수필이다. 문명자의 자전 에세이『문소리』의 제1부, 〈멀고도 깊었던 경무대〉, 〈상과 상장〉, 〈대인 기피증〉이 이런 유형의 수필이다. 문명자의 자전 에세이에서 무엇보다 시간을 역류하여 그 가역반응을 떠올리게 하는 작품은 〈미깡 아줌마〉이다. 민족적 감정으로는 도저히 그들의 만행을 좌시할 수 없는 가깝고도 먼 나라가 일본이다. 하지만 작가에게는 가역반응을 일으키게 한다. 그 원류에 바로 미깡 아줌마가 있다. "나는 1941년대 초, 종로구 원서동에서 태어났다. 유년시절의 일이다. 그때 우리 옆집에는 대부분 일본인들이 살았다. 그들은 거의 다 같은 시간대에 출근했고, 퇴근도 엇비슷했다. 조선총독부 공무원들이 아니었을까 싶다."라는 서두에서 일본인과의 만남이 시작된다. 그들 중 하이칼라 아저씨와의 만남과 헤어짐은 화자의 의식 안에 오래도록 남아 있다.

해방 후, 아저씨가 일본으로 혼자 건너가고 아줌마는 우리 집에서 얼마 동안 함께 살았다. 할아버진 내게 미깡 아줌마가 우리 집에 함께 있다는 이야길 밖에 나가서 하지 말라고 당부하셨다.

(생략)

할아버지께서는 일본을 싫어하셨다. 그들이 강제로 시행했던 우리 고유의 문화인 상투를 갑자기 자르게 한다든지, 대대로 내려오던 성씨 자체를 말살해 버리며 일본식 이름으로 바꾼다든지 등등의 강요된 정책은 반대하셨지만, 일본인의 인간성을 미워하지 않으신 것 같다.

－〈미깡 아줌마〉에서

일본은 싫어하지만, 일본인의 인간성을 미워하지 않은 할아버지의 이념과 같이 그에겐 미깡 아줌마와의 만남이 예사롭지 않았다. "나는 처음 일본으로 출장을 갈 때부터 할아버지께 들었던 주소 '신주쿠역 앞'이라는 것밖엔 아는 게 없어, 볼일을 제쳐놓고 시간만 되면 전철역 앞에 가서 지나가는 할머니들 얼굴을 한 사람 한 사람 '뚫어져라' 쳐다보며 미깡 아줌마를 기억하려고 애를 썼다. 하지만 그런 경천동지할 우연은 내게 찾아오지 않았다."는 회감의 정서가 시간의 가역반응을 보여준다.

수필문학이 자기관조의 문학이라 할 때 이렇게 회고적 정서에 몰입함은 당연하다. 작가 문명자의 가역반응은 역逆시간 여행으로 나타난다. 현실에서의 그의 삶이 시간을 거슬러 아득한 기억의 저편을 꿈꾸게 한다.

4. 존재인식의 가로지르기

수필 문학은 자기 얼굴 그리기요, 성 쌓기에 이르는 구도의 과정과 접맥된다. 수필이 존재 해명의 문학이요, 인간학이라는 측면을 배제할 수 없는 것은 의미심장한 하나의 표상이다.

문명자의 자전 에세이 중, 작품 〈의미 있는 순간〉, 〈어머니, 두 어머니〉, 〈마지막 선택〉, 〈요양 보호〉, 〈노인과 어른〉, 〈행복〉은 존재 인식의 가로지르기에 해당한다.

〈의미 있는 순간〉은 팔순의 고개를 넘어선 화자의 존재 자각이 생생하다. 수도 서울 명동에는 영원히 20대가 건강하고 활기차게 지나간다.

그 길로는 옛날 어머니나 아버지가 지나갔고, 화자 역시 그 길을 잊지 못한다. 그 길에 "오늘은 내 아들이 지나갈 것이고, 내일은 손자가 그 길을 지나갈 것이다." 이렇듯 시간의 흐름에 공간은 여전히 연년세세 이어간다. 하지만 인간이란 존재의 생명은 변화무쌍하다. 그 속에서 화자는 의미 있는 순간을 그리고 있다.

　인생에서도 지독하게 시린 추위의 겨울은 지나고 반드시 봄이 온다. 그리고 지루하고 긴 여름은 영락없이 찾아올 것이다. 그렇게 시간은 흐르는 물과 같아서 막을 수도 역류할 수도 없다. 그래, 이제 내게 남겨진 생명과 같은 날들을 좀 더 아껴야겠다.
　삶의 의미를 깨달을 즈음이면 남은 시간이 별로 없다는 것을 알게 될 것이다. 그때 가서 후회하지 말고, 돈보다 더 귀중한 붙잡을 수 없는 남은 시간을 잘 관리 해야지 싶다.

-〈의미 있는 순간〉에서

　화자는 문득 알렉산드로 솔제니친의 〈오른손〉을 떠올리며, 지나간 시간에 주목한다. "나는 아직 살아있음에 감사하며 내일 아침 모레 아침 다시 운동을 나갈 수 있는 날을 기대하며 코로나가 하루빨리 물러가기를 오늘도 기도한다."는 담백하고 간결한 사유가 존재 인식을 가로지르고 있다. 그런 그의 '행복'이란 제시어에 대한 생각은 이렇다.

　내가 열아홉 살 되던 해이다. 누가 봐도 처지가 가엽고 불쌍하리만큼 불행에 빠져있을 때였다. 난 행복을 찾으러 헤매지 않았다. 그때 난 나에게 행복이란 단어를 배제하고 살았으니. 그냥 불행의 늪에서 헤어나와 평범해질 수만 있다면, 다만 거기까지만을 추구하며 노력하고 희망했다. 그러니 내 앞의 행복이란 요원하여 그런 건 나에게는 멀리 있는 꿈같은 일일 뿐이고, 있을 수도 없다는 절망으로 가득했다.

이제 와 돌이켜보면, 내가 철없고 오직 삶 그것만이 절박했을 때였으니 나와는 아주 상관없다고 여기고 살았던 행복이었다. 그건 그냥 선택하는 것도 아니고, 반드시 불행을 이기는 사람에게 오는 것이고, 불행이 끝나는 날은 없을 거라고 여기고 사는 사람에겐 행복도 요원한 사람일 거라고, 그렇게 생각했다.

-〈행복〉에서

어떻게 사는 것이 행복인가. 저마다의 주관과 태도에 따라 행복의 척도는 다르게 마련이다. "불행의 늪에서 헤어나와 평범해질 수만 있다면, 다만 거기까지만을 추구하며 노력하고 희망했다."는 화자의 언술에 담긴 소박하지만 평범한 인식이 존재 의미를 해석해내고 있다.

굳이 철학적 의미의 행복론을 설파할 이유가 없다. 사노라면 삶에 대한 절박한 시기도 있겠고. 그런 통과 의례적인 삶의 역정을 지나면서 무언가 존재에 대한 각성이 일었다면 그로써 만족한 게 아닐까 싶다. 수필은 이렇게 자기를 객관화하면서 자신을 비추어보는 인간 탐구의 문학이다. 따라서 위대하고 심오한 내용의 전개나 추상적인 어휘의 나

열로만은 독자를 감동시킬 수 없다. 그런 글에서는 일반적으로 저급한 냄새가 배어 나오기 마련이다. 문명자의 자전이 읽히는 이유가 여기에 있다. 잔잔한 감동, 독자를 품어 안는 소박하지만 진중한 메시지를 전해준다.

그의 수필 〈마지막 선택〉에서 드러나는 존재인식 역시 같은 맥락에서 파악된다. '마지막'이라는 언어기표의 의미가 심상치 않다. 평생 외교관으로 봉직한 남편 안 대사와의 만남을 소재로 한 이 수필은 바로 존재 인식이다. "언어는 존재의 집"이란 하이데거의 언명과 같이 그의 언어는 존재 자각, 각성과 맞물려 있다.

나는 살아오는 동안 불행하다거나 고생스럽다는 그런 사치스런 관념과는 상관없이 살아왔다. 그저 이 세상에 아버지만을 사랑했다. 다음에 나이가 들면 아버지와 꼭 결혼하겠다고 하던 어린 시절이 내게도 있었다. 사춘기를 지나는 20여 년 나는 마냥 행복했다. 그렇게 남들로부터 부러움의 대상이었던 때에도 아버지는 부엌엔 안 들어가는 사람으로 알고 지냈다.

-〈마지막 선택〉에서

그의 남편인 안 대사와의 만남은 그에게 있어 마지막 선택이었다. "나이 60에 재혼을 하자고 마음먹으며 가장 걱정되었던 건 부자가 되는 것은 아니었다. 나의 바람은 말년을 행복하고 건강하게 만드는 것은 영원한 좋은 관계라고 생각했다."라는 술회가 가슴에 와닿는다. "생각해 보라. 청춘의 아픔은 어디서 나누었는가. 노년의 아픔은 어디에서 나누는가. 우리가 갖고 있는 가장 중요한 건 건강이 담겨있는 웃음이리라. 나의 마지막 선택이 내가 살아오는 동안 제일로 잘한 일이지 싶다."라는 결미의 진술이 존재 인식의 가로지르기일 것이다.

5. 화해의 메시지, 얽힘과 풀림

우리의 삶이란 우연이든 필연이든 얽히고설킨 매듭으로 친친 감겨 있는 경우가 대부분이다. 그런 매듭은 좋든 싫든 반드시 풀어야 한다. 그렇지 못하면 마음의 평화는 얻기가 힘들다. 삶이란 어차피 모래알같이 밀물과 썰물에 의해 모이기도 하고 흩어지기도 한다. 삶이 한바탕 바람이요, 꿈이라면 우리가 인연 맺은 것들과의 조화는 필연이 아닐까 싶다. 아니, 그 매듭을 풀기 위해 때로는 고통스러워도 자신을 비워야 하고 이따금 그 아픔을 경험하기도 해야 한다. 성장하여 가정을 꾸미고 혼자가 아닌 공동의 운명을 위해 살아가기 위해서는 매듭을 푸는 행위는 지극히 당연하다.

〈이 또한 지나가리라〉, 〈시절 인연〉, 〈인연인가, 악연인가〉, 〈이런 배신〉, 등의 작품이 이런 맥락에서 공유되고 있다.

"누구에게나 소중한 친구 한 사람쯤 있게 마련이다. 내게도 어려운 시절, 가장 많은 눈물을 흘리게 했던 소중한 친구가 한 사람 있다."라고 서두를 뗀 수필 〈인연인가 악연인가〉는 돈으로 인해 60여 년의 우정을 배신한 친구를 소재로 하고 있다.

① 가까운 친구와 돈거래를 해서 집까지 날려버린 내가 우선은 용서할 수 없는 바보인 것은 부인 못 할 사실이다. 부자지간에도 돈거래는 하지 않았어야 하련만, 나는 친구 잃고 돈 잃은 지 40여 년이 다되어 온다. 아직 이렇게 마음이 아프니 그때 이미 난 모두를 다 잃은 것이었다. 하지만 우리 남편이 떠나던 날도 회사 문을 닫고 상주처럼 상청을 지켜주었던 고마운 이가 이 사장이었다. 그때는 내가 의지할 곳이 없었던 시절 아니었던가?

-〈인연인가, 악연인가〉에서

② 큰딸이 갈 때만 해도 인연의 끈을 놓고 싶지 않았던 아버지는 한 가닥의 희망을 붙들고 부녀간에 나누었던 필연의 정을 뗄 수 없어 매달려보았지만, 절망적인 현실에 커다란 배신감을 떨쳐버리지 못하고 포기하자는 결단을 내리기까지 거의 환자 같았다는 것이다. 주 사무장과 애들 엄마는 거의 매일 사무실 전화로 통화를 했다고 하며 사무실에도 못 나오는 날이 많았던 김 변호사는 한때 사건도 맡지를 못했다고 했다.

-〈이런 배신〉에서

WJ와 K변호사로 대변되는 ①과 ②의 담론은 양자 간의 얽히고설킨 매듭을 보여준다. "배신은 '인과응보'를 낳지 싶다. '인과응보'는 전생과 내세에서만 이어지는 것일까?"라는 화자의 소회는 그 매듭을 풀기 위한 일종의 화해 메시지가 아닐까 싶다. 얽힌 것을 풀기 위한 화자의 순백한 마음이 측은지심을 뛰어넘어 인간화의 길을 가고 있어 아름답다.

"부모는 내가 선택할 수 없는 이다. 그러니 부모는 선택된 사람이 아니다."라는 서두로부터 열리는 〈어머니, 두 어머니〉 역시 화자를 둘러싼 삶의 얽힌 매듭과 그 매듭을 풀어나가는 곤고한 갈등을 소재로 하고 있다.

세상 어머니들의 대부분이 그렇겠지만, 내 어머니는 내게 있어 가장 이상적인 분이었다. 때론 엄격하고 때론 자상한 엄마였다. 내가 인간으로서 올바로 성장하게끔 훈육하신 분이었다. 어쩌면 나의 인간 형성에 롤모델이었을 것이다.

하지만 엄마는 여자인 내가 가장 엄마를 필요로 할 시기에 갑자기 세상을 떠나셨다. 나는 졸지에 광막한 세상에 놓여 있는 몸이 되었다. 엄마가 없는 세상에 네 동생과 아버지만이 동그마니 내 곁에 남아 있었다. 어찌 살 것인가? 막막하기 그지없었다. 엄마가 없는 세상은 암흑천지였다. 온통 내게 지어진 짊이었다. 그런 엄마 없는 세상을 어찌 살아갈 것인가.

-〈어머니, 두 어머니〉에서

갑작스런 어머니와의 이별은 감내할 수 없는 인간적 고뇌였을 것이다. 게다가 새어머니와의 갈등은 화자로 하여금 더욱 고통스럽게 하였으리라. 하지만 지금 돌아보면 모든 게 후회막급이다. 그래 "생각해 보면, 그분의 운명도 기구하고 가련했지 싶다. 내가 조금만 더 설득하고 교감하였더라면 하는 아쉬움이 없지 않다. 학교에서 학생들 상담하듯 해 볼 걸 하는 후회도 없지 않다."라는 자아 각성이야말로 얽힘을 풀어나가는 화해의 메시지가 아닐까. 이런 인각적 소통과 화해가 작가 문명자 수필의 건강함이요, 독자를 감동하게 하는 인자因字일 것이다.

이런 경향성은 작품 〈두 리디아〉에서도 구체화되고 있으며, 〈시절인연〉에서는 "만남과 헤어짐이 애초 정해져 있지 않듯 모든 인연은 시절과 연계된다. 헤어지고 다시금 만남이 무의미하다면 굳이 만남을 기대할 필요가 있을까. 만남이 그러하듯 헤어짐에도 마땅한 이유가 있거늘, 그저 마음 안에 새김으로써 그 의미를 더하는 일이 마음의 병을 치유하는 지름길일지도 모르겠다."는 언술로 얽힘을 풀어나가는 화해의 메시지로 구체화되고 있다. 문명자의 자전수필을 수불석권手不釋卷하게 하는 마력 같은 힘일 것이다.

6. 에필로그-남는 과제

작가라는 사람은 저마다 작은 연못 하나씩을 가지고 있다. 그 연못에 물이 고여 가득 차면 찰랑거리게 마련이다. 그럴 때 작가는 사색의 두레박으로 가슴에 고인 물을 퍼 올린다. 특히 수필가의 경우에는 자신이 가지고 있는 철학적 관념과 인간의 보편적 진리와 질서에 혼융混融하여 그 발효의 날을 기다리게 된다. 헤겔Hegel은 "미네르바의 올빼미는 황혼이 깃든 무렵에야 비로소 날기 시작한다."고 하였다. 뒤늦게 문단 데뷔를 이룬 작가의 수필집이건만 그에게서 평자는 이미 황혼이라는 시간적 추이를 본다.

지금까지 살펴본 바와 같이 문명자의 자전 에세이 『문소리』는 한 마디로 '시간의 가역반응可逆反應, 존재인식의 가로지르기'라 하겠다. 그의 자전은 작가의 '자기 얼굴 그리기요, 얽힘과 풀림을 통한 화해의 메시지'라 할 수 있다. 결국, 그의 수필은 존재의 문제를 천명하는 삶의 진정眞情성에 있어 우리로 하여금 "어떻게 살 것인가"라는 화두에 답하고 있음을 보게 한다.

문명자의 자전적 에세이는 비록 일상의 자잘함에서 소재를 취택하고 있으나, 존재의 자각을 통해서 자기 얼굴을 그리고자 하는 창작 동기에서 그 세계의 모습을 찾을 수 있다. 그의 수필에는 소박한 화자의 삶의 지향과 마음의 행로가 행간에 담겨있다. 특별할 것도 없는 그저 평범한 화소들이 생동감을 갖는 이유는 진실한 삶의 지향이요, 행로일 것이다. 소박하고 평범한 일상 인의 모습을 우리는 그의 수필의 행간에서 읽어 낼 수 있으며, 시간을 가로지르는 시간의 가역반응을 그의 수필에서 읽게 한다. 그리하여 그의 수필을 읽어 내려가다 보면 절로 그의 마법의 성에 갇히게 된다.

문소리
그래서 서로 생각한 문화소리

초판 1쇄 인쇄 2025년 4월 16일
초판 1쇄 발행 2025년 4월 23일

지 은 이   문명자
디 자 인   김은정
삽   화   박재동
펴 낸 이   백승대
펴 낸 곳   매직하우스

출판등록   2007년 9월 27일 제313-2007-000193
주   소   서울시 마포구 모래내로7길 38 605호(성산동, 서원빌딩)
전   화   010-2330-8921
팩   스   02) 323-8920
이 메 일   magicsina@naver.com
I S B N   979-11-90822-37-4

*책값은 표지 뒤쪽에 있습니다.
*파본은 본사와 구입하신 서점에서 교환해드립니다.